Petra Zeichner
Unter Waldpfoten

AF200431

Dieses Buch entstand in enger Zusammenarbeit mit dem Bund für Umwelt- und Naturschutz Deutschland (BUND), Landesverband Hessen. Ich möchte mit dem Roman dazu beitragen, die Existenz von Wildkatzen in Deutschland bekannter zu machen. Die Tiere gelten als bedroht, und der BUND hat maßgeblich dazu beigetragen und tut es noch, dass sie in einigen Regionen wieder Fuß gefasst haben. Mehr dazu lesen Sie am Ende des Buches in dem Kapitel „Ein Rettungsnetz für die Wildkatze".

Petra Zeichner, Januar 2020

Petra Zeichner arbeitet als Redakteurin bei der Frankfurter Rundschau. „Unter Waldpfoten" ist ihr zweiter Katzenkrimi, den sie im Selfpublishing veröffentlicht. Zusammen mit ihrem Mann lebt sie in der Wetterau.

Petra Zeichner

Unter Waldpfoten

Ein Katzenkrimi

Bibliografische Information der Deutschen Nationalbibliothek:
Die Deutsche Nationalbibliothek verzeichnet diese Publikation in
der Deutschen Nationalbibliografie; detaillierte bibliografische
Daten sind im Internet unter http://dnb.dnb.de abrufbar.

Covergestaltung:
© Traumstoff Buchdesign traumstoff.at
Covermotiv:
© Cocobutter Adobe Stock

Herstellung und Verlag:
BoD – Books on Demand, Norderstedt

ISBN: 978-3-7504-2844-7

Für
Peter und mich

Und für
Alex, Bea, Dorothea, Heike,
Jürgen, Rüdiger, Sabine

Inhalt

Kapitel 1

Ausgerechnet heute Nacht. Wie hatte er sich auf diesen Streifzug gefreut. Meistens lief Robin nicht so weit. Doch seit es so heiß war, blieb er tagsüber in der Wohnung und nutzte die Zeit der Dunkelheit, um sich die Pfoten ausgiebig zu vertreten. Über die Bundesstraße war er ohne Zwischenfälle gekommen, war in einem gemächlichen Trott an der Reithalle vorbei immer bergauf gelaufen. Der Vollmond beschien den Weg durch die Vorgärten. Nachdem er den letzten hinter sich gelassen hatte, raschelte das trockene Laub des Waldes unter seinen Pfoten.

Mit bebenden Schnurrhaaren streckte Robin den Kopf nach vorne. Ein merkwürdiger Geruch strömte von der toten Katze aus. Und dass sie tot war, daran hatte er keinen Zweifel. Doch wie sie aussah. Der Schwanz war lang, buschig und schlammfarben mit breiten schwarzen Ringelstreifen am Ende. Höchst ungewöhnlich. Er schnüffelte sich näher.

Es war nur ein Stückchen bis zu der toten Artgenossin, als Robin mit dem Vorderlauf auf etwas trat, das nicht zum Wald gehörte. Vorsichtig hob er die Pfote von dem Menschenfinger. Nicht umsonst hatte er den Ruf, der intelligenteste Kater in Butzbach zu sein, also schlussfolgerte er: Wo ein Finger ist, ist die Hand normalerweise nicht weit. Er nahm ihn zwischen die Zähne und zog daran so lange, bis er sie aus dem Laub hervorgeholt hatte. Dann hing sie fest.

Robin knurrte und zerrte, doch der Arm folgte nicht. Dafür hielt die Hand etwas umschlossen. Nachdem er es herausgezogen hatte, legte er es auf dem Waldboden ab und betrachtete es von allen Seiten. Das gehörte nicht hierher. Sah wie ein kleines Stück einer Wand aus, aber so eine Wand hatte er noch nicht gesehen. Er nahm das Irgendwas wieder auf, verbuddelte es einige Meter entfernt unter staubtrockener Erde und Laub und zerrte ein paar Äste darüber. Die Erfahrungen aus seiner ersten Ermittlung hatten ihn gelehrt, jegliche Hinweise, die mit einem Fall zusammenhängen könnten, vor den Menschen zu verbergen. Denn wenn die sie einmal in den Händen hielten, war es ungemein schwierig, an die Informationen zu kommen.

Er kehrte zu der toten Katze zurück und betrachtete sie genauer. Schon einige überfahrene Artgenossen hatte er gesehen, und diese hier hatte dasselbe Schicksal ereilt. Bestimmt war es kein Zufall, dass sie so dicht bei dem toten ... Moment. Er hatte noch nicht entdeckt, ob da ein ganzer Körper lag. Doch egal ob Hand alleine oder mit Mensch dran – das ging nicht mit rechten Dingen zu. Jemand hatte dem Tier Gewalt angetan und wie Robin vermutete, nicht aus Versehen. Und wer, wenn nicht er, würde sich um eine Katze kümmern, die unter mysteriösen Umständen zu Tode gekommen war? Jemand musste das ausbuddeln, was ihm bislang verborgen blieb, weil es tief verscharrt war.

Der Kater lief zum Waldrand. Auf der anderen Seite der Wiese war ein Parkplatz. Dort stellten die Menschen ihre Autos ab, um ins Freibad zu gehen. Und manche sogar so früh, dass er hoffentlich nicht lange auf die Ersten zu warten hätte. Es dämmerte.

Hinter einem der Felsblöcke, die nahe beim Parkplatz verteilt herumlagen, legte sich Robin hin. Den Kopf auf die Vorderpfoten gebettet hatte er die Auffahrt im Blick.

Es dauerte nicht lange, und der erste Wagen fuhr vor. Eine Frau stieg aus und ging auf den Eingang des Freibades zu. Robin rannte los und stellte sich ihr in den Weg.

Sie hockte sich hin.

„Na, wer bist du denn? Siehst aus, als hättest du eine Maske auf."

„Komm mit!", miaute Robin, obwohl sie ihn nicht verstehen würde. Doch wozu gab es Körpersprache? Er rannte ein paar Schritte in Richtung Waldrand, dann drehte er sich zu ihr um. Sie aber setzte ihren Weg fort. Der Kater lief zurück zu ihr, stieß sie von hinten mit dem Kopf gegen die Beine und trabte wieder los.

„Was hast du denn?"

Wenigstens hatte sie verstanden, dass er etwas von ihr wollte. Er stupste sie erneut an - und sie folgte ihm. Am Waldrand angekommen blieb die Frau stehen und schaute sich zum Parkplatz um.

„Du willst wahrscheinlich nur spielen, nehme ich an. Aber dafür habe ich keine Zeit."

„Guck doch mal hier!", miaute Robin laut und hatte damit für einen Moment wieder ihre Aufmerksamkeit. Das reichte ihm, um mit großen Sätzen vom Weg zwischen die Bäume zu laufen und den Finger samt Hand daran in die Höhe zu zerren.

„Aber was ... "

Sie machte ein paar Schritte auf ihn zu.

„Oh Gott, das gibt´s doch nicht."

Mit zittrigen Händen zog sie ein Handy aus ihrer Tasche.

„Hallo? Ist da die Polizei? Sie werden es nicht glauben, aber hier oben am Rand vom Butzbacher Stadtwald, oberhalb vom Freibad, liegt ein … Toter. Also ich glaube zumindest, dass es ein Toter ist."

Sie schwieg einen Moment.

„Ich kann es deshalb nicht genau sagen, weil ich nur eine Hand sehe … was? Nein, ich habe nichts ausgegraben. Ich denke nicht dran. Eine Katze hat mir die Hand gezeigt."

Wieder eine kurze Pause.

„Wenn ich es Ihnen doch sage, eine Katze war´s." Sie schaute sich um. „Also jetzt ist sie weg. Schicken Sie endlich jemanden? Ach so, ist schon unterwegs? Ja ja, ich warte am Parkplatz."

Mehrere Menschen in weißen Ganzkörperanzügen gruben den Toten aus. Sie fotografierten ihn von allen Seiten, bevor sich einer den Kopf des Mannes genau betrachtete.

„Oha, da hat wohl einer zugeschlagen", sagte er. In seinem Versteck unter einem Gewirr aus bemoosten Ästen spitzte Robin die Ohren.

„Oder er ist gestürzt", entgegnete ein anderer, der von der Wiese herübergekommen war. „Auf einem der großen Steine drüben haben wir Blutspuren gefunden. Wenn die vom Opfer stammen, ist er vielleicht draufgefallen."

„Wohl eher gefallen worden." Der den Kopf untersucht hatte, stand aus der Hocke auf. „Was ist das da?" Er nickte vage in Robins Richtung. Der Kater erschrak. Auf keinen Fall wollte er eingefangen werden. Was würde die Polizei mit ihm anstellen, wenn sie wüsste, dass er den Toten gefunden und die Hand im Maul gehabt hatte?

Doch nicht er hatte die Aufmerksamkeit der Männer erregt.

„Eine tote Katze", sagte ein Dritter, diesmal Uniformierter an einem rot-weiß-gestreiften Band, das den Fundort vom Waldweg absperrte. Er stand dem toten Tier am nächsten.

„Ach so. Ruf mal bei der Försterin an, die kümmert sich drum", wies ihn der andere an. „Damit der Kadaver hier nicht vergammelt."

Robin schnaubte verächtlich. Um den Menschen machten sie so ein Trara, die Katze hingegen war ihnen egal. Umso wichtiger, dass sie sich selbst kümmerten.

Zu dritt hievten die Männer die Leiche auf eine Bahre. Als sie damit an Robins Versteck vorbeikamen, rutschte ein Bein des Toten herunter. Solche groben und vor allem schmutzigen Schuhe hatte er noch nie gesehen. Was aber am merkwürdigsten war, war die weiße Erde daran. Auf dem Weg stand ein schwarzer Wagen, in dessen großen Kofferraum schoben die Träger die Bahre. Robin huschte im Rücken der Männer näher an das Auto heran und verbarg sich hinter einem Baumstumpf, um den herum ein paar vertrocknete Triebe aus dem Boden in die Höhe ragten.

„Wollen Sie gar nicht wissen, wie die Katze aussah, die den Toten gefunden hat?", fragte die Frau, die an dem rot-weißen Band stand, den Uniformierten. Der nagte an seiner Unterlippe, zückte dann aber einen Stift und Block und notierte:

„Oben rum grau-schwarz getigert, auch um die Augen rum, doch ab der Schnauze weiß, sodass er aussah, als trägt er eine Maske. Auch der Bauch und die Beine waren schneeweiß. Sehr groß, mindestens sieben Kilo schwer."

„Hilft Ihnen das weiter?", fragte die Frau.

„Ganz bestimmt", antwortete der Polizist und schaute kurz auf den Boden. „Ich denke, wir haben jetzt alles, was wir wissen müssen. Wenn noch etwas ist, melden wir uns bei Ihnen."

Die Frau nickte und verabschiedete sich. Der schwarze Wagen fuhr langsam den Weg hinunter, die Männer folgten ihm zu Fuß zu ihren Autos auf dem Parkplatz. Robin wollte schon zurück zu der toten Katze rennen, doch er besann sich und lief hinter den Polizisten her. Sie schauten sich nicht einmal um, und die Felsblöcke boten dem Kater erneut Schutz.

Und so hörte Robin außerdem, dass die Polizei auf der Straße zum Parkplatz hoch einen alten Wagen gefunden hatte. Der stand mitten auf der Fahrbahn, nicht abgeschlossen. Der Schlüssel steckte im Zündschloss, und der Tank war leer. Sie gingen davon aus, dass das Auto dem Toten gehörte. Doch das müsste die Spusi überprüfen. Was um alle Mäuse in der Welt war die Spusi?

Robin betrachtete die tote Katze und stupste sie mit der Nase an. Sie lag so alleine hier im Wald, wahrscheinlich gehörte sie niemandem. In ihren Ohren waren keine Tätowierungen, so wie bei allen Hauskatzen, die er kannte. Auch seine Besitzer hatten ihm diese Nummer in ein Ohr stempeln lassen, damit man ihn wiederfand, wenn er einmal nicht mehr nach Hause zurückkehrte.

Ein Auto näherte sich dem Waldrand. Robin verbarg sich erneut unter den bemoosten Ästen. Ein Mann stieg aus, kam heran und hockte sich neben den leblosen Körper. Mit einem spitzen, kleinen Messer schnitt er ein Stückchen vom Ohr ab. Robin unterdrückte ein Knurren. Der Fremde legte das Stück Ohr in ein Behältnis mit Flüssigkeit und steckte es in die Tasche.

Nachdem er sich aufgerichtet hatte, zückte er ein Telefon.

„Grüß dich, Michaela. Thorsten hier. Gut, dass du mich angerufen hast. Du könntest nämlich recht haben mit deiner Vermutung."

Er lauschte einen Moment.

„Die normale Vorgehensweise. Ich schicke die Probe zum Forschungsinstitut, damit wir Gewissheit haben und dann entsorge ich den Kadaver im Wald, damit Fuchs und Wildschwein ihre Arbeit tun - wie? Du willst ihn haben? Wofür denn das? – Aha, verstehe. Nein, du brauchst nicht extra herzukommen. Ich fahr bei dir vorbei, liegt doch am Weg. Außerdem ist dein Forsthaus am Waldrand von Ober-Mörlen doch immer eine Reise wert. Bis gleich."

Der Mann packte die tote Katze in eine Plane aus dem Auto und fuhr davon.

Robin schob sich durch die Äste und rannte los, nicht ohne das Stück Irgendwas im Maul. Eine Teamsitzung war fällig.

„Ich will mitmachen!" Charly sprang von der Fensterbank und postierte sich vor Robins Nase.

„Wenn du dabei bist, bin ich auch dabei!" Flori stellte sich neben seinen Bruder und leckte ihm über ein Ohr.

Robin schüttelte den Kopf, doch bevor er etwas miauen konnte, schob Sheila die beiden energisch zur Seite.

„Meine lieben, ungestümen Söhne, keinen einzigen Moment möchte ich euch in dem irrigen Glauben lassen, dass ihr in eurem jungen Alter bereits in der Lage wäret, in der großen Welt dort draußen zurechtzukommen, geschweige denn euch unter Einsatz eures Lebens an den Ermittlungen in einem Todesfall eines unserer Artgenossen zu beteiligen."

„Unter Einsatz unseres Lebens?", miaute Leo erschreckt.

„Mach ihnen keine Angst, Sheila", brummte Robin. „Im Gegenteil, es wird uns viel leichter fallen als beim ersten Mal. Wir müssen nicht mehr verheimlichen, dass wir mit dem Speisenaufzug fahren können."

„Mit dem, was mal ein Speisenaufzug war", korrigierte ihn Brünó. „Darüber hinaus hat Robin recht, unser Leben ist einfacher geworden, seit unsere Besitzer uns außerdem die Katzenwohnung eingerichtet haben. Hier können wir uns jederzeit treffen."

Dass ausgerechnet der depressive Brünó ihm beisprang.

„Leo, komm schon." Robin stupste den roten Jungkater in die Flanke. „Eine Katze ist überfahren worden, und das wahrscheinlich absichtlich. Das kann dir nicht egal sein."

Leo senkte den Kopf.

Robin kehrte zu seinem Platz in der Runde zurück. Das hätte er fast vergessen. Er nahm das Stück Irgendwas, das er dort hatte fallen lassen, und legte es in ihre Mitte.

„Weiß jemand von euch, was das ist? Das hatte der tote Mann in der Hand."

Alle schnüffelten an dem Teil, doch niemand konnte etwas damit anfangen.

„Dann lassen wir es vorerst hier in der Wohnung. Vielleicht fällt uns später was dazu ein. Und nun müssen wir überlegen, wie wir vorgehen wollen."

Die Köpfe drehten sich in seine Richtung.

„Zwei Tote nebeneinander – ich würde sagen, wenn wir den Mörder der Katze finden, haben wir auch denjenigen, der den Mann auf dem Gewissen hat."

„Die Katze ist wichtiger", konstatierte Leo und reckte seine schmale Brust nach vorne.

„Lieber junger roter Freund, es liegt in unserer Biologie begründet, dass wir zuerst um das Wohlergehen unserer Artgenossen besorgt sind. Jedoch sollten wir nicht vollständig außer Acht lassen, dass die Menschen für uns sorgen, uns Futter geben und darüber hinaus auf unsere Unterkunft ausgesprochen viel Wert legen. Sie haben uns diese Wohnung hier mit den schönsten Kratzbäumen eingerichtet, von denen Katzen nur träumen können und ..."

„Das wissen wir alles, Sheila", brummte Robin unwillig. Jetzt kannte er die British Shorthair schon seit einem Jahr, und es gab einiges, das er an ihr schätzte. Ihre umständliche Art zu miauen war es nicht. „Ich wollte sagen, dass wir uns auch um den Menschen kümmern müssen, weil beides zusammenhängt, und wenn wir Informationen über den toten Mann bekommen, wissen wir auch mehr über die Katze."

Dem widersprach niemand.

„Wer könnte wohl mehr über die seltsame, tote Katze wissen? So einen riesigen Schwanz habe ich noch nie bei einer Katze gesehen", fuhr Robin fort. „Und wieso hatte der Mann weißen Dreck an seinen Schuhen?"

„Der Weitgereiste weiß sicher, was es mit all dem auf sich hat."

Alle warteten darauf, dass Sheila weitersprach, aber es kam nichts mehr von ihr. Stattdessen putzte sie sich ihren rundlichen Kopf.

Robin sprang auf.

„Sehr gute Idee. Aber wo ist Streuner?"

Niemand wusste, wo der Schwarz-Weiße war. Zwar tauchte der Herrenlose immer mal wieder auf, schon alleine um Sheila und seinen Sohn Charly zu sehen. Doch verriet er nie jemandem, wo er sich rumtrieb.

„Vielleicht bei der Tierärztin", warf Brünó ein.

„Wieso ausgerechnet dort?", fragte Leo.

„Seit sie ihn gesund gepflegt hat, ist er öfter bei ihr. Also im Garten, in dem Stall, in dem er damals gewohnt hat."

„Ich wusste nicht, dass du von der äußerst ungewöhnlichen Freundschaft zwischen meinem Wilden und der Tierärztin erfahren hast." Sheila schaute Brünó mit schief gelegtem Kopf an. „Gehe ich recht in der Annahme, dass du uns belauscht hast, als wir uns darüber unter dem Kastanienbaum im Garten unterhielten?"

„Natürlich." Der Zimtfarbene stand auf, kehrte ihr sein Hinterteil zu und schaute aus dem Fenster.

„Krieg dich ein, Brünó", knurrte Robin. „Nur weil du nicht der einzige Vater von Sheilas Jungen bist, musst du nicht schmollen. Immerhin hast du Flori."

Und wie das stimmte. Während Charly mit seinem eher dünnen Fell mehr nach Streuner kam, sah sein Bruder Brünó ähnlicher: Sein Haar war dick und dicht wie es sich für einen Britisch-Kurzhaar-Kater gehörte; allerdings war Flori dreifarbig gescheckt in Schwarz, zimtig Rot und Bauch und Beine weiß. Eine Glückskatze, wie ihn seine Besitzer Elke und Jens zu nennen pflegten. Und weil Charly eher lebhaft und Flori vorwiegend behäbig war, ergänzten sie sich gut. Das war es, was ihre Halter dazu bewogen hatte, die zwei nicht zu verkaufen wie ihre drei Geschwister. Das Menschenpaar aus dem ersten Stock hatte in den beiden Kleinen all das wiedergefunden, was Sheila und Brünó in sich trugen. Streuners Merkmale hatten Elke und Jens in Kauf genommen, weil ihre Britisch-Kurhaar-Dame mit dem streunenden Kater etwas Besonderes verband. Letztendlich betonten die beiden immer wieder, wie niedlich sie den kleinen, blaugrauen Fleck auf Floris Nase fanden. Der stammte von Sheila.

Robin riss sich aus der Gruppenbetrachtung. Sollte er, bevor er loszog, um Streuner zu suchen, bei seinen Besitzern oben vorbeischauen? Doch nein, Stefan und Johanna waren vermutlich schon in der Schule. Außerdem hatten sie sich daran gewöhnt, dass er kam und ging, wie es ihm beliebte.

Die Geschwister balgten sich unterhalb des Erkerfensters in der Sonne. Charly lag auf seinem Bruder und packte ihn im Genick. Doch als sie sahen, dass Robin auf das Brett vor dem Speisenaufzug sprang, waren sie im Nu auf den Beinen und stürmten heran.

„Ich will mitfahren!", krähte Charly.

„Nimm mich auch mit", mähte Flori. Wenn er miaute, hörte er sich an wie eine Ziege.

„Leo und ich fahren nach unten und suchen Streuner. Ihr bleibt hier und fahrt mit euren Eltern einen Stock tiefer in eure Wohnung", befahl Robin.

Er saß schon im Speisenaufzug, Leo drückte sich neben ihn herein, da miaute Sheila:

„Ach übrigens, beinahe hätte ich vergessen, euch mitzuteilen, dass ich bei einem Gespräch meiner Besitzer zugegen war, das von besonderem Belang für unser aller Leben hier im Haus sein könnte." Sie pausierte mitten in der Rede, das war laut Sheila bedeutungsvoll. Robin fand diese Unterbrechungen störend. „Die Frau, die erst seit Kurzem im Erdgeschoss heimisch ist, kauft sich heute einen Hund."

Kapitel 2

Der Abstand zwischen ihm und Leo wurde größer. Robin verlangsamte sein Tempo. Es war nicht weit bis zum Haus der Tierärztin Eva Zack. Nur über ein paar Nebenstraßen, nicht mal die Bundesstraße mussten sie überqueren. Leo blieb stehen.

„Robin!" So kläglich hatte er sich trotz seines hohen Miauens lange nicht mehr angehört.

„Was ist? Bist du in einen Dorn getreten?" Er lief zurück.

„Nein. Aber der Hund! In eurem Haus!"

Robin zog die Lefzen hoch und entblößte seine Fangzähne.

„Das gefällt mir auch nicht. Aber damit befassen wir uns, wenn es so weit ist. Jetzt müssen wir weiter."

Die beiden Kater rannten wieder los, entlang der Straße, drückten sich durch ein Gebüsch, um zwei Menschen auf dem Bürgersteig auszuweichen, sprangen über einen Zaun und standen im Garten der Tierärztin.

„Da ist Lotte!", miaute Leo.

Seine Besitzerin, die den Türgriff zur Praxis schon in der Hand hatte, drehte sich um.

„Leo, was machst du denn hier? Ach, da ist ja auch dein Freund."

Lotte kam ein paar Schritte in den Garten hinein, bückte sich und tätschelte die beiden Kater. Dann richtete sie sich mühsam wieder auf, eine Hand in den Rücken gepresst.

„In meinem Alter sollte ich langsam auf das Bücken verzichten."

Auf dem Weg zum Eingang drehte sie sich um. „Komm bald nach Hause, mein Kleiner."

„Auf jeden Fall!", miaute Leo laut.

„Komm!", rief Robin. „Wir schauen, wo der Stall ist."

Sie liefen in den rückwärtigen Teil des Gartens. Das Gras ohrenhoch, dichtes Gebüsch rundherum, ein Baum dazu, was wünschte sich ein Kater sonst. Und zwischen all dem das, was Brünó einen Stall genannt hatte. Das war übertrieben. Es war ein Hüttchen aus Holz, die Farbe blätterte ab. Ein zotteliges Pony schaute aus einem Fenster hervor.

Robin strich, dicht gefolgt von Leo, durch das Gras. Die Tür war angelehnt.

„Streuner?"

Keine Antwort.

„Streuner!", miauten beide Kater synchron.

„Hmpf."

Zusammen drückten sie die Tür mit den Köpfen weiter auf. Stroh pikste Robin in die Pfoten. Nachdem sich seine Augen an das Halbdunkel gewöhnt hatten, sah er Streuner. Der Schwarz-Weiße lag neben dem Pony auf einem Haufen Streu und bemühte sich nicht einmal aufzustehen, um den Besuch zu empfangen.

„Ich schlafe."

„Tust du nicht", miaute Leo überflüssigerweise.

„Hättest du die Güte, mit uns auf die Wiese zu kommen?" Robin kräuselte die Lefzen. „Hier stinkt es nach Mist."

„Keine Lust." Streuner drehte sich ein und legte seinen Kopf auf den Schwanz.

„Es ist was passiert. Eine Katze ist tot."

Der Schwarz-Weiße brummte.

„Sie wurde überfahren. Absichtlich."

Streuner setzte sich auf.

„Menschen haben sie auf dem Gewissen. Sagt das doch gleich."

Ohne ein weiteres Miauen hinkte er nach draußen.

„Wie geht es deinem Bein?", frage Leo, nachdem sie sich unter ein Gebüsch gesetzt hatten, mit ehrlicher Anteilnahme.

„Mal so, mal so. Erzählt."

Robin berichtete, was er gesehen und gehört hatte. Schließlich beschrieb er die tote Katze, doch da unterbrach ihn Streuner.

„Ein auffallend dichter und dicker Schwanz? Mit schwarzen Ringen am Ende? Davon habe ich schon mal gehört." Er schloss die Augen und schwieg.

„Na sag schon!" Leo sprang auf, bereit, sofort loszulaufen.

Streuner öffnete seine Augen wieder.

„Fällt mir nicht mehr ein."

„Dann denk halt noch mal nach", brummte Robin.

„Ich bin wirklich viel rumgekommen, im Gegensatz zu euch Hauskatzen", knurrte der Herrenlose. „Und ganz bestimmt ..."

„Du bist doch auch eine Hauskatze", mäkelte Leo.

„Bin ich nicht!", fauchte Streuner. „Ich habe keine und hatte nie Besitzer. Ich bin frei."

„Schon gut. Natürlich hast du viel mehr von der Welt gesehen als wir", warf Robin ein. „Und genau deshalb brauchen wir dich. Du willst doch auch herausbekommen, wer die Katze überfahren hat, oder?"

„Klar."

„Also?"

„Also was?"

„Denkst du noch mal nach?"

„Das habe ich. Aber nach so vielen Jagden, Straßenüberquerungen und Kämpfen mit anderen Katern, die ich immer gewonnen habe" - er schaute Leo scharf an – „habe ich vergessen, was es mit dem besonderen Schwanz der Katze auf sich hat. Ehrlich."

Das klang versöhnlicher.

„Ich hab's!", rief Leo. „Der Mann, der der Katze ein Stück vom Ohr abgeschnitten hat, weiß bestimmt ..."

„Vom Ohr abgeschnitten?", knurrte Streuner. „Davon hast du nichts erzählt, Robin. Wenn ich den zwischen die Zähne bekomme!"

„Ich glaube nicht, dass der Mann damit etwas Böses im Sinn hatte, die Katze war doch schon tot. Und wenn wir wüssten, wo der Mann wohnt, könnten wir ihn belauschen und rauskriegen, was er mit dem Stück Ohr vorhat. Ha!"

„Was?", piepste Leo aufgeregt.

„Wir wissen zwar nicht, wo der Mann wohnt, aber dafür hat er gesagt, wo der Mensch wohnt, mit dem er telefoniert hat! Dorthin wollte er die tote Katze bringen. Streuner, was ist ein Forsthaus?"

„Ah, das weiß ich. Darin wohnt ein Förster."

„Aber er hat mit einer Frau telefoniert. Sie heißt Michaela", warf Robin ein.

„Dann wohnt da eben eine Försterin."

„Was ist eine Försterin?", wollte Leo wissen.

„Typisch, dass du das nicht kennst." Streuner reckte seinen Kopf in die Luft. „Förster kümmern sich um den Wald und um die Tiere, die dort leben."

„Dann sind das gute Menschen?"

Streuner schwieg. Robin wusste, dass er Schwarz-Weiße in der Zwickmühle steckte. Er schimpfte auf alle Zweibeiner, seit er damals aus dem Tierheim getürmt war. Die Tierärztin war eine Ausnahme, die es aber in Streuners Augen erst zu etwas gebracht hatte, nachdem sie sich seiner angenommen hatte. Und in ihre Katzenwohnung kam er nur, um Sheila und Charly zu sehen.

„Ja, Leo, Förster sind gute Menschen", antwortete Robin deshalb. Er stand auf. „Und hier ist unser Plan: Leo, du läufst mit mir zum Forsthaus – Streuner, kannst du uns den Weg dorthin erklären?" Der Schwarz-Weiße nickte. „Gut. Du selbst musst dich hier in Butzbach umhören. Wir müssen wissen, was die Polizei herausbekommt."

Da stand Streuner auf und hinkte auf den Stall zu.

„Das kannst du vergessen. Auf keinen Fall gehe ich dorthin, wo so viele Menschen sind. Ich gehe mit dir zum Forsthaus, dann muss ich dir auch nicht den Weg erklären. Leo kann doch zur Polizei gehen."

„Alleine?", piepste der rote Jungkater erschreckt.

Robin schüttelte den Kopf.

„Du kannst doch gar nicht richtig laufen, Streuner. Der Weg nach Ober-Mörlen ist weit."

„Na, dann geht eben jemand anders zur Polizei und ich bleibe hier."

„Wir brauchen dich, dich und deine Erfahrung. Und wer könnte der Jemand sein? Sheila weicht Charly und Flori nicht von der Seite. Und Brünó, na ja, du weißt doch, wie er ist. Er hat immer Angst, es könnte was passieren. Er traut sich einfach nichts zu."

Der Schwarz-Weiße gab nach.

Die beiden Kater überließen ihn seiner Aufgabe und liefen zurück. Es war Robins Plan, sofort zum Forsthaus aufzubrechen. Doch Leo widersetzte sich: Lotte so lange alleine zu lassen sei nicht nett. Deshalb verschoben sie den Marsch auf den Abend.

Auf der Wiese vor dem Mehrfamilienhaus angekommen, lief Leo über die schmale Holzstiege, die seine Besitzerin für ihn am Balkon hatte anbringen lassen. Oben auf dem Geländer balancierte er einen Moment, bevor er auf der anderen Seite hinuntersprang und verschwand.

Robin trabte nach Hause, nicht ohne an seinem Mauseloch hinter dem Reitstall anzuhalten. Zwei Mahlzeiten später kauerte er sich in den Graben, der entlang der Bundesstraße führte, und wartete auf eine Lücke im Verkehr. Dann rannte er in weiten Sätzen rüber und in unvermindertem Tempo bis an den Zaun, der den heimischen Garten mit dem Kastanienbaum darin umschloss. Am Eingang zum Grundstück stoppte er.

Vor der Haustür, zusammen mit der Frau aus dem Erdgeschoss und seiner Besitzerin Johanna, stand ein großer, schwarzer Hund. Robin harrte bewegungslos an der Stelle aus, wo er angehalten hatte. Noch schaute das Vieh in eine andere Richtung. Sein Fell schien dick und lockig zugleich, es bedeckte nicht nur den Rumpf, sondern wucherte die langen Beine hinunter. Die Ohren hingen herunter, an ihnen bauschten sich schwarze Wellen in einer heißen Brise, die soeben aufkam. Auf seinem Kopf trug das Tier etwas, das Robin bislang nur von Menschen kannte. Es war eine Frisur. Die Haare waren zwar auch lockig, doch standen sie in die Höhe. Warum sie nicht nach unten fielen, war dem Kater schleierhaft. Auf dem Schwanz, der in die Luft ragte, war es genauso.

„So einen Pudel habe ich noch nie gesehen", sagte Johanna zu der Frau.

„Großpudel, um genau zu sein."

„Wie heißt er denn?"

„Mephisto."

„Das passt. Ich bin übrigens Johanna, wir - das heißt mein Mann Stefan, unser Kater Robin und ich - wohnen im vierten Stock."

„Freut mich. Julia."

Die beiden schüttelten sich die Hände.

„Hoffentlich verstehen sich Ihr Hund und unsere Katzen."

„Ah ja, ich habe natürlich an die Katzenwohnung hier im Haus gedacht. Aber im Gegensatz zu Ihrem Robin und den anderen seiner Art läuft Mephisto hier nicht frei rum. Stimmt´s?"

Julia kraulte dem Schwarzen den Rücken. Der hob ihr den Kopf entgegen und inspizierte dann den Garten mit den Augen. Für einen Moment begegnete sein Blick dem Robins und hing im Schweigen.

„Das glaube ich nicht, dass wir uns verstehen werden!", bellte der Großpudel in seine Richtung und zerrte an der Leine.

„Kann ich mir auch nicht vorstellen", fauchte er, buckelte und stellte Rücken- und Schwanzhaare auf.

„Es geht schon los", meinte Johanna und deutete in seine Richtung. „Das ist unserer."

Der Weg zum Einstieg in den Speisenaufzug neben der Haustür war durch den Hund versperrt. Es blieb nur der andere Weg. Robin fegte durch den Garten, und bevor der Schwarze außer Hörweite war, fauchte er ihm zu:

„Das ist MEIN Haus!"

„Jetzt nicht mehr!", bellte der Hund ihm nach.

Mit einem Satz landet Robin am Stamm des Kastanienbaumes und arbeitete sich empor. Auf einem der ersten tragfähigen Äste angekommen hielt er inne und atmete heftig. Seit er den Speisenaufzug regelmäßig nutzte – gelobt seien diejenigen, die hier früher ein Hotel mit Restaurant im Garten betrieben hatten -, war er etwas außer Übung, was das Klettern betraf. Er ahnte, dass sich das in der kommenden Zeit wieder ändern würde.

Endlich in der Krone des riesigen Baumes und damit im vierten Stock angekommen, kletterte Robin über einen weiteren Ast auf seinen Balkon. Dort ließ er sich in den Schatten fallen.

Nachdem die Sonne ihren höchsten Stand hinter sich gelassen hatte, verließ Streuner den Stall und trat den Weg zur Polizeistation an. Deren Lage er als Weitgereister – wie er den Beinamen, den Sheila ihm gegeben hatte, liebte! - natürlich kannte.

Zwar zog er sein linkes Hinterbein nach jedem Schritt über den Boden, doch hinderte ihn das nicht daran, flotter voranzukommen. Dafür hatte er sich einen eigentümlich schlenkernden Gang zugelegt, bei dem er den beeinträchtigten Hinterlauf nach dem Auftreten etwas zur Seite warf. Das war so, als würde er den aufkommenden Schmerz gleich wieder ausschütteln.

Streuner schlenkerte los. Auf den ersten Seitenstraßen dachte er darüber nach, wie er am besten bis ans andere Ende der Stadt kam. Er kannte sie mittlerweile wie seine eigene Fellzeichnung, und so schloss er den Weg durch die Unterführung entlang der Bundesstraße aus. Dort blieb ihm nur die Möglichkeit, auf dem Bürgersteig zu laufen. Mitten am helllichten Tag aber würde er die vielen lauten Autos nicht ertragen.

Blieb der Weg über die Gleise selbst. Den hatte er schon einmal bewältigt, sogar eine Strecke lang war er auf ihnen entlang getrabt. Doch damals hatte ihn der pure Rachedurst angetrieben. Heute war er kühl und besonnen.

Am Rand der Schienen blieb er stehen und äugte durch das Geländer. Dort drüben war die Lärmschutzwand, die beim ersten Mal nicht wichtig gewesen war. Diesmal aber schon. Sie war zu hoch zum Hinüberspringen. Er wanderte mit dem Blick in die eine Richtung, dann in die – stopp. Da war eine Tür, mitten in der Wand. Stand sie einen Spalt offen? Er war sich sicher.

Weder von der einen noch von der anderen Seite kam ein Zug. Das bescheinigten ihm nicht nur seine Augen, sondern auch seine Ohren. Also zwängte er sich zwischen den Gitterstäben des Geländers hindurch und setzte eine Pfote auf die Gleise. Autsch! Wie spitz die Steine waren. Damals war er in Gleisrichtung gelaufen, die Bohlen dazwischen als Trittstufen nutzend. Jetzt führte der Weg quer rüber.

„Kleiner, was machst du da? Komm zurück!"

Er blieb stehen und wandte den Kopf.

„Das ist gefährlich. Komm schon, gute Katze, gute Katze", lockte die Frau am Geländer.

„Lass mich", miaute Streuner und brachte sich mit einem Satz weiter weg von der ausgestreckten Hand.

Hier nutzte ihm sein Schmerzvermeidungs-Gang nicht das Geringste. Um auf den groben Steinen nicht zu stolpern, brauchte er alle vier Pfoten gleichermaßen. Hoffentlich war die Sache diese Strapaze wert, knurrte er in sich hinein und stakste voran.

Fast hatte er den Bahndamm überwunden – mittlerweile sah er genau, dass die Tür in der Wand einen Spalt offenstand -, da hörte er das Rauschen. Ohne auf die stechenden Schmerzen in den Pfoten und in seinem Hinterbein zu achten, rannte er dicht an den Boden gepresst los. Warum war der Zug so schnell? Sollte er nicht am Bahnhof gleich da vorne anhalten? Erde unter den Tatzen, hohe Grashalme, die Wand war da, die Tür zu weit. Die Bahn rauschte heran, Lärm brüllte in seinen Ohren. Er legte sie platt an den Kopf, ein Windstoß zauste dem Kater das Fell auseinander.

Endlich sah er den letzten Waggon von hinten. Aber wo war das Rauschen des Windes? Wo das Vogelgezwitscher? Streuners Ohren waren taub. Er drehte den Kopf schief, zu jeder Seite, fuhr sich mit einer Pfote darüber. Nach und nach kehrte die Außenwelt zurück zu ihm. Gut so. Voran.

Die Tür in der Wand stand so weit auf, dass es ihm gelang, sich hindurchzupressen. Im Vorbeischlenkern warf er einen Blick durch die hohen Scheiben des Gebäudes, dessen Sinn er nie verstehen würde. Da drinnen sprangen die Menschen fast nackt in ein riesiges Becken mit Wasser, und zwar nicht nur einmal, sondern immer wieder.

Sein weiterer Weg führte ihn über einen Hof, rundherum hohe Gebäude, dann ein Sprung ein Mäuerchen hinunter. Zwischen den großen Grabsteinen, die im Schatten standen, war es angenehm kühl. Ein verheißungsvolles Plätschern drang an Streuners Ohren, die wieder voll einsatzfähig waren. Er folgte dem Geräusch und sah von einem Versteck in einem Gebüsch aus eine Frau, die eine Gießkanne unter einem Wasserhahn befüllte.

Sie drehte den Hahn zu und steuerte ein Grab einige Schritte entfernt an. Zwar versiegte der Wasserstrahl, doch einzelne Tropfen fielen auf den Boden darunter. Streuner sprang auf den steinernen Sockel, stellte sich mit den Vorderpfoten auf das schmale Rohr und schleckte das Wasser ab. Es war nicht viel, das er ergatterte, bis die Frau wiederkam und er sich trollte. Doch den schlimmsten Durst stillte es vorerst.

Zu gerne ließe er sich ein Stück weiter unter dem riesigen Baum nieder und hielte die heißen Pfoten an die mit Sicherheit kühlere Mauer dahinter. Doch die anderen warteten auf ihn und die Informationen, die er von der Polizei mitbrächte.

Er lief weiter seinem Ziel entgegen. Wie er Robin kannte, würde der ihnen keine Ruhe lassen, bis sie den Mörder zur Strecke gebracht hatten. Und dass es sich um einen Mord an der Katze handelte, davon war

Streuner, der Menschenfeind überzeugt. Das war so sicher wie Sheila, die ihn in der Katzenwohnung erwartete. Sheila! Wenn sie nicht wäre, wäre er schon längst wieder über alle Felder. Doch so hatte er sich sein Leben in der Nähe der Menschen, so gut es ging, eingerichtet. Nur zu behaglich durfte es nicht werden, damit er nicht von den Zweibeinern abhängig würde. Im Großen und Ganzen bezeichnete er sich als einen glücklichen Kater. Nur der dicke Brünó nervte ihn manchmal, vor allem dann, wenn der sich zwischen ihn und Sheila drängte. Aber das zeigte er ihr nicht, sie würde ihm eine Woche lang Hausverbot erteilen.

Zu früh erreichte Streuner das Polizeigebäude. Denn auf dem Weg hierher hatte er an alles Mögliche gedacht, nur nicht daran, wie er hier hineinkam. Improvisieren war angesagt.

Viel los war nicht in der näheren Umgebung. Etliche große Gebäude mit wenigen Fenstern, ungenutzte Autos an den Straßenrändern, die Bürgersteige menschenleer.

Neben der Polizei war ein Parkplatz, das Tor dazu offen. Der Kater lief hinein, dabei die Deckung der Wagen ausnutzend. Er inspizierte das Gebäude. Alle Fenster waren geschlossen, Kellertüren gab es nicht, auch sonst erspähte Streuner keinen Einlass. Dann blieb nur die harte Tour.

Zurück vor dem Haupteingang kauerte er sich unter ein parkendes Auto. Nach einer Weile fuhr ein weiterer Wagen heran und wurde direkt neben ihm abgestellt. Zwei Paar schwarze Schuhe stiegen aus und schritten auf den Eingang zu. Streuner kannte die Prozedur. Sie währte nur Sekunden. Er biss die Zähne aufeinander, um dem Schmerz in seinem Hinterbein zu begegnen, schoss aus dem Versteck hervor und raste von hinten an die beiden Polizistinnen heran. In dem Moment, in dem sich die Glastüren wie von selbst öffneten, flitzte er zwischen den Beinen der einen Frau hindurch.

„Huch!", rief sie, stolperte, ihre Kollegin fasste sie am Arm, da hatte Streuner schon die Türen passiert.

Der Schwung des eigenen Laufs trug ihn halb rennend, halb schlitternd ein Stück den Gang hinunter. Wo ein anderer Flur einmündete, bremste er. Hinter sich hörte er Stimmen. Er rannte los, rutschte auf dem glatten Boden aus, fing sich und galoppierte in den Korridor hinein. Da eine offene Tür! Er lief in das Halbdunkel. Keine Fenster, dafür ein paar Putzeimer auf Rädern, darin steckten Stiele mit Wischlappen dran. Nichts wie rein da. Der Kater wühlte sich unter ein großes, flauschiges Tuch. Pochender Schmerz im Bein. Stille.

Vorsichtig schob Streuner den Kopf hervor. Es war dunkler als zuvor. Jemand hatte die Tür geschlossen. Warum hatte er das nicht gehört? Hatte er geschlafen? Bloß das nicht. Wenn es jetzt Nacht war, würde er niemanden von den Polizisten mehr belauschen können. Erleichtert stellte er jedoch fest, dass durch schmale Schlitze am oberen Ende der Tür Licht einfiel.

Er strampelte sich frei und kletterte aus dem Eimer. Vorhin war ihm der Geruch nicht aufgefallen. Doch jetzt stach er dem Kater in die Nase, er roch ihn an dem Lappen und an sich.

Mit dem Kopf stemmte sich Streuner gegen die Tür. Sie bewegte sich nicht. Er schaute sich in der Kammer um. Da standen ein paar Kartons an der Wand, direkt neben der Tür. Er nahm Anlauf, rannte, sprang, klammerte sich mit den Vorderpfoten an der oberen Kiste fest, rutschte aber immer wieder ab, weil sie so glatt war.

„Verdammt!", knurrte Streuner laut.

Er fuhr die Krallen an seinen Hinterbeinen aus, sie fanden Halt in einer Ritze, und so arbeitete er sich empor. Dort angekommen legte er sich auf die Seite und schnaufte heftig. Es war so angenehm, das Halbdunkel des kleinen Raumes. Und so geschützt. Doch im nächsten Moment war er wieder auf den Pfoten und sprang von oben auf die Türklinke. Es rutschte zwar ab und landete grob auf dem Boden, die Tür aber stand einen Spalt offen.

Rötliches Licht fiel durch die Fensterscheiben in den Flur. Bald würde es dunkel werden. Zögerlich eine Pfote vor die andere setzend bewegte sich Streuner voran. Da hörte er Stimmen. Erst leise, dann lauter werdend, je näher er einer geöffneten Tür kam. Der Kater schaute sich um. Ansonsten war niemand zu sehen oder zu hören. Er setzte sich und lauschte, was besprochen wurde.

Kurz darauf war sich Streuner sicher, dass die Informationen, die er von der Polizei mitbrächte, sie in ihren Ermittlungen weiterbringen würde.

„Was riecht denn hier so stechend?", fragte da eine Frauenstimme.

„Desinfektionsmittel?", sagte eine Männerstimme. „Hat die Reinigungsfirma was verschüttet?"

Stechend. Das war es, was er an sich hatte. Streuner trollte sich in Richtung Eingang, bevor jemand den Kopf in den Flur streckte. Er lief auf die Glastüren zu, sie öffneten sich nicht. Ein paar Mal wiederholte er den Versuch, doch nichts tat sich. Kamen nur Menschen hier durch? War er zu klein? Waren die Türen abgestellt? Der Glaskasten, in dem vorhin ein Polizist gesessen hatte, war leer.

Kapitel 3

Die Tür des Speisenaufzugs zum Garten glitt auf. Von hier drinnen sah er keinen Hund. Robin spitzte die Ohren. War da ein ungewohntes Geräusch gewesen? Wenn der Schwarze ihn hier erwischte, hätte er schlechte Karten. Die einzige Fluchtmöglichkeit war die nach vorne. Ein Schlag auf die Nase! Der Getigerte fuhr die Krallen an der rechten Pfote aus, stellte sich auf die Beine, buckelte, spannte alle Muskeln an und schob seinen Körper langsam über die Kante des Aufzugs.

„Huhu!"

„Leo!"

Robin sprang in den Garten.

„Was MACHST du hier?"

„Wir hatten uns doch verabredet, um zum Forsthaus zu gehen."

„Ich dachte, du bist ein Hund."

„Also weißt du!", miaute Leo beleidigt.

Robin lief an dem Roten vorbei in seinen Garten hinein und inspizierte das Gebüsch rundherum. Mit steil in die Luft gestelltem Schwanz markierte er sein Revier. Aus demselben Grund streckte er sich an dem Stamm des Kastanienbaumes empor, hieb seine Krallen in die Rinde und lief zurück. Leo schaute ihm mit schief gelegtem Kopf entgegen.

„Das hast du doch heute Morgen schon zweimal gemacht."

„Hundezeiten erfordern besondere Maßnahmen. Übrigens hab ich ihn heute Morgen hier gesehen."

Leos „Oh!" zitterte in der Luft. „Warum bist du dann mit dem Speisenaufzug runtergekommen? Wenn der dich da drin erwischt, dann ..."

„Ich lasse mir nicht von einem Hund die Freiheit nehmen!", knurrte Robin. „Dem werde ich schon beibringen, wem das Haus und der Garten gehören. Aber egal jetzt, wir müssen los. Haben einen langen Weg vor uns. Aber vorher sage ich Sheila und Brünó Bescheid, dass wir aufbrechen."

Robin sprang zurück in den Aufzug. Schon glitt die Tür zu, da miaute er seinem jungen Freund zu:

„Und verstecke dich, bis ich wieder da bin. Man weiß nie, wann der Schwarze hier erscheint."

In der Wohnung im ersten Stock angekommen, fand Robin Sheila im Flur hin- und herlaufend vor. Er sprang vom Aufzug hinunter und sie hielt inne.

„Werter Gruppenleiter. Mein Gedanken kreisen seit geraumer Zeit nun schon um diese eine Frage, wo sich der Weitgereiste wohl aufhalten mag, ob ihm gar etwas zugestoßen sein mag, wobei ich gestehen muss, dass mich dieser Gedanke mehr als alles andere beunruhigt, denn mein Zweitgefährte versprach mir, mir noch im Laufe des heutigen Tages einen Besuch abzustatten." Robin holte an ihrer statt Luft. „Seit er diese Beeinträchtigung beim Gehen hat, vergeht kaum ein Tag, an dem ich mir ..."

„Alles ist gut, Sheila", hakte er ein. „Streuner hilft uns. Er ist bei der Polizei in Butzbach. Er wird bald zurückkommen."

In Wahrheit war sich Robin da nicht so sicher. Bis zur Abenddämmerung wollte der Schwarz-Weiße spätestens hier sein. So weit war es.

„Leo und ich laufen jetzt zur Försterin nach Ober-Mörlen." Mit wenigen Worten unterrichtete Robin die British Shorthair über ihren Plan. „Streuner hat uns den Weg beschrieben."

Brünós dicker Kopf erschien in der Küche zur Tür, dann schob er seinen Körper nach. Er leckte sich das Maul.

„Hm, Käsecracker. Habe mich gestärkt, bevor wir aufbrechen."

„Wir?", miaute Robin.

„Ich komme mit zur Försterin. Habe alles gehört."

„Wie kommst du auf die Idee?"

„Ich will helfen."

„Das kannst du auch, Brünó. Dafür gibt es bestimmt noch genug Gelegenheiten. Aber der Weg nach Ober-Mörlen ist wahnsinnig weit, ehrlich. Ein Kater muss dafür gut trainiert sein."

Brünó schaute an sich herunter, seine Lefzen zitterten. Eilig setzte Robin hinzu:

„Also bestimmt bist du kräftig, keine Frage. Aber Ausdauer ist eben auch wichtig."

Sheila drückte ihren Kopf an den des Zimtfarbenen.

„Mein liebster Erstgefährte. Ich kenne dich nun schon einen großen Teil meines bisherigen Katzenlebens und ich meine mit einiger Sicherheit sagen zu können, dass du dich bislang nie weiter als bis unten vor die Haustür bewegt hast, sei es aus purer Bequemlichkeit oder wegen der schlichten Tatsache, dass wir bis vor gar nicht so langer Zeit genötigt waren, unsere Wohnung nicht zu verlassen."

„Eben! Ich durfte ja nicht raus!"

„Du bleibst hier", befahl Robin. „Und du hast die Aufgabe, in unserer Wohnung im zweiten Stock regelmäßig nachzuschauen, ob Streuner da ist. Denn Sheila will sicherlich bei den Kleinen bleiben."

Damit gab sich Brünó vorerst zufrieden. Auf seinem Weg zurück warf Robin einen Blick ins Wohnzimmer. Elke und Jens saßen auf dem Sofa. Sie las Zeitung, oder zumindest versuchte sie es. Flori und Charly lagen halb über-, halb nebeneinander auf ihrem Schoß und nagten am unteren Ende des Papiers herum.

Im Garten war die Luft rein. Es raschelte im Gebüsch, Leo kam hervorgekrochen, und sie liefen los.

Wie sie auf ungefährlichen Wegen zum Stadtrand kamen, war ihnen von ihren Ausflügen zum Tierheim Amalienhof bekannt. Doch darüber hinaus war selbst Robin, der als der erfahrenste Hauskater in Butzbach galt, bislang nicht gekommen.

Immer wieder hielten sie an, um nach den Orientierungspunkten zu suchen, die ihnen Streuner genannt hatte. Zuerst der schnurgerade, geteerte Weg, dann das Dorf. Da war das Backsteingebäude mit den drei riesigen, roten Toren. Daneben das viele Menschenlängen hohe Haus aus schwarzen Steinen, obwohl jetzt, wo es fast dunkel war, er sich nicht sicher war, ob sie nicht grau waren. Dann kreuzten sie zwei, drei menschen- und autoleere Straßen, bis sie wiederum freies Feld erreichten.

Sie trabten flott drauflos, manchmal rannten sie, der Weg führte geradeaus. Sie konnten sich hier gar nicht verirren. Doch Leo fiel zurück. Und wenn Robin ehrlich war, machten seine Pfoten auch schlapp. Langsamer nun marschierten sie auf dem geteerten Weg vor sich hin, dann blieben sie wie auf Kommando gleichzeitig stehen.

„Ich kann nicht mehr", piepste Leo und setzte sich an Ort und Stelle hin.

„Ist gut. Machen wir eine Pause. Aber nicht direkt auf dem Weg. Lass uns ins Feld laufen, vielleicht fangen wir ein paar Mäuse."

„Aber da ist es so dunkel. Ich sehe gar nicht, wohin ich laufe."

„Die Dunkelheit weicht zurück, so wie hier auf dem Weg, Leo. Du kannst immer ein Stück weit vor deinen Pfoten sehen, egal ob hier auf dem Weg oder auf dem Acker."

Das beruhigte den Jungkater und zusammen sprangen sie über die Erdbrocken, bis sie eine der seltenen Buschreihen zwischen den Feldern, durchbrochen von niedrigen Bäumen, erreichten. Dort jagten sie.

Robin vertilgte den letzten Happen seiner Mäusemahlzeit, hob den Kopf und sah kurz vor sich zwei glänzend schwarze Punkte über dem Boden schweben. Sie starrten ihn unverwandt von oben herab an. Er rührte sich nicht. Das Etwas, das mit dem Dunkel um sie herum fast zu verschmelzen schien, roch unbekannt. Robin richtete sich auf. Die schwarzen, glänzenden Punkte schwebten ebenfalls nach oben. Er erkannte eine schlanke, hoch gewachsene Gestalt, die zu den Augen gehörte. Etwas mehr Mondlicht wäre jetzt hilfreich, doch ausgerechnet heute Nacht hielten sich ein paar Wolken am Himmel standhaft. Die Neugier trieb ihn voran.

„Nicht näher!", war eine heißere Stimme zu hören. Es klang fast wie ein Bellen.

„Ich tue dir nichts", schnurrte Robin. „Ich bin nur ein harmloser Kater."

„Ach so", kam es heißer zurück. Die Gestalt kam näher und offenbarte vier lange, dünne Beine mit einem schlanken Hals. Darauf ein graziöser Kopf, zu dem eben jene beiden Punkte gehörten, die Augen. Eine ebenso schwarze Nase und zwei ziemlich große Ohren passten sich perfekt in das Erscheinungsbild ein.

„Was bist du?", fragte Robin ehrfürchtig. Er hatte bis heute nie ein schöneres Tier gesehen, außer Katzen natürlich.

„Ich bin ein Reh."

„Oh", war alles, was der Kater hervorbrachte.

„Bist du alleine? Mir schien, ich hätte vorhin noch einen anderen deiner Artgenossen gesehen."

„Leo ist noch bei mir. Er versteckt sich bestimmt irgendwo. Übrigens, ich heiße Robin."

„Heiße?"

„Na mein Name, der ist Robin."

„Name?"

„Hast du denn keinen Namen?"

„Nein, was ist das?"

„Mit unseren Namen sprechen wir uns an, wenn wir uns rufen. Wie sprecht ihr euch an?"

„Ich rieche, welches Kitz meins ist, dafür brauche ich keinen Namen. Wieso denkt ihr euch so etwas aus?"

„Ehrlich gesagt sind es die Menschen, denen wir gehören, die uns die Namen geben."

„Menschen!", bellte das Reh heißer und machte einen Satz rückwärts. „Sind sie hier?"

„Nein, nein, keine Angst. Leo und ich sind alleine hier. Leo! Komm raus, es ist nicht gefährlich."

Der Rote schälte sich aus einem Haufen Stroh und Geäst unmittelbar neben ihnen.

„Hallo, ich heiße Leo und ich finde es schön, dass mir Lotte den Namen gegeben hat."

Das Reh trat wieder näher, senkte seinen Kopf und schnüffelte vorsichtig erst in Leos Richtung, dann in Robins.

„Ihr riecht nach Mensch, wenn ich das so sagen darf. Das ist beunruhigend. Wenn ich auf Menschen treffe, ist es selten schön. Sie jagen uns. Sie töten uns."

„Wirklich?", miaute Leo.

„Ja. Deshalb sind sie unsere Feinde." Das Reh hob den Kopf und witterte in alle Richtungen.

„Aber wir sind keine Menschen, wir leben nur bei ihnen. Und zu uns sind sie gut", betonte Leo.

„Meistens jedenfalls", fügte Robin hinzu.

„Dann lasst es euch wohl ergehen."

Das Reh sprang in die Dunkelheit davon.

„Das ist nicht nett, dass Menschen Tiere töten", maunzte Leo.

„Du tötest doch auch welche."

„Ich??"

„Du jagst Mäuse und frisst sie."

„Das ist etwas anderes."

„Du frisst das Futter, das Lotte dir täglich gibt. Das ist auch Fleisch. Was meinst du, woher das kommt?"

„…"

„Eben."

Robin leckte Leo einmal quer über die Ohren, nur für den Fall, dass ihn die Episode zu sehr mitgenommen hatte. Dann nahmen die beiden Kater ihren nächtlichen Lauf wieder auf.

Wie Streuner es beschrieben hatte, verlief der Weg zwischen weiteren Äckern und Feldern eine Weile sacht bergauf. Auf der Anhöhe angekommen, hatten sich die Wolken verzogen. In einer Senke vor ihnen lag eine stattliche Ansammlung von Häusern, beschienen vom Mondlicht.

Bergab liefen die Pfoten wie von selbst. Den größten Teil des Weges hätten sie an dieser Stelle hinter sich, so lautete die Beschreibung. Die kleine Brücke, die über den Bach führte. Hier stillten sie ihren Durst. Sich durch Nebenstraßen schleichen, viele Gartenzäune unter sich zurücklassen, bis sie vor dem großen Gebäude standen, in dem die Menschen ihr Futter kauften.

Ein paar Sprünge weiter die schmaler werdende Straße hinauf gab es keine Bebauung mehr. Die Kater schlugen sich seitwärts durch das Buschwerk und erreichten eine Weidelandschaft. Querfeldein rannten sie wieder, bis sie ein Haus mit erleuchteten Fenstern am Waldrand sahen.

Robin und Leo näherten sich dem Anwesen von hinten. Ein Zaun, teils überwuchert von Ranken, umgab es. Kurz davor blieben sie stehen.

„Und jetzt?", fragte Leo.

„Wir versuchen reinzukommen und die Försterin zu belauschen. Vielleicht sagt sie etwas."

„Und wenn sie allein ist?"

„Hast du vergessen, dass Lotte spricht, wenn sie alleine ist?"

„Stimmt. Am Telefon."

„Auch bei anderen Gelegenheiten sprechen viele Menschen mit sich selbst, wenn sie sich unbeobachtet glauben. Johanna redet die ganze Zeit vor sich hin, und zwar mit Vorliebe beim Wohnungsputz."

Sie zwängten sich durch eine Lücke im Zaun. Vor dem Haus stand ein großes Auto. Robin beschnüffelte dessen grobe Reifen, die Türen. Leo machte es ihm nach. Unmittelbar darauf duckte er sich an den Boden und legte die Ohren an.

„Du hast recht", knurrte Robin leise.

Schattengleich huschten sie hinter das Haus und stoppten jäh. Dort stand wie zur Bestätigung ihrer Geruchsprobe eine Hundehütte. Sie war leer.

„Pass auf, dass wir nicht überrascht werden!"

Er sprang auf eine Fensterbank, Leo spähte in alle Richtungen.

Drinnen stand eine Frau an einem Tisch und blätterte einen Stapel Papiere durch. Eben drehte sie sich um. Robin presste sich platt auf die Fensterbank.

„Gipsy!", hörte er die Frauenstimme durch das gekippte Fenster.

Gipsy? Robin hob vorsichtig den Kopf. Ein Hund kam in den Raum gelaufen. Mindestens so groß wie der Schwarze in seinem Haus, nur dass der hier beiges Fell mit kurzen Haaren hatte. Ohne Frisur.

Die beiden verschwanden aus dem Zimmer, dann fiel die Haustür ins Schloss. Autotüren schlugen, der Wagen fuhr davon.

Robin sprang in den Garten.

„Sie sind erst mal weg. Lass uns gucken, wie wir reinkommen."

Leo hüpfte aus dem Stand auf die Fensterbank. Er stellte sich auf die Hinterbeine und angelte mit den

Vorderpfoten durch die schräge Öffnung der gekippten Scheibe.

„Tu das nicht!", rief Robin. „Du könntest dich einklemmen."

Der Rote zog eine Pfote zurück. Die Zweite hing fest.

„Hilf mir!", miaute er kläglich.

„Hast du nicht gelernt, dass man als Katze gekippte Fenster meiden soll?", grollte Robin ob der vermeidbaren Verzögerung. Doch dann gab er sich einen Ruck und sprang neben seinen Freund. Er zwängte den Kopf unter die eingeklemmte Pfote und hob ihn vorsichtig an.

„Streck dich so weit wie möglich in die Höhe", dirigierte er. „Dann rutscht dein Bein hoch."

So war es.

Leo hinkte zwar, das gab sich aber nach ein paar Schritten. Sie setzten ihre Suche fort, doch alle Kellerluken waren dicht, und die Terrassentür war ebenfalls geschlossen.

„Der weite Weg völlig umsonst?", miaute Leo.

„Bestimmt nicht. Wir warten, bis sie zurückkommen. Vielleicht ergibt sich was."

Sie krochen unter einen Mauervorsprung am Fuß des Hauses. In der Nische war ein Kellerfenster, von der Mauer runter hingen dornige Rosenranken. Beim Hindurchkrabbeln schützte sie ihr Fell vor Blessuren.

Robin kauerte sich im Schutz der Ranken zusammen, Leo ließ sich auf die Seite fallen und schloss die Augen. Es dauerte nicht lange, und der Rote war eingeschlafen. Das konnte nicht verkehrt sein, sich mal zu entspannen. Was sollte passieren? Er streckte sich ebenfalls aus. Kein Gewicht mehr auf den Pfoten, die sich so heiß wie nie anfühlten. Seine Augen brannten. Mal eine Weile gar nichts sehen. Schläfrig drehte er ein Ohr nach hinten. Alles ruhig. Na dann ...

Ein lautes Geräusch. Sie schreckten auf.

„Was ist passiert?", rief Leo.

„Vielleicht die Haustür. Sie sind wahrscheinlich zurück. Dann mal los."

Die beiden Kater schoben sich zwischen den Ranken hervor und erstarrten, die Hinterteile in der Nische verborgen.

Vor ihnen saß der Hund.

Der Schreck verschlug Robin ein Fauchen oder Spucken. Ein Katzenbuckel verbot sich ob der Dornen, zwischen denen sie noch steckten. So wenig Bewegung wie möglich wäre das Beste. Aus den Augenwinkeln sah er, dass auch Leo wie eine Steinfigur stand.

Der Hund verharrte ebenfalls reglos. Saß da und schaute sie an. Das irritierte Robin. Erstkontakte mit diesen Vierbeinern verliefen seinen bisherigen Erfahrungen zufolge feindselig und laut. Doch die Augen des Tieres vor ihnen blickten ... freundlich. Er entspannte sich.

„Hallo", wagte er einen ersten Versuch.

„Ich grüße euch", bellte der Hund. „Ich habe euch noch nie hier gesehen. Seid ihr neu in der Gegend?"

„Nein, wir kommen von weiter her. Wir suchen etwas."

„Und was?"

„Das sagen wir dir gerne. Aber dürften wir vorher aus diesem Dornengebüsch hier raus? Das ist recht unangenehm."

„Natürlich, entschuldigt bitte."

Der Hund machte ein paar Schritte rückwärts und legte sich hin.

Robin schlüpfte ganz hinaus, Leo verharrte noch immer zwischen den Ranken.

„Komm schon, Leo. Der Hund tut uns nichts."

„Bestimmt nicht."

Leo zuckte bei dem Gebell zusammen. Doch schien ihm Robins Zuversicht Vertrauen einzuflößen. Er folgte seinem Freund und setzte sich neben ihn.

Der Hund klopfte mit dem Schwanz auf den Boden.

„Ich heiße Gipsy und gehöre der Försterin."

„Hallo Gipsy, ich bin Robin. Und das ist Leo. Ich frage mich, ob du uns helfen kannst."

Er berichtete von der toten Katze im Wald und den Rest der bisherigen Geschichte.

„Ein ungewohnt buschiger Schwanz, sagst du? Mit schwarzen Ringelstreifen am Ende? Das hört sich nach Wildkatze an."

„Eine Wildkatze? Du meinst eine Hauskatze, die draußen lebt?"

„Wie Streuner", warf Leo ein.

„Nein. Ich meine eine echte Wildkatze, die im Wald lebt. Hier bei uns gibt es welche davon."

Robin spitzte die Ohren.

„Hast du schon welche gesehen?"

„Nein, aber ich kenne ihre Hinterlassenschaften. Und Michaela, meine Besitzerin, unterhält sich oft mit anderen Menschen darüber."

„Gibt es denn bei uns im Butzbacher Wald auch Wildkatzen? Wenn nicht, ist sie den ganzen Weg bis dorthin gelaufen. Aber warum?"

Gipsy warf ihre Stirn in Falten.

„Keine Ahnung."

„Wir müssen unbedingt mehr über diese Wildkatzen herausfinden. Kannst du uns dabei helfen? Ich meine, du bist so kräftig, kräftiger als ich, und als Hund ...“

„Hündin“, korrigierte Gipsy ihn freundlich. „Ich verstehe schon, dass ihr wissen wollt, wer eure Artgenossin auf dem Gewissen hat. Aber ich mische mich nicht in die Belange der Menschen ein. Damit habe ich bisher gut gelebt.“

„Es geht nicht um die Menschen, sondern um uns Tiere“, warf Leo ein.

„Immerhin gibt es neben der toten Wildkatze, pardon, vermutlichen Wildkatze, auch einen toten Menschen zu beklagen.“

„Ist schon gut. Leo hat recht, aber ich verstehe dich auch. Doch vielleicht könntest du uns helfen, in dein Haus zu kommen? Wir könnten drinnen etwas erfahren, was uns weiterbringt.“

Gipsy sprang auf.

„Das lässt sich machen!“, bellte sie und lief zur Vorderseite des Hauses. Dort stimmte sie ein lautes Gebell an. Es dauerte nicht lange, und die Försterin öffnete die Tür. Sie sah Gipsy, die ein paar Meter entfernt vorgab, etwas auf dem Boden gefunden zu haben. Immer wieder hob sie den Kopf und bellte. Ihre Besitzerin ging die Stufen hinunter, Robin und Leo huschten hinter ihr durch die offene Tür ins Haus.

Sie versuchten, sich in dem dunklen Flur zu orientieren. Die Stimme der Försterin wurde leiser, Gipsy führte sie weg. Geradeaus lag vermutlich das Zimmer, in dem Robin die Wildhüterin gesehen hatte. Mit vorgestreckten Köpfen setzten die beiden Kater eine Pfote vor die andere und kamen an einer halb geöffneten Tür vorbei. Vorsichtshalber spähte Robin hinein. Und erstarrte. Dort drinnen stand eine Katze, ebenfalls regungslos. Nicht einmal ihre Schnurrhaare zitterten.

„Robin ..."

„Ruhig", zischte er.

Die Artgenossin reagiert nicht. Wieso überhaupt Katze? Könnte doch auch ein Kater sein. Und da merkte er, was das Außergewöhnliche war an dem Vierbeiner: Er roch nicht. Jedenfalls nicht nach Weibchen oder Männchen. Wie war das möglich? Dafür reizte etwas anderes Robins bebende Nase.

Er schritt vorsichtig in den Raum und schob dabei die Tür weiter auf. Kopf an Kopf stand er nun mit der Figur, die vorgab, eine der Ihren zu sein. Sie lebte nicht, und trotzdem hielt sie sich aufrecht.

„Was ist das, Robin?"

Leo drückte sich an ihn.

Staub juckt in Robins Nase. Er nieste. Jetzt sah er noch etwas Erstaunliches: Die Figur hatte einen ebensolchen Schwanz wie die tote Katze am Butzbacher Waldrand.

„Kein schöner Anblick für euch, so ein ausgestopfter Artgenosse, was?"

Vor Schreck machten sie beide einen Satz in die Kammer hinein. Der Rote versteckte sich hinter der Leblosen, Robin wagte einen direkten Blick in die Augen der Försterin.

Gipsy erschien im Türrahmen.

„Tut mir leid, ich konnte sie nicht länger aufhalten", bellte sie.

Die Waldfrau namens Michaela hockte sich hin. Freundlich schaute sie Robin an und hielt ihm ihre

Hand entgegen. Er reckte seinen Kopf nach vorne, hob eine Pfote und verharrte mit der Nase unmittelbar vor ihren Fingern.

„Recht hast du", sagte sie. „Vertraue keinen Fremden."

„Meine Rede", miaute er.

„Wie ich sehe, hast du Tätowierungen in deinen Ohren. Dann bist du wohl kein Streuner. Und dein kleiner roter Freund dort hinten?"

Robin wandte den Kopf.

„Leo, ich glaube, sie ist in Ordnung."

„Natürlich ist sie das!", bellte Gipsy.

Die Försterin stand auf und klopfte die Flanke der Hündin.

„Du hast offenbar neue Freunde gefunden. Dann muss ich mich nicht kümmern. Sag nur Bescheid, wenn es Probleme gibt." Sie verschwand in dem Zimmer am Ende des Flures.

Leo kam hinter der verstaubten Katze hervor und betrachtete diese skeptisch.

„Warum steht die hier, Gipsy?"

„Michaela nimmt sie manchmal mit. Manchmal kommen auch viele Kinder mit ein paar Erwachsenen hierher, die führt sie dann durch den Wald und dann zeigt sie ihnen die Katze hier und erklärt, wie die Wildkatzen leben."

„Also sieht so eine Wildkatze aus. Dann ist klar, dass die tote Katze in unserem Wald drüben auch eine war."

Zu dritt liefen sie der Försterin hinterher. Hoffentlich erfuhren sie von ihr weitere Details. Soeben sprach sie mit jemandem am Telefon. Das lag auf dem Tisch, der Lautsprecher war angeschaltet. Gipsys Besitzerin blätterte in einem Ordner.

„Ich habe alles erledigt", sagte die Stimme am anderen Ende der Leitung. „Fundzeitpunkt und Fundort habe ich in die Wildtiergenetik-Datenbank eingegeben und die Probe von dem Katzenohr mitsamt der Probennummer an das Senckenberg-Institut in Gelnhausen geschickt. Jetzt müssen wir warten."

„Wie lange dauert es, bis die Ergebnisse da sind?"

„Zwei, drei Wochen, erfahrungsgemäß."

„Dann haben wir es Schwarz auf Weiß, ob es sich um eine Wildkatze handelt."

„Ph, das wissen wir schon längst!", schnaubte Robin.

Die Försterin schaute ihn an.

„Thorsten, meine Gipsy hat mal wieder Freundschaft mit zwei Katzen geschlossen."

„Irgendwann machst du eine Katzenzucht auf. Oder noch besser: Du wirst Beraterin für Menschen, die glauben, dass ihre Hunde und Katzen sich grundsätzlich nicht miteinander verstehen."

Michaela lachte.

„Zurück zum Thema. Wenn ich mir die Fotos hier und anschaue und auch mein ausgestopftes Exemplar mit dem Bild von der toten Katze vergleiche, das du mir gezeigt hast, dann handelt es sich bei dem Fund um eine Wildkatze."

„Sie hat´s begriffen. Sie ist eben klug, meine Besitzerin", bellte Gipsy.

„Schon gut, habe verstanden", gab Robin zu.

„Ich stimme dir zu, Michaela. Alles deutet darauf hin. Es bleibt aber die Frage ..."

„ … was die Katze so weit von ihrem Revier entfernt gemacht hat."

Die Amsel hüpfte zwitschernd auf dem Balkongeländer herum. Warum auch nicht? Von Robin drohte im Moment keine Gefahr. Der Grau-Schwarz-Getigerte blinzelte in die Morgensonne, die zu früh aufgegangen war. Er hob noch nicht einmal den Kopf von seinen schmutzig-weißen Pfoten. Viel zu anstrengend.

Es schien ihm gar nicht so lange her, dass er und Leo zurückgekehrt waren. Nachdem er den Roten bei Lotte abgesetzt hatte, war er selbst nach Hause gelaufen. Er hatte sich auf das weiche Podest seines Kratzbaums gefreut, doch die Luft in der Wohnung war zu stickig. Hier draußen war es luftiger.

„Stefan!"

„Was ist?"

Robin beschloss, Johannas Ruf aus der Küche zu ignorieren. Auch Stefans Antwort aus dem Bad heraus hatte ihn nicht zu kümmern. Wieso standen die beiden so früh auf? Warum ließen sie die ersten Schulstunden nicht mal ausfallen?

„Am Butzbacher Waldrand haben sie einen Toten gefunden!"

Verdammt. Es war doch seine Sache. Robin rappelte sich auf, streckte die Vorderbeine lang aus und bog den Rücken durch. Schon besser. Dann trabte er durchs Wohnzimmer in die Küche.

Dort stand Stefan in Trainingshose und T-Shirt, Johanna hatte eine Zeitung in der einen und eine Kaffeetasse in der anderen Hand.

„Hier steht, dass sie gestern Morgen am Freibad oben am Waldrand eine männliche Leiche gefunden haben. Eine Frau, die sehr früh schwimmen gehen wollte, hat sie entdeckt."

„Wahnsinn. Weiß man schon, wer es ist?"

„Nein, die Polizei hat noch keine Spur."

„Und sonst?"

„Nichts sonst. Mehr wissen sie nicht."

Robin fiel über sein Lammfutter her, das ihm Johanna hingestellt hatte. Nicht ein Wort von der überfahrenen Katze hatte in der Zeitung gestanden. Und dass er selbst es gewesen war, der die Frau zu dem Toten geführt hatte, war offenbar keine Berichterstattung wert. Verübelte er den Menschen das? Er verschluckte sich an einem besonders großen Bissen, hustete und fraß weiter. Ja, das tat er. Gäben sie sich mehr Mühe, um die Katzensprache zu verstehen, könnten sie den Fall zusammen schneller aufklären. Ahnten sie überhaupt, wie klug ihre Haustiere – allen voran die Katzen - in Wirklichkeit waren? Robin beschloss, seine Besitzer sobald als möglich dahingehend zu erziehen.

Aber da war noch etwas anderes. Wenn die Beschreibung von ihm in der Zeitung stehen würde, die die Frau der Polizei gegeben hatte, dann wäre er in Gefahr. Der Mörder informierte sich vermutlich ebenfalls in der Presse. So gesehen war es besser, wenn er in dem Bericht nicht vorkam. Erleichtert schluckte er den letzten Bissen hinunter und begann sich zu putzen.

„Wo hast du dich bloß wieder rumgetrieben, dass du so schmutzig bist?"

Johanna stand mit vor dem Bauch verschränkten Armen hinter ihm.

„Ich putze mich ja schon", maulte er zurück.

„Schade, dass ich keine Zeit mehr habe. Sonst würde ich die mal schön mit einem feuchten Lappen abwischen."

Robin schüttelte sich, so unangenehm war alleine der Gedanke an diese Prozedur. Meistens entkam er ihr nicht, denn wenn Johanna sich etwas in den Kopf gesetzt hatte, machte sie es für gewöhnlich wahr. Doch nun griff sie einen Stapel Hefte vom Küchentisch, hängte sich den Rucksack über die Schulter und folgte Stefan in den Flur. Der nahm dort seine Sporttasche, und gemeinsam verließen sie die Wohnung. Glück gehabt.

Woran Leo und er in der vergangenen Nacht keinen Gedanken mehr verschwendet hatten: Wo war Streuner? Der Schwarz-Weiße brauchte nicht so lange, um zum Polizeigebäude und zurückzugelangen. Trotz seines Hinkens.

„Wo bleibst du denn?"

Robin fuhr herum. Da stand der runde Brünó und schaute ihn vorwurfsvoll an.

„Wir warten schon alle auf dich. Unten in unserer Katzenwohnung."

„Alle?"

„Wenn ich´s sage. Sogar Leo ist da und hat uns berichtet, was ihr im Forsthaus erfahren habt."

„Was heißt sogar?"

„Schließlich war er auch die ganze Nacht unterwegs, aber er ist früher aufgestanden als du."

„Also hör mal!"

Brünó wartete seine Antwort nicht ab, sondern sprang auf das Brett vor dem Speisenaufzug. Robin folgte ihm und ärgerte sich. Was war mit dem Zimtfarbenen los, dass der sich traute, ihm so etwas zu sagen?

Alle miauten durcheinander. Die beiden – Brünó zuerst! – sprangen aus dem Aufzug in den Flur und liefen in ihr Versammlungszimmer. Flori und Charly jagten sich im Rundlauf durch die Wohnung, fielen übereinander, wälzten und balgten sich auf dem Boden. Haarbüschel stoben in alle Richtungen. Sheila, Streuner und Leo schauten die Ankömmlinge erwartungsvoll an.

„Ich hab ihn mitgebracht!", tönte Brünó, rannte zu den Dreien und setzte sich.

Robin marschierte auf die Gruppe zu und nahm einen Platz in der Runde ein. Immerhin hatten sie ihm einen frei gelassen.

„Ich musste mich zweimal in einem Abstellraum verstecken", begann Streuner ohne Umschweife. „Beim zweiten Mal, nachdem ich schon alles gehört hatte, kam eine Frau, schob den Wagen mit mir im Putzeimer unter dem Feudel auf den Gang. Ich hatte Glück, sie öffnete dort ein Fenster und ich konnte rausspringen."

„Was hast du gehört?"

„Ja, erzähl!"

„Wir sind schon so gespannt!"

Streuner fuhr sich mit der Pfote über die Schnurrhaare und schaute mit erhabenem Blick in die Runde.

„Nun mach schon", knurrte Robin, der es nicht gewohnt war, gleich zweimal hintereinander nicht das Sagen zu haben.

„Also gut. Ich habe ein paar Polizisten belauscht. Das Auto, das vor Ort gefunden wurde, ist gestohlen. Jetzt kommt was, was ich nicht verstanden haben: Die Fahrgestellnummer wurde rausgefräst. Weiß jemand, was das heißt?"

Niemand antwortete.

„Na gut, ist vielleicht nicht so wichtig, denn dann haben sie gesagt, weil das so ist, brauchen sie auch nicht weitersuchen. Dann meinten sie, sie wissen noch nicht, wer der Tote ist. Er hatte keine Papiere dabei. Papiere?" Streuner schaute in die Runde.

„Ist vielleicht auch nicht so wichtig, wenn er sie sowieso nicht dabei hatte", warf Brünó ein.

„Genau!", rief Leo.

„Hört sich plausibel an", brummte Robin. Diesmal ärgerte er sich. Warum war ihm das nicht eingefallen? Er biss die Zähne zusammen. Von seinen Gefühlen hatte er sich verwirren lassen. War er doch viel zu sehr damit beschäftig gewesen, wütend, überrascht oder sonst was zu sein. Er beschloss, derartige Befindlichkeiten beiseitezuschieben.

„Außerdem hat die Polizei Blutspuren an einem großen Stein dort gefunden. Davon muss – aufgepasst - die DNA noch ausgewertet werden."

„DNA ist im Blut. Jeder Mensch hat seine eigene DNA." Alle schauten Robin an. Der streckte sich ein Stückchen höher. „Das hat Johanna Stefan erzählt. Sie unterrichtet Biologie."

„Sehr gut. Reifenspuren haben sie nicht gefunden, auf Asphalt sowieso nicht und der Parkplatz oberhalb ist staubig und teilweise Kies, nichts zu machen." Streuner ließ sich auf die Seite fallen und streckte sein lädiertes Hinterbein von sich, bevor er fortfuhr. „Keine Tatwaffe gefunden. Von der toten Katze war auch keine Rede."

„In der Zeitung auch nicht. Johanna hat vorhin daraus vorgelesen. Darin ging es nur um den toten Mann."

„Typisch", knurrte Streuner. „Jedenfalls kommt da noch was auf uns zu. Die Polizei ermittelt nämlich nicht nur in Butzbach, sondern auch in Friedberg. Da haben sie die ganze Zeit vom ,Grünen Weg' gesprochen. Ach ja, und die Spusi wurde auch wieder genannt, das bedeutet Spurensicherung."

Streuner schaute sie alle Zustimmung erheischend an. Für dieses Mal allerdings hatte er ihre Aufmerksamkeit verloren. Die Blicke waren auf Robin gerichtet. Das Fell des Schwarz-Weißen zuckte nervös.

„Mein liebster Weitgereister, ich versichere dir, dass wir dir alle über die Maßen dankbar sind und ich glaube darüber hinaus, dass deine Recherchen bei der Butzbacher Polizei von unschätzbarem Wert für die weiteren Ermittlungen im Mordfall Wildkatze-Mensch sein werden. Doch nun ist der Zeitpunkt gekommen, an dem wir uns Gedanken darüber machen müssen, wie wir alle Informationen, die wir bislang zusammengetragen haben, sinnvoll strukturieren und daraus ableiten, wie wir weiter vorgehen wollen. Diese Eigenschaft, die eines gehöriges Maßes an Logik bedarf, möchte ich wiederum unserem werten Robin zusprechen."

Es war immer wieder erstaunlich, wie es die British Shorthair schaffte, jedem das Gefühl zu geben, dass er etwas Besonderes war. Das machte es Robin leichter darüber hinwegzusehen, dass sie manchmal echt lange brauchte, um auf den Punkt zu kommen. Doch was war der Punkt?

„Ja, wie geht es jetzt weiter?", fragte Leo ihn.

„Erst mal will ich wissen, ob du wirklich alles erzählt hast, was wir bei der Försterin erfahren haben."

„Natürlich. Hätte ich das nicht tun sollen?"

„Na ja, wird schon stimmen. Schließlich warst du dabei", brummte Robin. Er fasste in aller Kürze das zusammen, was sie bisher wussten. „Wir müssen uns also zum einen Gedanken darüber machen, wie wir an der Polizei dran bleiben. Wie erfahren wir, was sie in Friedberg besprechen?"

Alle schwiegen.

„Dazu kommt aber etwas anderes, das Vorrang hat. Ich habe die Spur der Wildkatze am Waldrand bis auf den Weg zurückverfolgt. Dort hörte sie auf, mitten auf dem Weg. Oder sie begann dort, wie auch immer. Warum? Wie kam die Katze dort hin?"

„Das ist ja spannend!" Charly kam angesprungen und stellte sich in die Mitte der Runde. Flori folgte ihm auf die Pfote. „Können Wildkatzen fliegen?", mähte er.

„Sei nicht albern, Sohn", ermahnte ihn Streuner.

„Mein Sohn ist nicht albern." Brünó trat einen Schritt auf Sheilas Zweitgefährten zu.

„Schon gut, schon gut. Flori hat Recht und auch wieder nicht", beeilte sich Robin zu sagen. „Natürlich können Wildkatzen nicht fliegen. Doch richtig ist, dass wir nicht genug über unsere Artgenossen im Wald wissen. Gut möglich, dass sie die tote Katze kannten."

„Du willst in den Wald?", fragte Leo. Zwischen seinen Ohren erschien eine Fellfalte, die ihn skeptisch aussehen ließ.

„Auf jeden Fall."

Diesen Gang würden sie akribischer vorbereiten müssen als den ins Forsthaus. Weder wussten sie, wo genau die Wilden sich dort aufhielten, noch wie lange der Recherche-Ausflug dauerte. Ob sie sie überhaupt fanden, war ohnehin fraglich. Wenn sie so scheu waren, wie Gipsy gesagt hatte, würde das schwierig werden. Gut, dass niemand darüber sprach, denn Robin hatte keine Antwort parat.

Worüber man sich in der Kater- und Katzenrunde jedoch sehr wohl auseinandersetzte, waren die Sorgen, die ihre Besitzer quälen würden, wenn sie lange Zeit nicht nach Hause kamen. Eine Debatte ergab sich auch darüber, wer von ihnen überhaupt in den Wald marschieren sollte. Außer Robin, der sofort gesagt hatte, dass er sich das nicht nehmen ließe. Leo verhielt sich auffallend still, Streuner streckte demonstrativ sein beeinträchtigtes Hinterbein von sich und Sheila ... na ja, die kam ohnehin nicht infrage. Die allumsorgende Mutter würde Flori und Charly niemals alleine lassen.

„Ich mache es." Brünó stand auf.

„Bist du sicher?", fragte Robin.

„Wenn sonst niemand will ..."

„Das reicht nicht. Traust du dir das wirklich zu?"

„Ich, also ..."

„Schon gut, Brünó. Ich kenne die Strecke schon etwas. Zusammen mit Robin schaffe ich das."

„Danke, Leo. Aber zwei reichen nicht. Vielleicht müssen wir uns im Wald aufteilen."

Leo schluckte.

„Okay, habe verstanden." Streuner setzte sich auf.

„Wunderbar. Bleiben noch unsere Besitzer."

Es gab viele Vorschläge, sinnvolle und weniger sinnvolle. Zu Letzteren zählte, ihren Menschen ein paar tote Mäuse in die Wohnungen zu legen, ein Zeichen dafür, dass sie gedachten zurückzukommen, um die Nager zu fressen. Doch wären Johanna, Elke und Co. so klug, diesen Wink mit dem Zaunpfahl zu erkennen?

Schon sinnvoller, aber komplizierter war der nächste Vorschlag. Man müsste einen von ihnen dazu bringen zu schreiben: „Komme bald wieder." Und wenn einer ihrer Menschen das vorläse, könnten sie sicher sein, dass die richtige Botschaft auf dem Zettel stand. Diesen würden die Katzen in Robins Korb legen, Johanna und Stefan fänden ihn dort, und alles wäre klar.

„Und was ist mit Lotte?", beschwerte sich Leo. „Als ich heute Nacht nach Hause gekommen bin, war sie nicht im Bett, sondern hat auf mich auf dem Sofa im Wohnzimmer gewartet. Sie hat sich solche Sorgen gemacht."

„Das Problem habe ich nicht, weil ich nicht mit den Menschen rumhänge", brummte Streuner.

Robin ignorierte Leos Einwand und versuchte, die anderen von seiner Idee zu überzeugen. In einem Korb auf der Flur-Kommode hätten Johanna und Stefan immer ein paar beschriebene Notizblätter liegen. Angenommen man wüsste, was da draufstand ... Sheila ergänzte, dass Elke Zettel manchmal an die Türen hängte und Jens sie offenbar lesen würde. „Eine besondere, wenn auch nicht nachvollziehbare Art der menschlichen Kommunikation, geht man davon aus, dass die beiden sich täglich mehrmals sehen und sich dann die nötigen Informationen auch mündlich geben könnten."

Weil ihnen aber letztlich nicht einfiel, wie sie die Menschen dazu bringen sollten, ausgerechnet diese Worte zu schreiben, verzichteten sie auf den Zettelkram.

Streuner und Leo bekamen von Robin die Order, sich bis zum Abend auszuruhen. Bei Einbruch der Dämmerung würde es losgehen.

Leo schob mit dem Kopf die Katzenklappe an seiner Balkontür auf, da fiel ihm etwas ein. Er sprang zurück auf das Geländer und lief über die Holzstiege auf die Wiese. Dort fing er fünf Mäuse, die er allesamt hinter den Blumentöpfen, die auf dem Boden des Balkons standen, versteckte. Bevor er sich heute Abend in sein bislang größtes Abenteuer aufmachte, würde er Lotte die toten Tierchen in einem unbeobachteten Moment in die Wohnung legen. Am besten auf ihren Platz auf dem Sofa, wo sie sie nicht übersehen konnte. Im Gegensatz zu Robin und den anderen hielt Leo seine Besitzerin für klug genug, diese Tat als Mitteilung von ihm zu verstehen: „Bin bald wieder da."

Kapitel 4

Streuner machte schlapp. Dabei lagen die letzten Häuser von Butzbach noch nicht einmal hinter ihnen. Soeben hatten sie im schnellsten Lauf die Unterführung am Bahnhof durchquert, um in dem Tunnel, der so gänzlich ohne Deckung war, nicht von Menschen überrascht zu werden. Zumindest dort hatten sie Glück gehabt, denn der Abend war fortgeschritten, und nur wenige Fußgänger waren unterwegs.

Unter einem Busch in einem Vorgarten ließ sich Streuner auf die Erde fallen.

„Ich kann nicht mehr. Mein Bein tut saumäßig weh."

Leo setzte sich neben ihn.

„Und jetzt?"

Es gab nur eine Alternative. Robin nannte sie.

„Brünó?", fragte Leo erstaunt. „Meinst du wirklich? Er hat bisher nur den Garten um euer Haus herum inspiziert", warf Leo ein. „Weiter ist er nicht gekommen."

„Hast du eine andere Idee?"

„Und wenn wir es zu zweit machen?"

„Wie ich schon sagte, das reicht nicht. Ich gehe davon aus, dass wir uns aufteilen müssen. Zu dritt finden wir mehr. Der Wald ist groß."

Streuner erklärte sich bereit, zurückzulaufen und Brünó Bescheid zu sagen. Doch den Weg hierher müsste der Dicke alleine finden, mithilfe der Routen-Beschreibung, die er ihm gäbe. Robin beharrte darauf, dass weder er noch Leo ebenfalls zurückkehren würden, nur um Brünó zu zeigen, wo es langging. Dem Zimtfarbenen standen weitaus größere Herausforderungen bevor als dieses kurze Stück des Weges, und bis auf die eine oder andere Straßenüberquerung konnte es kaum gefährlich werden. Aber die Bedenken behielt Robin für sich.

In dem Vorgarten gab es einen kleinen Teich. Dort stillten er und Leo ihren Durst, kühlten ihre Pfoten und ließen die Fische am Leben. Das Abendessen war nicht allzu lange her. Ausgestreckt auf dem Gras lagen die beiden Kater nebeneinander.

Streuner schlenkerte nicht mehr. Stattdessen zog er sein Hinterbein bei jedem Schritt nach. Solchermaßen dauerte es eine geraume Zeit, bis er vor der Haustür stand. Er hasste den Speisenaufzug. Menschen hatten ihn gebaut, Menschen hatten ihn genutzt. Doch mit seinem schmerzenden Bein würde er den beschwerlichen Weg am Stamm des Kastanienbaums hoch niemals schaffen. Er nahm Anlauf und sprang auf das Brett vor dem Aufzug. Als er oben saß, schmeckte er

Blut. Vor Schmerz hatte er sich auf die Lefze gebissen. Knurrend stieg er in den Korb, hieb mit einer Pfote auf den Knopf und fuhr in Sheilas Wohnung. Dass es auch Brünós Zuhause war, klammerte er gerne aus.

Er fand die beiden auf einem neuen Kratzbaum im Flur auf verschiedenen Podesten schlafend vor und weckte sie.

„Was, ich?", miaute der dicke Kater und zog es vor, auf einen höheren Absatz zu klettern.

„Du hast dich doch selbst angeboten. Und jetzt, wo wir dich brauchen, machst du einen Rückzieher?"

„Er traut sich nicht, er traut sich nicht", krähte Charly aus einer Höhle heraus, die am Kratzbaum befestigt war.

Brünó senkte den Kopf, gleichzeitig fuhr Sheilas Pfote nach oben, und sie versetzte ihrem Sohn einen Hieb auf die Ohren. Charly jammerte los.

„Wenn ich dich noch ein einziges Mal erwische, dass du dich über meinen Gefährten lustig machst, spürst du demnächst meine Krallen!", fauchte sie.

Die Tür zum Schlafzimmer öffnete sich. Elkes Kopf mit verwuschelten Haaren erschien, dann trat sie in den Flur und drückte auf den Lichtschalter.

„Ach, wir haben mal wieder Besuch", sagte sie in Richtung Streuner. „Deshalb seid ihr so laut."

Sie verschwand in die Küche und hantierte dort herum. Dann rief sie:

„Kommt hierher, ihr Racker, es gibt Milch."

„Lecker!" Brünó rannte los, Charly – der Sheilas Maßregelung schon verdaut hatte - und Flori folgten. Streuner ließ sich von Sheila überreden, sich zur Belohnung ausnahmsweise Gutes von einem Menschen tun zu lassen. Im Hinauslaufen sah er, dass Elke etwas auf einen Zettel schrieb und den an die Küchentür hängte. Dann stellte sie fünf Töpfchen mit Katzenmilch auf den Balkon.

„Hier könnt ihr euch weiter unterhalten. Da stört ihr niemanden."

Nachdem sie das Licht in der Wohnung ausgemacht hatte, legte sie sich wieder schlafen. Nur Schlabbern war zu hören und das gelegentliche Zirpen von Grillen.

Streuner leckte sich das Maul.

„Eure Besitzerin hat einen Zettel an die Küchentür gehängt."

„Wirklich? Was steht darauf?" Kein Wunder, dass ausgerechnet Brünó das fragte.

„Seit wann können Kater lesen?"

„Wenn ich alles bedenke, was wir in unserer morgendlichen Runde zum Thema Zettel von Menschen gesagt haben, können wir wohl mit Fug und Recht davon ausgehen, dass auf dem Zettel `Komme bald wieder´ geschrieben steht. Diese Annahme scheint mir gerechtfertigt, zumal ich heute Nachmittag vernommen habe, dass Elke morgen sehr früh aus dem Haus gehen muss, sodass ich annehme, sie ..."

„Genau", schnitt ihr Brünó das Wort ab. „Aber ich habe jetzt keine Zeit mehr, mich darum zu kümmern. Streuner, du erklärst mir den Weg. Und ihr anderen kümmert euch um den Zettel."

Verdutzt gehorchte ihm der Schwarz-Weiße. Dann verabschiedete sich der Zimtfarbene mit einem sachten Kopfstoß von Sheila, ermahnte Flori und Charly, ihrer Mutter zu gehorchen und verschwand mit dem Speisenaufzug nach unten.

„So was", entfuhr es Streuner.

„Du kennst meinen Gefährten nicht halb so gut wie ich, die ich mit ihm seit Jahren zusammenlebe und sein Leben als Welpe fast wie aus dem eigenen Erleben kenne. Deshalb glaube mir, wenn ich dir nun versichere, dass Brünó bereits die widrigsten Bedingungen gemeistert hat, von denen ich dir jedoch nichts berichten werde, denn ich bin der unumstößlichen Meinung, dass ich ihm in dieser Sache nicht vorgreifen sollte."

Streuner fragte sich, was das für widrige Bedingungen waren. Brünó stammte wie Sheila aus einer Zuchtfamilie, und sie wurden gehegt und gepflegt, verhätschelt gar im Welpenalter und waren deshalb in der freien Wildbahn nicht einsatztauglich. Im Gegensatz zu ihm! Doch das behielt er besser für sich, denn er war nicht scharf darauf, Sheilas Krallen zu spüren.

„Was machen wir nun mit dem Zettel?", fragte er stattdessen.

„Ich schlage dir vor, dass wir ihn von der Tür entfernen und in Robins Korb in seiner Wohnung legen. Wenn Johanna und Stefan anfangen, sich Sorgen zu machen, schauen sie dort nach und ich gehe fest davon aus, dass sie sich Sorgen machen. Das kannst du, mein lieber weitgereister Freigeist, nicht wissen, aber jeder Mensch, der sich dafür entscheidet, eine oder mehrere Katzen oder Kater zu halten, der tut dies von ganzem Herzen aus und ..."

„Und wie bekommen wir ihn von der Tür ab?"

„Ich kann das!"

Flori plusterte sich auf. Beeindruckend war das schon, wenn sich so eine Britisch Kurzhaar versuchte, größer zu machen. Das musste Streuner zugeben. Aber so hoch springen?

„Natürlich, mein Sohn. Bitte entschuldige, dass ich nicht von selbst auf diese wunderbare Idee gekommen bin, denn wie oft hast du uns schon dein außerordentliches Springvermögen gezeigt. Liebster Streuner, wir werden nun sehen, wie es für meinen Sohn – pardon unseren Sohn – ein Leichtes sein wird, den Zettel von der Tür zu entfernen."

Der Schwarz-Weiße brummte und ergab sich Sheilas Redekunst. Er setzte sich an den Rand des Flurs, Sheila gesellte sich zu ihm.

„Schau und staune", sagte sie nur.

Flori lief ein paar Schritte ins offene Badezimmer hinein, drehte sich herum und rannte los. Seine Sätze wurden länger, kurz vor der Tür schnellte er in die Höhe, landete mit geöffnetem Maul knapp unterhalb des Zettels, hatte im Flug den Kopf weit ausgestreckt, rutschte an dem glatten Holz ab und fiel auf alle vier Pfoten. Die Notiz klemmte zwischen seinen Zähnen. Nur ein kleines Stück davon hing noch an der Tür.

Der Gescheckte kam herangetrabt und legte das Papier zu ihren Füßen. Dann schaute er abwechselnd Streuner und Sheila an – und wedelte mit dem Schwanz.

Seine Mutter leckte ihm über das Gesicht und kniff ihn liebevoll mit den Zähnen in ein Ohr.

„Mein wunderbarer Sohn!"

„Das war ..." Streuner fielen die passenden Worte nicht ein. Der Gescheckte, sein Nachkomme. Oder jedenfalls auch seiner. Wenn er ehrlich war, steckte zumindest rein äußerlich mehr von Brünó in ihm. Aber wie er da hochgesprungen war! Da kam er doch eher nach ihm! „ ... perfekt."

Flori sprang vor Freude erneut ein paar Mal in die Luft, nur dieses Mal nicht so hoch.

„Wo hast du das gelernt?", fragte Streuner.

„Keine Ahnung", miaute der Gescheckte zwischen zwei Sätzen. „Ich kann es einfach."

Im obersten Stockwerk deponierte der Schwarz-Weiße den Zettel in dem Korb im Flur. Robins Besitzer würden hoffentlich Elke und Jens Bescheid geben, sodass die sich ebenfalls keine Sorgen zu machen brauchten. Was war mit Leos Besitzerin? Nicht seine Sache. Streuner und trat den Rückweg an, um den Rest der Nacht im Stall im Garten der Tierärztin zu verbringen.

Mittlerweile schwammen in dem Teich zwei Fische weniger. Es war schon eine ganze Weile her, dass Streuner Robin und Leo verlassen hatte. Da raschelte es in der Hecke, die den Garten von der Straße abgrenzte. Die Zweige teilten sich.

„Da seid ihr ja", schnaufte der Zimtfarbene, drückte sich nach draußen und lief auf die beiden zu.

„Brünó, du hast es geschafft!"

Leo sprang auf und drängte sich erfreut an den Großen.

„Hast du was anderes erwartet?"

„Was ich? Aber nein."

„Ich aber schon", warf Robin ein. „Machen wir uns nichts vor. Ein anstrengender Marsch steht uns bevor. Anstrengender als ein Spaziergang bei uns im Garten. Wir bauen auf dich."

Brünó reckte seinen Kopf in die Höhe. Wenn er das tat, überragte er sogar Robin um ein Stückchen.

„Jeder fängt mal klein an", miaute er. „Und jetzt los."

Sie liefen. Er selbst vorne, dann der Zimtfarbene und am Schluss Leo. So fiele es auf, wenn der Dicke langsamer würde, er könnte nicht aus Versehen in der Dunkelheit zurückbleiben. Die Köpfe halb gesenkt trabten sie ihres Weges. Ab und zu schaute Robin zurück, ohne das Tempo zu verlangsamen. Brünó ließ, soweit er es in der zunehmenden Dunkelheit ausmachen konnte, nicht nach. Der Mimik des Zimtfarbenen war nichts zu entnehmen. Stoisch behielt er seinen Platz zwischen den beiden anderen Katern bei.

Auf der Anhöhe, von wo aus die Route vorerst bergab Richtung Ober-Mörlen führte, ordnete Robin eine kurze Rast an. Leo streckte sich am Rand des Feldweges aus, Brünó setzte sich neben ihn und starrte in die dunkle Nacht, die über den Äckern hing.

„Was ist das da hinten?"

„Was meinst du?", fragte Robin.

„Da ist ein dunklerer Schatten."

„Das sind ein paar Büsche."

Brünó drehte sich auf die andere Seite, ohne aufzustehen.

„Und dort drüben? Sieht viereckig aus."

„Vielleicht eine Hütte."

„Du weißt es nicht?"

„Nein. Aber du brauchst keine Angst zu haben."

„Ich habe keine Angst. Wollen wir hinlaufen und nachschauen? Vielleicht ist es spannend."

„Das wäre ein Umweg."

„Kein Umweg", meldete sich Leo. „Wir müssen heute noch weiter als vergangene Nacht. Wir müssen in den Wald rein."

„Leo hat recht, Brünó. Verschnaufen wir hier etwas, dann geht es ohne Pause weiter, am Forsthaus vorbei in den Wald."

Robins Gedanken liefen vor sich hin wie seine Pfoten, nachdem sie ihre Rast beendet hatten. Er staunte immer mehr über Brünó. Wo war dessen Angst vor allem Fremden? Stattdessen war er neugierig. Und anstatt bequem war er munter und lebhaft.

Sie hielten an dem Bach, der durch den Ort floss, tranken und liefen weiter. Brünó ließ nicht nach, auch nicht mit seiner Neugier.

„Was ist das für ein Haus? Hat so ein komisches spitzes Dach. Aha, eine Kirche." Oder: „Guck mal, so viele Gärten habe ich noch nie an einem Stück gesehen. Ach so, Schrebergärten."

Sie ließen Ober-Mörlen hinter sich und strebten quer über die Wiesen dem Forsthaus entgegen. Erst dann hörte er auf zu fragen. Vor Ort angekommen hielten sie Ausschau nach Gipsy, doch die Hündin war draußen nirgendwo zu sehen. Keines der Fenster war erleuchtet. Eine kurze Wegstrecke weiter erreichten sie den Waldrand.

Sie spähten hinein. Robin konnte kaum die Umrisse einzelner Stämme oder Büsche erkennen.

„Das ist wahrscheinlich genauso wie auf dem Acker. Erst, wenn wir an eine bestimmte Stelle kommen, sehen wir das, was wir von weiter weg nicht ausmachen konnten."

„Hm." Das war Leo.

„Soso", miaute Brünó leise.

„Was ist? Habt ihr Angst?"

„Na jaaa, vielleicht", gab Leo zu. „Aber ich frage mich auch, wo wir nach den Wildkatzen suchen sollen. Der Wald ist riesig."

„Gipsy weiß, wo die Wildkatzen leben", fiel Robin ein. „Sie hat sie schon gerochen."

„Ihre Hinterlassenschaften", korrigierte ihn Leo. „Die können weiter weg von ihrer Behausung liegen."

„Ist aber unser einziger Anhaltspunkt."

„Aber Gipsy ist nicht da."

„Dann warten wir eben."

Sie liefen zurück zum Forsthaus und bogen um die Ecke des Zaunes. Da stellte sich ihnen eine große Gestalt entgegen.

„Wer seid ihr und was wollt ihr hier?", bellte sie.

„Gipsy! Wir sind´s", miaute Robin.

„Ach so, ich habe zuerst den dicken Kater gesehen. Den kenne ich nicht."

„Nennt mich nicht alle den Dicken", fauchte der Zimtfarbene. „Ich heiße Brünó."

„Entschuldige bitte, Brünó. Robins und Leos Freund ist auch meiner. Kommt in meinen Garten. Draußen auf dem Weg spricht es sich schlecht."

„Wo warst du vorhin? Wir haben dich gesucht", fragte Robin.

„Im Keller. Da ist es schön kühl."

Die Hündin führte die Kater auf der rückwärtigen Seite des Hauses eine Treppe hinunter, dort war die Tür angelehnt. Zwischen Rasenmäher, Spaten und anderen Gerätschaften streckten sich Leo und Brünó auf dem Steinfußboden aus.

„Ahhh", brummte der Zimtfarbene wohlig.

Robin gönnte sich keine Erholung.

„Gipsy, kannst du uns beschreiben, wo genau du die Wildkatzen oder auch nur ihre Hinterlassenschaften gerochen hast?"

„Natürlich. Aber sag mir, warum wollt ihr mitten in der Nacht in den Wald?"

Leo setzte sich abrupt auf.

„Ist es dort gefährlich im Dunklen?"

Gipsy schüttelte den Kopf, sodass ihre Lefzen schlackerten.

„Mitnichten. Aber ihr seht nichts von der Schönheit der Natur. Das grüne Moos, das über Steine und umgestürzte Bäume wuchert, da drauf liegt es sich schön weich. Jede Menge Haufen aus trockenen Ästen und Laubwerk, darin lässt sich trefflich graben. Nicht nur hohe Bäume, sondern zwischendrin immer wieder kleine Wäldchen aus Nadelbäumen, in denen riecht es so schön modrig."

„Das hört sich alles wunderbar an, aber wir müssen den Fall der toten Wildkatze aufklären. Davon haben wir dir doch berichtet. Und dafür müssen wir mit einer Wildkatze sprechen. Wenn eine getötet wurde, wer weiß, ist vielleicht auch das Leben anderer ihrer Art in Gefahr."

Gipsy warf ihre Stirn in Falten.

„Oh, daran habe ich noch nicht gedacht. Ich würde ihn euch gerne persönlich zeigen, aber Michaela ist nicht da und ich soll auf unser Haus aufpassen. Ihr müsst folgenden Weg nehmen ..."

Anhand von Gipsys Beschreibung sollte nichts schief gehen. Das Einzige, was die Hündin den Katern nicht liefern konnte, war ein konkreter Ort, wo sich eine der Wildkatzen eventuell aufhielt. Doch schränkte sie die Gegend ein, das war immerhin etwas.

Zunächst trabten sie den asphaltierten Weg vom Forsthaus aus weiter bergan. Zu beiden Seiten sahen sie schemenhaft den Wald, ab und an passierten sie Holzstapel. Dann tauchte eine Kreuzung vor ihnen auf.

„Wartet hier!"

Robin lief ein Stück des Weges nach links und stand kurz darauf auf einer Freifläche. Er kehrte um.

„Das muss der Parkplatz sein, von dem Gipsy erzählt hat. Also müssen wir weiter geradeaus."

Sie kamen an dem Haus vorbei, das die Hündin ebenfalls genannt hatte. Gegenüber eine Wiese, auch das stimmte. Der Weg führte jetzt stetig bergan tief in den Wald hinein.

„Meine Pfoten tun weh."

„Weißt du was, Brünó? Meine auch", erwiderte Robin.

„Ehrlich?"

„Ja. Und doch müssen wir weiter."

Schweigend zogen sie ihres Weges. Nach einer von vielen langgezogenen Kurven standen sie vor einem Häuschen aus Holz. Das Merkwürdige war, dass es vorne offen war.

Daneben ein Schild. Brünó richtete sich daran auf die Hinterbeine auf.

„Wenn mich nicht alles täuscht, steht darauf etwas geschrieben. Außerdem sehe ich ..."

„... einen Katzenkopf?"

„Genau."

„Dann ist das hier die Stelle, wo wir uns querfeldein in den Wald schlagen müssen."

„Schade, dass Gipsy nicht wusste, was das Häuschen sein soll", miaute Leo.

„Das muss uns nicht kümmern. Hauptsache, wir sind richtig", entgegnete Robin.

Mit großen Sätzen sprangen sie über einen Graben zwischen Weg und Wald. Es raschelte und knisterte jedes Mal, wenn sie ihre Pfoten in das trockene Laub setzten, das den Boden überall zu bedecken schien. Sie kletterten Baumstümpfe hinauf und sprangen hinunter, zwängten sich unter umgestürzten Bäumen hindurch und durchquerten ein stockdunkles Tannenwäldchen, bis sie wieder lichteren Wald mit hohen Laubbäumen erreichten.

„Aua!" Leo versuchte, seine Pfote aus einem Haufen vertrockneter Äste zu befreien, der neben einem Stapel aufgeschichteter Baumstämme lag.

„Macht nicht solchen Lärm."

„Also hör mal, ich kann doch nichts dafür. Im Dunkeln sehe ich halt nicht so gut."

„Ich habe das nicht miaut", erwiderte Robin.

„Ich auch nicht", gestand Brünó.

Der Rote und der Zimtfarbene drängten sich an ihn heran.

„Kein Wunder, dass ihr mich nicht findet." Die Stimme schwebte herüber zu ihnen. Oder senkte sie sich von oben auf sie herab? Robin spitzte die Ohren. Seine Schnurrhaare zitterten. Ein Windzug, ach was, eine kaum wahrnehmbare Bewegung der warmen Luft war es, die ihm einen Geruch zutrug, der ihn – erfreute.

Über ihnen, oben auf dem Stapel aus Baumstämmen, die Silhouette einer Katze. Geräuschlos wie ein Geist war sie erschienen. Ihre Umrisse zeichneten sich verschwommen gegen das Baumkronendach ab, das lückenhaft war, bar so vieler vertrockneter Blätter, und Sternen- und Mondlicht hindurchließ.

„Ich sehe dich", miaute er leise.

„Dann hast du immerhin eine gute Nase und noch bessere Augen, für einen Hauskater."

„Robin, ist sie das?", flüsterte Leo.

„Ich denke schon."

Brünó reckte sich an dem Stapel zu ihr empor. Die Katze buckelte.

„Nicht näher!", fauchte sie und schlug mit der Pfote nach ihm.

Zwar war der Stapel zu hoch, und so erwischte sie ihn nicht. Trotzdem wich der Zimtfarbene erschreckt zurück.

„Ihr stört mich, wenn ihr mir zu nahe kommt", brummte die Wildkatze unwirsch. Im nächsten Moment hörten sie aus dem Stapel heraus ein hohes Piepsen. Wildkätzchen!

„Das wollten wir nicht", miaute Robin so sanft wie möglich. „Du musst keine Angst haben, dass wir deinen Welpen etwas antun. Aber wir müssen dir etwas Wichtiges mitteilen."

Nachdem er seinen Bericht beendet hatte, sprang die Wilde zu ihnen auf den Boden. Wie machte sie das bloß, dass bei ihr das Laub kaum raschelte? Soweit Robin es erkannte, war sie ebenso groß wie er, und das hieß etwas bei einer Katze. Außerdem hatte sie offenbar den gleichen buschigen Schwanz wie ihre überfahrene Artgenossin und wie der ausgestopfte Kamerad im Forsthaus. Von dem erzählte Robin ihr nichts. Nur die Zeichnung ihres Fells blieb im Düstern verborgen. Er wüsste gerne, wie sie bei Tageslicht aussah.

Die Wildkatze postierte sich vor einer Stelle des Stammstapels.

„Das ist äußerst beunruhigend, was ihr mir erzählt." Wieder ertönte das Piepsen, das in ein weinerliches Quäken überging. „Ich muss meinen Kleinen Milch geben. Danach können wir weitersehen. Wenn irgendeiner von euch auch nur ein Schnurrhaar in meine Höhle streckt, wird er seine Nase nie mehr gebrauchen können." Wie zur Bekräftigung schickte sie ein Fauchen hinterher. Dann verschwand sie unter den Stämmen.

„Ihr habt nichts von uns zu befürchten", miaute Robin ihrer Schwanzspitze nach.

„Ich bin mir nicht sicher, ob man mit ihr auskommen kann", mäkelte Brünó.

„Sie ist schon sehr speziell", stimmte Leo ihm zu.

„Sie lebt ganz alleine hier draußen im Wald und muss ihre Welpen durchbringen. Wie wärt ihr dann wohl?", entgegnete Robin. „Habt ihr vergessen, worum es geht?"

Etwas raschelte hinter ihm. Er fuhr herum, doch war nichts zu sehen außer Laub, Geäst und Baumstämmen. Im nächsten Moment knisterte es an anderer Stelle. Diesmal sprang Leo auf und trat aus Versehen auf Brünós Schwanz, den er auf dem dunklen Waldboden übersehen hatte. Brünó beschwerte sich leise jammernd. So viele fremde Geräusche, von den Gerüchen ganz zu schweigen.

Sie warteten eine geraume Zeit, währenddessen Robins Ohren keinen Augenblick lang still standen.

„Ihr seid noch da?"

Unmittelbar vor ihnen war die Wildkatze wieder aus dem Boden gewachsen.

„Natürlich. Ich sagte doch, es ist wichtig. Übrigens heiße ich Robin. Das sind Leo und Brünó. Wie heißt du?"

„Ich habe keinen Namen."

„Das dachte ich mir. Rehe haben auch keine Namen."

„Zum Unterhalten ist es vielleicht besser, wenn man einen hat", warf Brünó ein.

Die Wildkatze wandte sich ihm zu und stellte ihre Rückenhaare auf. Der Dicke wich zwei Schritte zurück.

„Ich meine ja nur ..."

„Brünó hat recht", sprang ihm Leo erneut bei.

„Waldgeist."

Die so Angesprochene näherte sich Robin.

„Wie wäre es mit Waldgeist? Erst sieht man dich nicht, dann erscheinst du wie aus dem Nichts, und du lebst im Wald."

„Das ist ..."

„Ja?"

„Ich – also ich hatte noch nie einen Namen."

„Und?"

„Er scheint mir – passend."

„Das freut mich. Dann kannst du uns vielleicht jetzt erzählen, was du vorhin gemeint hast, als du gesagt hast: äußerst beunruhigend."

„So, wie du die tote Katze beschrieben hast, kenne ich sie. Ich habe sie ab und zu gesehen. Gelegentlich haben wir uns um einen der wenigen Sonnenplätze hier im Wald gezankt. Aber wir haben uns nicht unterhalten."

„Nicht?", fragte Robin.

„Das ist bei euch Hauskatern vielleicht anders. Wenn ihr schon zu dritt den weiten Weg hierher macht, müsst ihr euch wohl gut kennen. Wir Wildkatzen aber leben entfernt voneinander. Jede hat ihr eigenes Revier. Die Wildkater übrigens auch. Der Vater meiner Kätzchen ist verschwunden. Habe ihn nie wiedergesehen, seit wir das eine Mal beisammen waren."

Robin fand das bedauerlich. So alleine, fühlte man sich da wohl? Er brummte kehlig:

„Und was ist das Beunruhigende daran?"

„Ich weiß nicht, ob es was damit zu tun hat, aber vor ein paar Tagen war hier die Waldfrau mit ihrer Hündin ..."

„Gipsy!", rief Leo.

„Ja, so hat sie sie genannt. Sie stand mit einer anderen Frau hier an meinem Holzstapel. Die andere Frau wollte die Stämme haben. Das hat sie mehrmals gesagt."

„Oh", miaute Brünó bestürzt.

„Die Hündin, Gipsy, hat sich dann vor unsere Höhle gesetzt."

„Sie hat euch beschützt", konstatierte Robin.

„Ja, das glaube ich auch. Die Waldfrau hat unsere Höhle entdeckt, worüber die andere Frau ziemlich wütend war. Jedenfalls wollte sie die Stämme unbedingt haben. Ich habe nicht alles verstanden, aber ich glaube, sie wollte etwas daraus bauen. Das macht mir große Sorgen."

„Ich verstehe."

„Ich aber nicht", miaute Leo. „Wie hängt das alles mit der toten Wildkatze und dem toten Mann zusammen?"

„Vielleicht solltet ihr euch mit dem Großen Wilden unterhalten."

„Ein noch wilderer und größerer Wildkater?", fragte Brünó argwöhnisch.

„Das weiß ich nicht, weil ich ihn noch nie gesehen habe. Aber man erzählt sich im Wald, dass er alles sieht und alles weiß."

„Wer erzählt sich das? Ich denke, ihr sprecht nicht untereinander?"

„Brünó, so heißt du, ja? Werde nicht vorlaut. Zwar sehen wir Wildkatzen und –kater uns kaum. Das heißt aber nicht, dass wir das Leben hier ignorieren. Ob Fuchs oder Marder, ob Wildschwein, Waschbär oder Schlange – wir bekommen zugetragen, was hier geschieht. Aber natürlich nicht alles. Und von dem Großen Wilden sagen alle, dass er viel mehr weiß als alle anderen."

„Wo hält er sich auf?", fragte Robin.

„Das wird schwierig. Niemand hat ihn je zu Gesicht bekommen, und doch wissen alle, dass es ihn gibt."

„Ach ja? Wie sollen wir ihn dann finden?", beschwerte sich Leo.

„So, wie wir Waldgeist gefunden haben." Robin war sich keineswegs sicher, wie sie das anstellen sollten. Denn, um der Wildkatze auf die Spur zu kommen, hatten sie Hinweise von Gipsy bekommen. Die fehlten ihnen hier. Um seinen Gefährten Mut zuzusprechen, fuhr er fort:

„Fest steht: Die tote Katze kommt aus diesem Wald, und es gibt eine Frau, die will die Stämme haben, in denen Waldgeist und ihre Jungen leben. Vielleicht hat sie etwas mit dem Mord, mit den Morden zu tun. Das müssen wir herausfinden."

„Möglich, dass ich euch doch einen kleinen Hinweis geben kann. Ihr müsst nach dem Großen Wilden in noch entlegeneren Waldstücken suchen als nach mir. Also nicht in der Nähe von diesen Schildern und Hütten, die hier überall rumstehen."

„Genau, was hat es damit auf sich?"

„Ich habe schon öfter gesehen, wie große Menschen davorstehen und ihren Welpen erzählen, was auf den Schildern steht. Es geht um uns Wildkatzen. Unser Leben wird erklärt. Da steht auch drauf, dass das hier unser Revier ist."

„Das ist doch nett", urteilte Brünó.

„Sie kümmern sich um euch. Sie beschützen euch", fügte Leo an.

„Hm, so habe ich das noch nie gesehen. Ich habe mich immer nur geärgert, dass dort viele Menschen herumstehen. Diese Hütte dort unten nennen sie zum Beispiel Haltestelle. Aber wenn ihr es sagt – immerhin kennt ihr die Zweibeiner weitaus besser als ich."

„Die Suche nach dem Großen Wilden muss bis nächste Nacht warten", beschloss Robin. „Wer weiß, wie lange das dauern wird. Unsere Besitzer machen sich sonst zu große Sorgen."

„Besitzer? Das Problem habe ich nicht."

„Das sagt Streuner auch immer!", miaute Leo.

„Streuner? Wer ist das schon wieder? Ihr müsst eine wahrlich große Gemeinschaft sein."

„Waldgeist, unser Besuch endet hier." Robin suchte nach den richtigen Worten. Was war los mit ihm? „Aber wir kommen wieder, bestimmt."

Die Wildkatze legte ihren Kopf schief.

„Davon gehe ich aus. Ich verspreche euch, dass ich euch nicht angreifen werde."

„Da bin ich erleichtert", brummte Brünó.

Robin näherte sich Waldgeist.

„Bei uns reiben wir uns zum Abschied die Köpfe aneinander."

„Oho, bei uns nicht."

„Entschuldige bitte. Leo, Brünó, wir gehen."

Nach ein paar Schritten schaute Robin sich um, aber da war Waldgeist schon wieder verschwunden. Wortlos trabten sie bergab durch den Wald, das raschelnde Laub störte sie nicht mehr. Auch nicht das Flattern, das sie unterwegs über sich vernahmen oder der Windhauch, der gleich darauf auf sie herunterschwebte. Wer wusste schon, was das nun wieder war. Sie kamen zügig voran.

„Seit wann reiben wir uns zum Abschied die Köpfe aneinander?", wollte Leo wissen.

„Na ja, ich dachte, so könnte ich ihr Vertrauen vollends gewinnen."

„Du magst sie."

„Ich kenne sie doch kaum."

„Doch, sie gefällt dir. Was meinst du, Brünó?"

Keine Antwort.

Robin und Leo blieben stehen. Sie waren nur noch zu zweit.

„Brünó!!!", rief Leo laut.

„Pssst, mach nicht solchen Lärm. Wer weiß, wer uns alles hören kann. Ich bin nicht scharf darauf, einem Fuchs zu begegnen."

„Aber er ist nicht da", wimmerte Leo. „Was machen wir denn jetzt?"

Brünó hatte den Kopf unter seinen Vorderpfoten vergraben und die Ohren nach hinten geklappt, so flach wie möglich angelegt. Trotzdem hörte er diesen schrecklichen Ruf immer wieder.

„Huuhuuu."

Von allen Seiten stachen spitze Äste auf ihn ein. Doch um nichts in seiner bislang beschaulichen und kleinen Katerwelt würde er unter dem Asthaufen, oder was es auch immer war, hervorkriechen. Was hatte er sich bloß eingebildet? Dass er, Brünó der Dicke, der Bequeme, der Jämmerliche, es in einem großen, dunklen Wald aushalten würde? Er war verrückt, geradezu größenwahnsinnig.

Dabei war die Unternehmung anfangs gut verlaufen. Auf dem Marsch von zu Hause bis hierher hatten sich seine Beine wie von selbst bewegt, alles war so spannend. Robin und Leo waren da, keine Spur von Angst. Stattdessen war er megastolz auf sich gewesen.

„Huhuu."

Dafür jetzt umso mehr. Er war hinter den beiden hergelaufen, frohgemut angesichts der Tatsache, dass es von nun an hauptsächlich bergab gehen würde. Da holte er seine Gefährten schnell ein, wenn er mal kurz an dem Stein schnüffelte. Er roch nach Moos, dazu kam ein herber Duft, den er unbedingt erkunden wollte. Mit der Nase am Boden stand er da, als ihn ein Luftzug streifte. Gleichzeitig hörte er dieses Flapp-Flapp in der Luft über ihm. Vor Schreck verschlug es ihm das Miauen, er lief ein paar Sätze weit, um Anschluss an Robin und Leo zu finden. Doch da, wo er hinlief, waren sie nicht, stattdessen folgte ihm das Flattern dicht über seinem Kopf. Und dann zum ersten Mal dieser grässliche Ruf. Er lief blindlings drauflos, und zwar geradewegs in ein Tannenwäldchen hinein, da war es dunkel. Weiter stürzte er vorwärts, bis er zu eben dem Buschwerk gekommen war, unter dem er nun ausharrte.

„Robin, Leo", wimmerte Brünó, verstummte aber schnell. Nicht, dass das unheimliche Wesen erneut auf ihn aufmerksam wurde. Wenn er lange genug in seinem Versteck verharrte, würde es sich hoffentlich zurückziehen. Es schien sein Wimmern nicht gehört zu haben, denn das Flapp-Flapp blieb ebenso aus wie der unheilvolle Ruf.

Und wenn es bereits verschwunden war? Brünó klappte erst ein Ohr vor, dann das zweite. Er hörte das schon bekannte Rascheln und Knistern überall, sonst nichts. Irgendwann würde er rausschauen müssen, denn er wollte wieder nach Hause. Dort war er behütet, nicht so gefährlich wie ... stopp. Es war vielleicht auch gefährlich im Wald, aber nicht nur. Wie hatte Gipsy ihn gepriesen! Und schließlich lebten Waldgeist, ihre Jungen und andere Wildkatzen hier. Wenn sie hier überlebten, warum dann nicht er? Außerdem: Wäre nicht jeder Hauskater verschreckt gewesen angesichts dieses unbekannten, geflügelten Wesens? Und was hatte er bislang schon alles geleistet!

Brünó nahm die Pfoten vom Kopf und schob die Nase unter dem Geäst hervor. Kein schmerzhafter Schlag. Außer den bekannten Gerüchen konnte er nichts erschnüffeln. Gefühlt verlor er die Hälfte seines dichten Fells an die spitzen Äste, während er sich daraus hervorkämpfte.

Da saß er. Kein Flattern. Brünó drehte den Kopf in alle Richtungen. Außer Bäumen, die er im näheren Umkreis erkannte, war da nichts. Über ihm die Luft war ebenfalls rein. Nichts hieß allerdings auch: Weder Robin noch Leo tauchten auf. Zu rufen traute er sich nicht, wer wusste schon, welche Kreaturen er damit anlocken würde.

Was blieb ihm anderes übrig? Er trabte los. Bergab lief er, denn waren sie nicht vorhin ebenfalls den Hang hinuntergelaufen, der Beginn des Nachhausewegs?

Schon bald stieg der Waldboden an. Verunsichert hielt er an. Daran erinnerte er sich nicht. Vom Forsthaus bis zu Waldgeists Holzstapel waren sie stetig bergauf gelaufen.

„Du hast dich verlaufen, Brünó", miaute er so leise wie möglich. Es tat gut, seine eigene Stimme zu hören. Vielleicht war es besser, in einem dichten Gebüsch oder unter einem Holzstapel zu warten, bis es hell geworden war.

Also lief er weiter. Statt zu einem Sicherheit verheißenden Stapel aus Baumstämmen kam er bald darauf auf einen schmalen, asphaltierten Weg. Außerdem hatte der in der Mitte weiße Striche. Eine Straße im Wald? Und was war das da? Brünó senkte den Kopf und betrachtete den hellen Fleck auf der vermeintlichen Fahrbahn aus der Nähe. Die Form, aufgemalt wie es schien, sah aus wie eine Katze. Platt auf dem Boden. Überfahren?

„Ich will hier nicht sein!", miaute Brünó, diesmal so laut er konnte, in den Wald hinein. Es war ihm egal, wer ihn hörte. Er rannte los, querfeldein, weg von diesem Anblick, sprang über Baumwurzeln, durchpflügte den laubbedeckten Waldboden mit seinen stämmigen Beinen, kam ins Rutschen, weil es immer steiler bergab ging, stolperte, fiel hin, rappelte sich wieder auf, strauchelte ein paar Schritte später erneut und stürzte in eine tiefe Mulde. Dort blieb er liegen. Atmete stoßweise. Hechelte zwischendurch. Wünschte sich an den Goldfischteich zurück, an dem er sich in dieser Nacht – war es wirklich erst heute gewesen? – mit Robin und Leo getroffen hatte. Wie durstig er war.

Er hob den Kopf, nieste trockene Erde aus und betrachtete die Mulde. Rundherum ragten riesige Wurzeln in die dunkle Höhe. Winzig kam er sich vor angesichts dessen. Musste ein umgestürzter Baum sein, herausgerissen aus dem Waldboden.

Ein Knurren. Brünó fuhr herum, etwas traf ihn in der Flanke. Er fiel um. Eine große, haarige Gestalt war über ihm.

Kapitel 5

Robin ließ sich in den Korb fallen, der in einer Ecke des Flurs zwischen einem Regal und der Garderobe auf der Erde stand. Hatten seine Pfoten auf dem Rückweg vom Wald geschmerzt, so waren sie jetzt taub. Er streckte die Beine aus und schloss die Augen. Doch so müde er war, an schlafen war nicht zu denken.

Wo war Brünó?

Es war ihm und Leo nicht leicht gefallen, ohne den Zimtfarbenen nach Hause zu laufen. Sie waren sogar zurück zu Waldgeist gelaufen. Ob sie ihnen helfen könne, ihren Freund zu finden? Doch die Wildkatze hatte abgelehnt. Wenn sich einer im Wald verlaufen hätte, einer, der sich nicht auskenne, könne der überall und nirgends sein. Außerdem würde sie ihre Welpen nicht unnötig alleine lassen.

Es klingelte an der Wohnungstür. Robin hob träge den Kopf. Draußen war es hell, aber seine Besitzer waren noch nicht aufgestanden. Erneut ertönte die Schelle. Stefan kam in Unterhosen und T-Shirt aus dem Schlafzimmer und öffnete die Tür.

„Brünó ist verschwunden!" Elkes Stimme klang aufgeregt.

„Was meinst du mit verschwunden?"

„Na weg. Nur Sheila und die beiden Kleinen sind da. Ich bin gestern spät abends aufgewacht, da war dieser schwarz-weiße Kater bei uns und alle anderen waren auch da. Aber heute Morgen ist Brünó weg. Ich war schon unten im Garten und habe überall gesucht und gerufen, er geht doch sonst nicht weiter weg als bis auf unser Grundstück."

„Komm erst mal rein."

Stefan lotste Elke in die Küche, Johanna kam dazu, und Robin rappelte sich brummend wieder auf, damit ihm nichts von dem Gespräch entging. Dabei fiel ihm ein Zettel auf, der in seinem Korb lag. Also hatten die anderen doch den Vorschlag mit dem Papierkram aufgegriffen.

Robin nahm das Schriftstück zwischen die Zähne und trug es in die Küche, setzte sich vor den Tisch und wartete. Im richtigen Moment würde er seinen Menschen die Nachricht geben. So lange legte er sie vor sich ab.

„Er kennt sich draußen doch gar nicht aus", sagte Elke.

„Es ist noch zu früh, um sich Sorgen zu machen", erwiderte Johanna. „Robin ist auch manchmal nächtelang weg." Sie schaute ihn an. „Wie siehst du überhaupt aus? Tannennadeln im Fell und Kletten."

„Bin noch nicht zum Putzen gekommen", miaute er.

„Für Robin ist das nichts Ungewöhnliches, so lange weg zu bleiben, für unseren Brünó schon."

Wenn nicht jetzt, wann dann? Er nahm die Notiz, sprang auf Elkes Schoß und legte ihr das Papier auf die Beine.

„Was ist das? `Lieber Jens, bitte vergiss das Katzenfutter nicht´. Das ist der Zettel, den ich Jens gestern Abend als Erinnerung an die Küchentür geklebt hatte. Er musste heute sehr früh weg."

Robins Hoffnung, Brünós Besitzer zu beruhigen, war dahin. Da stand nicht das drauf, was sie sich erhofft hatten.

Verständnislos wendete Elke die Nachricht in den Fingern.

„Wie kommt euer Kater dazu?"

„Wenn ich das wüsste". Stefan zuckte mit den Schultern.

„Wenn ihr uns Katzen nur verstehen könntet!", miaute er laut. „Brünó ist im Wald!"

Das Telefon klingelte.

„Was ist heute Morgen bloß los?" Stefan nahm das Gespräch im Flur an. Robin hörte ab und zu Leos Namen. Nach einer Weile kehrte sein Besitzer zurück.

„Das war unsere Tierärztin."

„Was wollte die so früh?", fragte Johanna.

„Da war noch ein Kater verschwunden, heute Nacht. Leo. Ein schmächtiger, roter, aus dem Degerfeld."

„Vielleicht ist das der kleine Rote, den ich manchmal hier zusammen mit unserem in unserer Katzenwohnung sehe", mutmaßte Johanna.

„Kluge Frau", warf Robin ein, nur für den Fall, dass man wenigstens den lobenden Tonfall erkennen würde.

„Das kann schon sein. Jedenfalls hat seine Besitzerin, eine Frau Stelzbach, bei Frau Zack mitten in der

Nacht angerufen, weil sie sich so große Sorgen gemacht hat. Ihr ist wohl eingefallen, dass sie ihren Leo kürzlich mit Robin im Garten der Tierärztin gesehen hat und hat geschlussfolgert, dass wir als Robins Besitzer vielleicht wüssten, wo er ist. Wenn er mit Robin zusammenwäre, könnte er vielleicht auch bei ihm zu Hause sein, meinte sie."

„Klingt logisch", sagte Elke.

„Jetzt hat uns Frau Zack die Telefonnummer von dieser Frau Stelzbach gegeben. Leos Besitzerin bittet darum, dass wir sie anrufen."

„Das solltet ihr tun. Sie macht sich bestimmt ebenso viele Sorgen um ihren Kater wie ich mir um unseren Brünó."

Johanna telefonierte im Flur, kam zurück und sagte:

„Die gute Frau ist völlig aufgelöst."

„Verstehe ich nicht", miaute Robin dazwischen. „Leo müsste schon längst zu Hause sein."

Johanna streichelte ihm über den Kopf.

„Ihr Kater ist zwar wieder da, aber sie hat irgendwas von vielen Mäusen in ihrer Wohnung erzählt, ich habe es ehrlich gesagt nicht wirklich verstanden. Jedenfalls will sie gleich vorbeikommen und sich mit uns besprechen. Sie braucht jemanden, mit dem sie sich austauschen kann."

„Wir müssen bald zur Schule", sagte Stefan.

„Sie meint, sie wäre mit dem Taxi in fünfzehn Minuten da. Es war ihr so wichtig, und wir haben noch etwas Zeit bis zur zweiten Stunde."

Elke stand auf.

„Ich muss meinen Blumenladen aufsperren. Bitte ruft mich an, falls ihr irgendetwas hört oder falls ihr Brünó seht."

Robin rieb den Kopf an Lottes Beinen, drückte sich an sie und leckte ihr sogar die Hand. Er fühlte sich mitschuldig daran, dass sie sich sorgte. Schließlich war es seine Idee gewesen, in den Wald zu laufen.

„Als würde er Sie kennen", sagte Johanna.

„Das tut er auch. Ihr Kater ist ab und zu bei uns, schon seit Monaten, nur wusste ich nicht, dass er Robin heißt."

„Ach, das ist ja interessant, wo du dich so rumtreibst." Johanna schaute ihn an, missbilligend, wie er fand. Aber gut möglich, dass er sich das einbildete und sein schlechtes Gewissen sich bemerkbar machte. Er sprang auf Johannas Schoß und stieß mit dem Kopf liebevoll gegen ihr Kinn.

„Jetzt erzählen Sie mal, Frau Stelzbach ..."

„Nennen Sie mich Lotte. Ich meine, unter uns Katzenbesitzern ist das Du nicht verfrüht, oder?"

„Sehr gerne. Ich heiße Stefan, und das ist Johanna."

„Fein. Also als ich gestern Abend ins Bett bin, war Leo noch da. Irgendwann in der Nacht bin ich aufgewacht, weil ich ständig die Katzenklappe an der Balkontür gehört habe. Als ich ins Wohnzimmer kam, war kein Leo mehr da, dafür lagen fünf tote Mäuse auf meinem Lieblingsplatz auf dem Sofa."

„Uh", machte Johanna.

„Was heißt hier `Uh´? Das ist doch nett", empörte sich Robin.

„Unser Kater bringt uns auch die eine oder andere Maus nach Hause, aber fünf auf einmal?"

„Eigentlich tun Katzen das doch, weil sie ihren Besitzern eine Freude machen wollen", meinte Stefan.

Robin hatte eine Idee. Er sprang von Elkes Schoß auf den Tisch, schnappte sich den Zettel, den sie dort hatte liegenlassen, und legte ihn Johanna auf die Beine. Sie schaute darauf und runzelte die Stirn.

„Hm, vielleicht wollte er einen Vorrat anlegen."

„Genau", jubelte Robin. „Katzenfutter-Vorrat."

„Für die Zeit, wenn er wiederkommt?"

„Richtig. Ich glaube, Johanna hat recht. Dein Leo scheint ein Schlauer zu sein."

„Und so ein Lieber." Über Lottes Wange kullerte eine Träne. „Ich kaufe ihm was ganz Besonderes zum Fressen auf dem Heimweg."

„Du bist doch mit dem Taxi da, wenn du das warten lässt beim Einkaufen, wird das teuer", gab Stefan zu bedenken.

„Es geht nicht anders. Ich bin nicht mehr so gut zu Fuß, mit dem Bus schaffe ich das nicht. Der Taxifahrer bringt mich bis vor die Haustür."

„Ich fahre dich", entschied Johanna. „Wenn wir gleich aufbrechen, reicht mir die Zeit noch."

Lotte stand auf, da fiel ihr Blick auf die Zeitung.

„Da steht wieder was von dem toten Mann im Wald. Gibt's was Neues? Ich konnte heute noch nicht reinschauen."

„Nicht viel. Der Tote soll ´südländisch´ ausgesehen haben. Was das auch immer heißen mag. Ein Foto von ihm ist abgebildet, sie suchen heute noch mal im Stadtwald."

Robin hielt an, um zu verschnaufen. Bislang war es nicht heiß, doch steckte ihm die vergangene Nacht im Wald und die allzu kurze Ruhepause in den Pfoten. Er war alleine unterwegs. Leo blieb zu Hause, zumindest bis ihm Lotte das besondere Futter gegeben hatte. Nicht dass sie ihn vor lauter Sorge einsperren würde.

Er bog um die Ecke des Schwimmbades und sah die Polizisten auf der Wiese am Waldrand herumlaufen. Geduckt lief er, die Felsbrocken als Deckung nutzend, bis er es mit ein paar kurzen Sätzen zwischen die Bäume schaffte. Dann näherte er sich dem Trupp.

Ein Auto kam, Robin kannte es. Die Försterin stieg aus. Sollte er sich ihr zu erkennen geben? Doch was würde das bringen? Er huschte von Stamm zu Stamm, bis er nahe genug war, um das Gespräch zwischen ihr und einem Mann ohne Uniform zu belauschen.

Brünó blinzelte. Ein Sonnenstrahl hatte sich den Weg bis in die Erdhöhle gebahnt und fiel ihm in die Augen. Er kletterte den Rand der Mulde hinauf und schob seinen Kopf zwischen herunterhängenden Wurzelzweigen hinaus ins Freie. Kein Großer Wilder zu sehen. Sein Körper folgte, bis Brünó vor der Höhle stand.

Das Rascheln, Knistern und Knacken ängstigte ihn nicht mehr. Ein neues Geräusch gesellte sich dazu. Nieselte es etwa? Dann müssten Regentropfen auf ihn fallen. Stattdessen fielen um ihn herum trockene Tannennadeln auf das Laub.

Wer hätte das gedacht, dass der Große Wilde und er sich verstehen würden? Letztendlich zumindest. Zuerst hatte ihm der Einsiedler ein paar Hiebe verpasst, und nur sein dickes Fell hatte ihn davor bewahrt, noch mehr Schrammen davonzutragen. So wie es auf dem Kopf ziepte, hatte er dort ein Andenken erhalten.

Doch er hatte sich nicht gewehrt, und der Wildkater hatte von ihm abgelassen. Brünó war, und das hatte ihn selbst erstaunt, vor allem froh gewesen, nicht mehr alleine zu sein. Das sagte er und verwirrte den Großen Wilden damit. Der British Shorthair wollte diese Gelegenheit nutzen und von der toten Wildkatze und alledem berichten, doch er kam nicht dazu.

Stattdessen miaute der Wildkater drauflos und erzählte ihm nicht weniger als seine Lebensgeschichte. Dass die Eltern nicht beide Wildkatzen waren, sondern die Mutter eine Hauskatze. Sein Vater hatte sie in ihrem Haus in der Siedlung heimlich besucht. Daraus folgte, dass sie ihn und drei Geschwister bekam. Der Erzeuger ward nie mehr gesehen, eine Eigenschaft hatte er dem Sohn aber vererbt: Er war ein wilder Welpe. Die Besitzer seiner Mutter wussten mit den Kleinen nichts anzufangen und mit diesem ungezähmten, um sich kratzenden schon gar nicht. Sie gaben sie alle ins Tierheim. Doch er selbst floh und verbarg sich im Wald. Er stellte es sich so vor, dass er seine Mutter später würde heimlich besuchen können, wie sein Vater es getan hatte. Schon der erste Versuch war ernüchternd: Die Besitzer waren weggezogen. Fortan lebte er ein einsames Leben im Wald.

Er hatte sich an das Alleinsein gewöhnt, wiewohl er tief drinnen die Sehnsucht nach der Gesellschaft von Artgenossen hatte. Das hatte der Große Wilde zwar nicht gesagt, aber Brünó war sich dessen sicher. Und bei diesem Gedanken öffnete sich sein Herz. Letztlich waren sie gar nicht so verschieden, der Wilde und der Zahme.

Einmal wachgerufen, drängten die Bilder hervor. Brünó alleine, in einem kalten Käfig im Tierheim. Dabei war er so klein gewesen! Das war seiner Züchterin damals egal. Und alles nur, weil er ein einziges Mal an diesem blöden, toten Vogel geleckt hatte. Es war doch ihre Schuld, dass sie die Tür zum Garten aufgelassen hatte. Woher hätte er wissen sollen, dass das Tier krank war? Und dann hieß es: Brünó hat sich angesteckt. Aber er fühlte sich kerngesund! Weggeben hatte ihn seine damalige Besitzerin, um ihre „international bekannte französische Zuchtlinie" nicht zu gefährden. An ihn hatte sie dabei nicht gedacht.

Eine tote Maus fiel ihm vor die Pfoten. Der Wildkater stand oben auf der Wurzel.

„Habe dir Frühstück mitgebracht."

„Oh danke, wie aufmerksam von dir!"

Brünó machte sich über die Maus her, die herber schmeckte als die, die er bei ihnen zu Hause im Garten erlegte.

Der Wildkater sprang zu ihm herunter und legte ihm eine weitere hin. Das würde seinen leeren Magen fürs Erste beruhigen. Eine Zeit lang war nur sein andächtiges Schmatzen zu hören. Ohne Hunger hatte er wieder Augen für andere Dinge. Zum Beispiel für das äußere Erscheinungsbild des Großen Wilden.

„Wieso bist du so nass?", fragte er.

„Ich war schwimmen", entgegnete der Wildkater.

„Schwimmen???"

„Ja. Was ist damit?"

„Hauskater und -katzen schwimmen nicht, jedenfalls habe ich noch keine kennengelernt, die das getan hätte."

„Ach ja? Und warum nicht?"

„Wasser ist nass, man hat keinen festen Boden unter den Pfoten, es ist kalt, es läuft einem in die Nase und in die Augen ..."

„Nur, wenn du es nicht kannst. Außerdem ist es gerade jetzt im Sommer sehr erfrischend. Einige von uns lieben es sehr."

Das hielt jeder nach seiner Fasson.

„Wo gibt es hier im Wald so viel Wasser?", fragte er trotzdem.

„Wieso willst du das wissen, wenn du nicht schwimmst?"

„Vielleicht halte ich mal meine Pfote rein."

„Oben in der Nähe des Turms, den die Menschen gebaut haben. Da ist ein Tümpel. So früh morgens treiben sich dort keine Zweibeiner herum."

Brünó putzte sich. Das half ihm dabei, seine Gedanken zu sortieren.

„Mal was anderes", miaute er nach einer Weile.

„Habe ich letzte Nacht zu viel geplappert?", unterbrach ihn der Große Wilde.

„Keinesfalls. Wie kommst du darauf?"

„Ich kenne mich so nicht. Ist mir schleierhaft, was in mich gefahren ist."

„Du hattest jemanden zum Zuhören. Und ich hab' mich auch nicht mehr alleine gefühlt."

Der Wildkater wandte den Kopf für einen Moment ab. Dann legte er sich auf den Boden und schaute ihn wieder an.

„Weshalb bist du eigentlich hier?"

Endlich konnte er berichten.

„Ich weiß zwei Dinge", sagte der Wildkater, nachdem Brünó geendet hatte. „Zum einen war es ein Uhu, der dich so erschreckt hat, dass du dich im Wald verlaufen hast. Du hast übrigens gut daran getan, wegzulaufen, denn Uhus sind ziemlich groß und jagen nachts, durchaus auch kleinere Tiere. Obwohl" – er schaute den British Shorthair von den Ohren bis zur Schwanzspitze an – „du vielleicht doch zu kräftig für den Jäger der Lüfte bist."

„Danke, dass du kräftig und nicht dick gesagt hast. Was ist das Zweite, das du weißt?"

„Vor drei Tagen abends habe ich die Wildkatze gesehen, die nun tot ist. Sie ist in einen Wagen gesprungen. In dem Wagen saß ein Mensch."

„Oh, und hast du ihn genau gesehen?"

„Nein, dafür war es schon zu dunkel. Aber ich habe noch einen anderen gesehen, einen Mann. Der hat sich mit dem Menschen im Auto unterhalten."

Brünó sprang auf die Pfoten.

„Ich muss zurück und den anderen davon berichten." Er schaute sich ziellos um. Niemals würde er den Rückweg alleine finden.

„Ich zeige dir, wo´s langgeht."

Die beiden, der Zahme und der Wilde, trabten nebeneinander durch den Wald. An einer Stelle, von der aus Brünó von Ferne zwischen den Baumstämmen die sogenannte Haltestelle für Wildtiere sah, blieb sein neuer Gefährte stehen.

„Ab hier musst du alleine weiter."

Der Wildkater lief ein paar Schritte in den Wald hinein, wandte sich aber noch mal um.

„Sehen wir uns wieder?"

„Das verspreche ich dir."

Selten hatte Brünó etwas so ernst gemeint.

Kapitel 6

Auf dem Rückweg vom Stadtwald lief Robin bei Leo vorbei. Er miaute vor der Klappe in der Balkontür, denn die öffnete sich nur für seinen Freund.

Doch statt Leo in der Öffnung erschien Lotte, die die Tür aufmachte. Robin stellte sich an ihr auf, um sich den Kopf kraulen zu lassen. Leo kam aus Richtung Küche gelaufen. Er leckte sich das Maul.

„Stelle dir vor, Lotte hat mir was ganz Leckeres mitgebracht."

„Was denn?"

„Keine Ahnung, wie es heißt, ein Gewächs, riecht lecker und frisch und schmeckt auch so. Vor allen Dingen die Blüten."

Robin roch an Leos Maul.

„Katzenminze", konstatierte er. „Und jetzt komm, wir müssen uns besprechen."

Sheila saß auf der Fensterbank der Katzenwohnung und drückte ihre Schnauze an die Scheibe. Darunter lief Streuner hin und her. Ab und zu hielt er an und schaute mit zitternden Lefzen zu ihr nach oben.

Brünó war immer noch nicht da.

„Seit ich meinen über alles geliebten Lebensgefährten kenne, das betrifft exakt den Zeitraum, den wir zusammenleben, waren wir noch nie so lange voneinander getrennt, und ich sage die Wahrheit, wenn ich euch, meinen lieben Freunden, mitteile, die längste Zeit ohne ihn ist nur dann gewesen, wenn wir einmal separat voneinander zur Tierärztin gebracht werden."

„Was heißt `separat´?", miaute Leo leise zu Robin.

„Getrennt."

„Wieso sagt sie das nicht?"

Sheila warf Leo einen langen, traurigen Blick zu. Dann sprang sie von der Fensterbank hinunter und stellte sich vor Streuner.

„Ich mache mir ebenso viele Gedanken um meinen liebsten Brünó, wie ich mich einst um dich, liebster Weitgereister, gesorgt habe."

Streuner drückte seinen Kopf gegen den Sheilas. So standen sie eine Weile stumm. Auch sonst miaute niemand etwas. Schließlich hielt Robin es nicht mehr aus.

„Ich mache mir ebenfalls große Sorgen, das könnt ihr mir glauben. Aber da wir nicht wissen, wann Brünó wiederkommt – und ich gehe fest davon aus, dass er wiederkommt -, sollten wir mit unserer Besprechung beginnen."

„Du bist wie so oft der Vernünftigste von unserer Gruppe, werter Robin. So lass uns nun hören, was du heute Morgen im Stadtwald Neues erfahren hast."

Mutig, wie er war, hatte er sich unter einem der Streifenwagen versteckt, denn die Menschen unterhielten sich ausgerechnet mitten auf der Wiese, wo es ansonsten keinerlei Deckung gab. Waldfrau Schelski war gekommen, um sich den Ort anzuschauen, an dem die tote Katze gelegen hatte. Sie hoffe Hinweise zu finden, warum sie sich weit entfernt von ihrem Revier aufgehalten habe, sagte sie den Polizisten. Zwar kannte sie den Mann, der dort am Stadtwald zu Tode gekommen war, nicht. Jedoch hatte sie sein Auto, das in der Zeitung abgebildet war, schon einmal gesehen. Das war an demselben Tag, an dem sie sich mit der Butzbacher Möbelfabrikantin Monika Stellpflug im Wald am Winterstein getroffen hatte. Die Geschäftsfrau habe dort Holz gekauft. Auf dem Wanderparkplatz wo sie ihre Autos abgestellt hatten, war der Försterin ein anderer Wagen aufgefallen. Klein und alt. Eben jenes Auto, das sie Tage später in der Zeitung gesehen hatte. Das hatte höchstwahrscheinlich dem Toten – zu seinen Lebzeiten natürlich - gehört, die Polizei hatte darin ausschließlich dessen Fingerabdrücke gefunden.

„War die Möbelfrau nicht auch an dem Holzstapel, in dem die Wildkatze mit ihren Welpen lebt?", fragte Streuner.

„Ja, wir müssen davon ausgehen, dass sie es war", entgegnete Robin.

„Und wie bringt uns das weiter?"

„Da ist noch etwas. Gipsys Besitzerin hat außerdem erzählt, dass diese Monika Stellpflug ihre Möbel ausschließlich mit Holz aus der Region baut. Und dass die Möbel teuer sind. Sehr teuer, hat eine Polizistin gesagt und dass sie sich die nicht leisten könnte, dabei seien die Stücke besonders schön."

„Aha."

„Hm."

„Und?"

„Versteht ihr nicht? Diese Frau Stellpflug braucht das Holz und ..."

„Brünó!"

Flori und Charly rannten zum offenen Speisenaufzug, in dem der Zimtfarbene saß. Mit einem Satz war er unten und trabte auf sie zu, die beiden Kleinen wichen nicht von seiner Seite. Schrammen im Gesicht, an einem Ohr klebte getrocknetes Blut, und sein Fell sah gerupft aus.

„Hallo auch zusammen, da bin ich wieder!", tönte er frohgemut.

„Wo warst du?"

„Was ist passiert?"

„Wie geht es dir?"

„Immer mit der Ruhe." Brünó hüpfte über Flori und Charly, die sich vor ihm auf dem Boden hin und her rollten, ging zu Sheila und rieb seinen Kopf an ihrer Flanke.

„Mein Gefährte!", miaute sie leise.

„Meine Gefährtin!"

Streuner presste die Lefzen zusammen. Vorsichtshalber warf ihm Robin einen warnenden Blick zu. Dann räusperte er sich.

„Schön, dass du wieder da bist. Erzähl, was passiert ist."

Brünó streckte sich auf dem Boden aus und gestattete es, dass sich Charly auf ihn legte. Unterdessen pflegte Flori seinem Vater den zerzausten Schwanz.

Was der Zimtfarbene zu berichten hatte, schlug sie alle in den Bann des tonlosen Zuhörens. Brünó hatte eine Nacht im Wald überlebt. Und er hatte etwas geschafft, dessen sich keine der Wildkatzen dort oben bisher rühmen konnte: Er hatte den Großen Wilden getroffen und sich mit ihm angefreundet. Rufe wurden laut, dass er mehr von seinem Abenteuer berichten sollte.

Robin aber unterband das Geschichtenerzählen und fasste den Stand ihrer Ermittlungen zusammen.

„Die Wildkatze ist zu jemandem ins Auto gesprungen. Der Große Wilde konnte aber nicht sehen, zu wem. Jetzt wissen wir jedenfalls, warum ihre Spur mitten auf dem Asphalt vor dem Schwimmbad beginnt. Sie ist dort aus dem Auto gesprungen."

„Und der Große Wilde hat den toten Mann gesehen!", rief Leo.

„Falsch", korrigierte ihn Robin. „Er hat ihn gesehen, als er noch nicht tot war."

„Mäuseköttelzählerei", murrte der Rote.

„Mein kleiner Freund, es mag auf den ersten Blick so erscheinen, als sei die Tatsache, dass der Mann noch lebte, als ihn der Große Wilde gesehen hat, nicht von Belang, doch möchte ich zu bedenken geben, dass wir es hier mit vielen kleinen Begebenheiten und Informationen zu tun haben, die wir nach und nach zu einem großen Bild zusammensetzen müssen, und wenn auch nur ein winziges Teilchen davon nicht stimmt, passt am Ende das gesamte Bild nicht zusammen."

„Danke, Sheila. Also, wo war ich? Ach so, wie wir ja bereits von Waldgeist wissen, war die Möbelfrau sehr ärgerlich, als sie hörte, dass in dem Holzstapel, den sie gekauft hat, Wildkätzchen leben."

Verdammt, wie sollte der Satz noch mal weitergehen, den er angefangen hatte und dann von Brünós Ankunft unterbrochen wurde? Die Idee war weg.

„Robin?" Leo stupste ihn mit der Schnauze an.

„Äh, ja. Ich denke, wir müssen unbedingt mehr über diese Frau Stellpflug herausbekommen. Dann erfahren wir auch, wie das alles zusammenhängt."

Leo erklärte sich bereit, zusammen mit Brünó nach der Möbelfrau zu suchen. Schwieriger war es, dass sie sich aufteilen mussten. Die Geschichte trieb Ranken.

„Wir müssen außerdem mehr über den Toten herausbekommen. Wer war er? Woher kam er? Dabei fällt mir ein, Johanna und Stefan haben heute Morgen aus der Zeitung vorgelesen, dass der Tote ˋsüdländischˊ ausgesehen hat. Also kommt er nicht von hier."

„Was heißt südländisch?", quäkte Charly von Brünós Bauch aus.

„Mein lieber kleiner Sohn", antwortete Sheila. „Dein Vater und ich sind auch südländischer Abstammung. Unsere Familien entstammen nämlich einer langen, langen Reihe reinrassiger Britisch Kurzhaar Katzen, die im Süden Frankreichs ihr Domizil haben."

„Also kommt der tote Mann aus Südfrankreich!" Charly sprang auf, reckte seinen Kopf in die Luft und schaute in die Runde.

„Nicht unbedingt. Es gibt noch andere Länder im Süden", fügte Brünó hinzu.

„Und wie sehen die Südländer aus?", mähte Flori dazwischen.

„Ein vornehmes Blaugrau, wobei die Qualität der Fellpflege die aller anderen Rassen übersteigt, was sich auch in den Verkaufspreisen niederschlägt, die meine über die Maßen adligen Verwandten ..."

„Ach Sheila, und was ist mit dem besonders warmen Schokoladen-Zimtton meines Erscheinungsbildes, das Elke täglich aufs Neue betont?"

Alle schauten Brünó an. Seit wann war er ebenso auf sein Äußeres bedacht wie Sheila?

„Wir sollten das mit dem Südländischen vielleicht nicht in den Vordergrund stellen", warf Robin ein. „Immerhin handelt es nicht um eine Katze. Bei den Menschen kann sich das alles ganz anders verhalten."

„Wie denn? Wie denn?", miauten Charly und Flori gleichzeitig.

„Genug!"

Augenblicklich legten sich die beiden an Ort und Stelle hin und gaben keinen Laut mehr von sich. Erstaunlich, wie Sheila sie im Griff hatte. Erstaunlicher, dass sie sich kurzgefasst hatte.

„Also gut. Während Leo und ich Recherchen in der Butzbacher Möbelbranche unternehmen, muss jemand etwas über den Toten in Erfahrung bringen."

Robin schaute sich in der Runde um. Sheila fiel nach wie vor aus, sie bewachte ihre Söhne. Streuner lief mit seinem beeinträchtigten Hinterbein keine längeren Strecken.

„Ich gehe." Brünó stand auf. „Auch wenn ich eben erst wiedergekommen bin. Ich habe allerdings keine Ahnung, wo ich anfangen soll mit den Nachforschungen."

„Ich weiß es", rief Leo. „Du läufst in Butzbach herum und befragst andere Kater und Katzen, ob sie den Mann oder sonst was Verdächtiges gesehen haben. Und am besten fängst du in der Siedlung oben am Stadtwald an. Da ist die Chance am wahrscheinlichsten, dass du Erfolg hast."

„Alle Achtung", lobte Robin. „Guter Vorschlag."

Brünó schlug sich erst mal den Magen voll. Während er den Napf mit dem Trockenfutter leerte, stand Sheila neben ihm.

„Ich bin so stolz auf dich", schnurrte sie ein ums andere Mal. „Du, mein liebster Lebensgefährte, bist über dich selbst hinausgewachsen. Du nimmst es mit den Gefahren des dunklen Waldes auf, du meisterst den Umgang mit einem großen Wildkater, was sich bis dahin noch niemand unserer Artgenossen, ob zahm oder wild, zugetraut hat und nun nimmst du gleich die

nächste Mission an, von der niemand weiß, wie gefährlich sie werden kann."

Brünó verschluckte sich.

„Wieso gefährlich? Ich frage nur ein bisschen rum."

„Niemand kann vorhersehen, wie sich die Dinge
entwickeln", unkte nun auch Streuner. Der Schwarz-
Weiße saß ein Stück entfernt in der Mitte der Küche.
Immer öfter kam er mit in die Wohnung, die bislang
doch nur Sheila, ihm, Brünó, und den Kleinen gehört
hatte. Das wurmte den Zimtfarbenen. Dann fiel ihm
ein, dass er drauf und dran war, einen neuen Freund
zu finden. Einen, der nur für ihn alleine da war.

Zufrieden fraß Brünó weiter. Mit Bedacht hatte er
in der Teambesprechung nichts davon erzählt, was ihm
der Große Wilde anvertraut hatte. Dass sie ineinander
verwandte Seelen gefunden hatten. Dass er es kaum
erwarten konnte, ihn wiederzusehen. Seit seiner Kind-
heit hatte ihm keiner mehr so zugehört wie der Wildkater in der vergangenen Nacht. Halt. Das war ungerecht
Sheila gegenüber. Sie hatte sich ihm oft zugewandt und
tat es noch. Doch dann hatte Streuner Einzug in ihr
Leben gehalten und fortan verteilte sie ihre Aufmerksamkeit auf zwei Kater. Das reichte ihm nicht mehr.

„Da ist der schwarze Hund!", mähte Flori von der
Fensterbank in der Küche aus.

„Und da ist ein Mann. Jetzt gibt er der Hundefrau
etwas!", quäkte Charly laut, um seinen Bruder, der ihm
gegenüber saß, zu übertönen.

Brünó setzte sich auf und leckte sich das Maul.

„Meine Söhne, das ist jetzt nicht von Belang. Viel
wichtiger ist es, wie ich mehr über den toten Mann in
Erfahrung bringe."

„Leo hat einen Vorschlag gemacht", erinnerte ihn Streuner.

„Ehrlich gesagt glaube ich nicht, dass es eine gute Strategie ist, draufloszulaufen und darauf zu hoffen, dass irgendjemand zufällig etwas gesehen hat."

„Was ist eine Strategie?", mähte Flori.

„Wenn du ein klares Ziel vor Augen hast, musst du dir Gedanken darüber machen, du musst einen Plan machen, wie du dieses Ziel erreichen kannst, und zwar mit dem geringstmöglichen Aufwand. Das wiederum nennt man Effizienz."

„Wenn ich deinen Worten lausche, liebster Brünó, so muss ich sagen, dass sie mir sehr weise klingen, und ich frage mich, auch wenn das nichts mit unserem Fall zu tun hat, was dazu beigetragen hat, dass du dich seit Kurzem – für alle offensichtlich – veränderst."

„Später, Sheila", brummte Brünó mit einem Seitenblick auf Streuner. „Über Folgendes müssen wir jetzt nachdenken: Wenn der Tote, egal wo er nun herkommt, anders aussieht als die Butzbacher – wo treffen sich solche Menschen? Wo treffen sich Zweibeiner, die ganz verschieden sind?"

„Wo treffen sich Katzen, die ganz verschieden sind?", fragte Charly.

„Bei der Tierärztin", antwortete Streuner.

„Ja genau!" Brünó sprang auf und streckte aufgeregt seinen Schwanz in die Höhe. „Dann könnten wir vielleicht bei einem Menschenarzt etwas erfahren."

„Wo gibt es Menschenärzte?", wollte Flori wissen.

„Das ist eine weise Frage", warf Sheila ein. „Wir kennen uns mit Tierärzten aus, genauer gesagt kennen wir uns mit unserer Tierärztin aus, und dort werden wir Katzen hingebracht, wenn wir krank sind oder vor

Krankheiten geschützt werden sollen. All dies könnte uns nun zu dem Schluss führen, dass auch ein Mensch krank sein muss, bevor er zu einem Menschenarzt geht, und ich frage in unsere kleine Runde: Bringt uns dieser Denkansatz wirklich weiter?"

„Auf jeden Fall!" Charly sprang von der Fensterbank und lief zu ihnen. „Wir machen einen Menschen krank."

„Und wie?", fragte Streuner schnell.

„Jemand muss einen von ihnen beißen. Dann folgen wir ihm und schon sind wir beim Arzt."

„Von mir, deinem Vater, hast du diese gewalttätige Ader nicht. Wer von uns würde wohl einen Menschen beißen?"

„Ich mache das!" Der Schwarz-Weiße schaute von einem zum anderen. „Nur die Tierärztin, die beiße ich nicht."

„Ich halte das für Unsinn." Brünó schüttelte den Kopf. „Die Menschen können doch nichts dafür. Genauer betrachtet ist das auch keine Strategie. Wer sagt uns, dass ausgerechnet bei diesem Arzt etwas zu erfahren ist? Nein, wir müssen näher bei dem Toten ansetzen. Hat Robin nicht erzählt, dass der Tote grobe Schuhe getragen hat? Die waren sehr dreckig, nicht nur braun wie Walderde oder Laub, sondern auch weiß. Wo gibt es weißen Dreck?"

„Baustellen", antwortete Streuner. „Das könnt ihr nicht wissen, weil ihr nicht so weit rumkommt wie ich ..."

„Jaja, das wissen wir", brummte Brünó.

„...aber auf Baustellen gibt es ganz unterschiedlichen Dreck. Und weißen eben auch."

„Da ist ein Ziel!", miauten Charly und Flori gleichzeitig.

„Ihr lernt sehr schnell", lobte Brünó die beiden. „Ich fange bei der nächstgelegenen Baustelle an. Wo ist die, Streuner?"

„Gar nicht weit. In der Nähe der Tierärztin." Er beschrieb Brünó den Weg.

Ein röhrendes Fahrzeug bohrte seine riesige Schaufel in die Erde und schüttete sie auf einen Haufen. An anderer Stelle hämmerte ein Gefährt, diesmal mit einer großen Walze, beharrlich den Boden fest. Dazwischen immer wieder Menschen in grellfarbenen Westen, die sich etwas zuriefen.

Brünó zog sich in ein Versteck hinter einem Container am Rand der Baustelle zurück. Der hatte zwar Fenster, doch wenn Menschen darin waren, würden die nicht rausgucken und nach Katzen Ausschau halten. Er kauerte sich zusammen.

Dreck gab es hier, da hatte Streuner recht. Aber dieser Lärm! Davon hatte der Schwarz-Weiße nichts erzählt. Wie still war es im Wald bei dem Großen Wilden. Herrlich roch es dort, nach Erde, Tannennadeln, Laub und Holz. Brünó straffte seine Muskeln, fuhr versuchsweise die Krallen aus und lugte um die Ecke.

Gerade rechtzeitig. Ein Auto überquerte den Platz, heraus kam eine Frau, an der ihm zuerst die Frisur auffiel. Sie trug geflochtene, um den Kopf gezwirbelte Zöpfe.

Wichtiger als ihre Haartracht waren ihre Worte, die er von seinem jetzigen Standort aus nicht hörte. An den Boden gedrückt schlich er sich voran. Die Frau schritt auf einen Mann zu, der just in diesem Moment aus dem Container kam. Brünó suchte hinter einem Stapel Steine Deckung.

„Guten Tag, Frau …". Der Rest der Worte verlor sich in dem Röhren des Lastwagens, der ausgerechnet jetzt auf den Hof fuhr. Und zwar dicht an den beiden, aber noch näher an seinem Versteck vorbei. Mit ein paar Riesensätzen verschwand Brünó wieder hinter dem Container.

Der Pudel war draußen. Scheinbar eine Ewigkeit schnüffelte er vor dem Aufzug auf dem Boden herum. Dann stellte er sich auf die Hinterbeine und roch ebenso lange an der Holztür, ihrem Tor zum Garten. Seine Schnauze presste er dabei immer wieder daran, bestimmt war die Tür jetzt nass und stank nach Hund. Schließlich legte er sich unterhalb des Speisenaufzugs hin und schaute mit stechendem Blick umher.

Robin und Leo liefen, bislang unentdeckt von dem Schwarzen, in den Schatten ihres Kastanienbaums. Zurück von ihren Erkundungen in Sachen Möbelfrau hatten sie dort Streuner getroffen, der sich die Pfoten vertreten hatte. Er setzte sie in Kenntnis darüber, dass Brünó einen anderen Plan – und zwar einen schlauen - verfolgte.

„Wie kommen wir jetzt nach oben?" Leo verfiel in jämmerliches Miauen. Offenbar erschien ihm die Situation aussichtslos.

„Den Kastanienbaum hoch!", kommandierte Robin.

Streuner schaute an dem Stamm nach oben.

„Das schaffe ich nicht mehr mit meinem kaputten Hinterbein", knurrte er zwischen den Zähnen hindurch. „Schon der Sprung in den Aufzug und wieder hinaus tut höllisch weh."

„Dann müssen wir uns hier unten im Garten treffen. Schließlich ist der Hund angeleint und kann uns hier hinten nicht behelligen. Ich klettere hoch und sage Sheila Bescheid."

„Sie lässt Flori und Charly niemals alleine", wandte Streuner ein.

„Einmal ist immer das erste Mal", miaute Robin.

„Denkt nicht, ich höre euch nicht!", hörten sie den Schwarzen da bellen.

Robin lief um die Hausecke herum und stellte in sicherer Entfernung die Rückenhaare auf. Der Großpudel sprang hin und her und zerrte an seiner Leine.

„Ist mir egal, ob du uns hörst. Du kannst eh nichts ausrichten!", fauchte Robin und lief zurück zu den anderen. „Es ist wichtig, ihm Einhalt zu gebieten, bevor er dasselbe mit uns macht. Da müssen wir uns dringend was überlegen."

Dann konzentrierte er sich auf den Aufstieg. Mit breit ausgefahrenen Vorderbeinen krallte er sich an dem Stamm fest, stieß sich mit den Hinterbeinen ab und machte so Stück um Stück Höhe gut. An seinem Balkon angekommen sprang er auf den Boden und lief durch die offene Tür in die Küche. Hungrig wie er war, wollte er zuerst etwas fressen, bevor er in Sheilas und Brünós Wohnung fahren würde.

Sein Napf war gefüllt. Er schlang das Futter in sich hinein, um seine Freunde unten im Garten nicht unnötig warten zu lassen.

„Hast du das Gebell gehört?" Das war Johannas Stimme aus dem Wohnzimmer. „Bestimmt hat Mephisto wieder eine von unsren Katzen gesehen."

„Vielleicht können wir mit Frau ... wie heißt sie noch gleich?", fragte Stefan.

„Julia Feynwing."

„Vielleicht können wir mit ihr sprechen, dass sie ihren Hund nicht direkt vor dem Speisenaufzug anleint. Das würde unsere anderen Vierbeiner einschränken."

Guter Mann, dachte Robin und schluckte den letzten Bissen hinunter.

„Das können wir machen. Sie scheint nett zu sein. Als ich vorhin nach Hause gekommen bin, hat sie mir die Fließen für ihr Bad gezeigt, original aus Carrara."

Robin ließ den Rest des Gesprächs sausen und fuhr in den ersten Stock hinunter. Unterwegs überlegte er sich, wie er Sheila am besten davon überzeugen würde, Flori und Charly alleine zu lassen. Zumindest für die Zeit, in der sie sich unten im Garten besprächen.

„Dann kommen die beiden eben mit", miaute Robin. Seine Lefzen zitterten. Dass es so schwierig werden würde, hätte er nicht gedacht.

„Werter Robin, ich verstehe durchaus, dass du dich nicht in die Lage einer Katzenmutter versetzen kannst, doch solltest du genug Feingefühl aufbringen zu respektieren, dass ich nicht bereit bin, meine beiden Kleinen Gefahren auszusetzen."

„Aber Sheila, sie sind nicht mehr klein. Schau sie dir an!"

Er stellte sich zwischen Flori und Charly: Ihre Rücken waren fast auf einer Höhe mit dem seinen.

„Hmm, nun, aus dieser Perspektive habe ich die Lage noch nicht betrachtet." Sheila legte ihren runden Kopf auf die Seite und formte ihre Augen zu schmalen Schlitzen. „Gehen wir davon aus – und ich sage noch nicht, dass ich es erlaube – gehen wir also davon aus, dass ich meinen beiden Söhnen erlaube, mit in den Garten hinunter zu fahren ..."

„Oh ja bitte!", riefen Charly und Flori wie aus einem Maul.

„... garantierst du mir, geschätzter Robin, dann, dass ihnen kein Leid wiederfahren wird oder wenn sich solches ankündigen sollte, du dich mit all deinen dir zur Verfügung stehenden Kräften und Mitteln dafür einsetzten wirst, dass ihnen nichts geschieht?"

„Zweitens ja, erstens nein. Sheila, das kann dir kein Kater und keine Katze auf der Welt garantieren. Und wenn es einer macht, dann lügt er." Robin näherte sich der Britisch Kurzhaar und berührte sie sacht mit der Pfote an der Flanke. „Wir sind alle da, um aufzupassen."

„Fast alle, wenn du mir diesen kleinen, aber feinen Einwand gestattest, denn mein liebster Lebensgefährte hat sich einmal mehr in Gefahr begeben, um bei der Lösung des Falls mitzuwirken."

Dann geschah etwas, womit Robin nicht gerechnet hatte.

Sheila sprang auf das Brett vor dem Speisenaufzug.

„Worauf wartet ihr noch?"

„Halt!" Er stellte sich Charly und Flori, die herangestürmt kamen, in den Weg. „Besser ist es, den Baum hinunterzuklettern. Vor dem Speisenaufzug im Garten liegt der Hund."

„Ausgeschlossen. Ja, sie dürfen hinaus, aber klettern ist noch zu gefährlich."

Und das waren Sheilas letzte Worte in dieser Sache, so kurz und bündig, wie sie miaut hatte. Ein Napf voll Lammhäppchen in Sahnesoße für eine neue Idee! Letztlich hatte Sheila eine.

„Ihr lenkt den Schwarzen ab, ich fahre mit Charly und Flori nach unten, wir springen hinaus und laufen schnell ums Haus rum."

„Prima, so machen wir es. Ihr startet erst dann von hier oben, wenn ihr den Schwarzen bellen hört. Dann haben wir ihn vom Ausgang in den Garten weggelockt."

Robin rannte auf den Balkon, sprang aufs Geländer, von dort auf einen Ast und kletterte kopfüber hinunter.

Am Fuß des Kastanienbaumes, in dessen Schatten, warteten die beiden Gefährten. Der Plan stieß nicht auf Zustimmung, vor allem Leo maulte. Was, wenn der Schwarze einen von ihnen erwischte? Er würde sie windelweich schütteln und seine großen Zähne in ihren Leib schlagen. Doch Robin ließ nichts davon gelten und verwies darauf, dass ihr Widersacher angebunden war.

Die Drei pressten sich dicht aneinander und schoben ihre Köpfe um die Hausecke. Der Hund lag auf dem Boden vor dem Speisenaufzug. Wie lang die Leine war? Das galt es auszuprobieren. Streuners lädiertes Bein, Leos Hasenherz – es war offensichtlich, dass er das Wagnis unternehmen musste.

Der Plan war folgender: Sobald Robin in Sichtweite des Hundes war, würde der anfangen zu bellen, aufspringen und an der Leine zerren. Folglich sähen sie, wie lange diese war. Streuner und Leo sollten dann an der Stelle auftauchen, die am weitesten entfernt von dem Speisenaufzug war. Auf dem Plattenweg, der Richtung Gartentor führte. Dort würden sie vor Mephistos Nase herumtanzen, bis Robin zum Aufzug gelaufen war und Sheila, Flori und Charly sicher ums Haus geleitet hatte. Das war eine todsichere Strategie, so lange sie außerhalb der Leinen-Reichweite blieben.

Er stellte seine Rückenhaare auf und trat hinter der schützenden Hausecke hervor.

Mephisto bellte nicht. Auch sonst zeigte er keinerlei Regung. Kein Anzeichen, dass er Robin registriert hatte. Schlief der Schwarze? Er hatte den Kopf auf die Pfoten gelegt, die Haarlocken standen heute nicht nach oben, sondern fielen ihm über die Augen. Von seinem jetzigen Standpunkt aus sah Robin nicht, ob sie geöffnet oder geschlossen waren. Wenn er schlafen würde, könnten Sheila und ihre Söhne im Rücken des Hundes herausspringen.

Langsam setzte er eine Pfote vor die andere. Wiederholt blieb er stehen und schnupperte mit nach vorne gestrecktem Kopf in Richtung des Schwarzen. Der lag immer noch wie ausgestopft da. Doch halt, hatte sich da nicht eine Locke über dem rechten Auge bewegt? Robin blinzelte. Nein, das war wohl nur ein heißes Lüftchen gewesen. Er schaute sich um. Streuner und Leo starrten ihm gebannt nach und regten sich nicht.

In dem Moment, in dem er den Kopf zurückdrehte, streifte etwas seine Nase. Eine Luftfahne, ach was, ein Fähnchen, kaum wahrnehmbar, und doch signalisierte es ihm Gefahr. Dicht vor ihm. Den Schatten aus den Augenwinkeln wahrnehmend sprang Robin zur Seite, überschlug sich, kam auf die Pfoten und setzte in großen Sprüngen in Richtung Rosengebüsch. Nahm die Leine denn gar kein Ende? Er hörte den Schwarzen unmittelbar hinter sich bellen, verstand nur „Gleich" und „Nicht mehr lange", dann die Erde des Blumenbeetes unter den Ballen. Er zwängte sich zwischen zwei Rosenbüschen hindurch. Der Zaun setzte seinem Fluchtweg ein Ende. Er drehte sich um.

Vor dem Gebüsch sprang der Schwarze hin und her.

„Hier kommst du nicht mehr heil raus!", bellte er heißer. Seine Schnauze erschien zwischen den Ästen. Die Leine straffte sich merklich.

„Und du kommst nicht heil rein!", fauchte Robin, fuhr die Krallen aus und verpasste ihm eine.

Der Schwarze jaulte, zog den Kopf zurück, hielt sich jedoch hartnäckig auf seinem Posten vor den Rosen.

„Hier sind wir. Was willst du überhaupt, du blöder Hund!", fauchte Streuner. Er stand auf dem Fußweg zum Gartentor, Leo wälzte sich unbekümmert neben ihm herum. Der Schwarze ließ von den Rosenbüschen ab und sprang auf die beiden zu. Die Leine riss ihn zurück.

„Ich habe schon einmal eine Schnur zerrissen!", bellte er. Dann verschlug ihm ein Husten die Sprache.

Robin verlor keine Zeit. Die Tür des Speisenaufzugs glitt auf. Im Rücken des Hundes flitzte er los.

„Schnell, schnell!", miaute er so leise wie möglich.

Sheila schaute angstvoll den Fußweg entlang und zögerte. Nicht so ihre Söhne.

Charly war der Erste, der heraussprang. Flori folgte ihm auf die Pfote. Ergeben setzte ihre Mutter ihnen nach.

„Dort an der Wand entlang, um die Hausecke rum unter den Baum!"

Der Schwarze wandte den Kopf und preschte auf sie zu. Diesmal würde ihn die Leine nicht zurückhalten, sie waren zu nah dran. Sheila und Charly flitzten ein paar Katzenlängen vor ihnen, Robin rannte hinter Flori her. Aber warum blieb der um alle Mäuse Willen stehen?

„Lauf, lauf!" Er kniff ihn mit den Zähnen ins Hinterteil.

„Aua! Lass das! Ich glaube nicht, dass der Hund uns etwas tun wird." Der Gescheckte schaute dem Großpudel in die Augen.

„Bist du verrückt?", fauchte Robin.

Mephisto war stehen geblieben. Er warf einen Blick zurück zu Streuner und Leo, dann wieder zu den beiden Katern vor ihm. Warum lief er nicht weiter?

„Was ist das?", miaute Flori und spitzte die Ohren. Auch Robin lauschte angestrengt. Es war ein Brummen, das aus der Erde zu kommen schien. Doch es stieg aus dem Schwarzen auf. Zuerst leise, dann lauter werdend, bis es zu einem drohenden Knurren angeschwollen war. Dazu fletschte er die Zähne.

„Okay, du hast recht!", miaute Flori und raste weiter, Robin neben ihm. Kurz bevor sie das Ende der Hauswand erreichten, schrie der Kleine auf. Dann signalisierte ihnen ein Husten, dass sich der Hund abermals dem strammen Zug der Leine ergeben musste.

Rum um die Hausecke. Sheila lief ihnen entgegen.

„Mein Sohn, mein Sohn, ist dir etwas passiert?"

Sie umrundete Flori mehrmals.

„Dein Schwanz!"

Robin schaute ihn sich an.

„Er hat Glück gehabt", konstatierte er. „Es blutet nicht. Nur ein paar Haare fehlen."

„Glück???" Sheila leckte über die kahle Stelle. „Beinahe hätte ihn dieser widerwärtige, außerordentlich gefährliche und darüber hinaus auch noch ausgesprochen hässliche Hund ..."

„Aber er hat nicht." Streuner, der mittlerweile angekommen war, trabte zu ihr und knuffte sie mit dem Kopf in die Seite.

„Wenn Flori nicht plötzlich stehen geblieben wäre, wäre das nicht passiert", warf Leo ein.

„Damit willst du hoffentlich nicht sagen, dass mein Sohn die Schuld daran trägt, dass der hässliche Hund ihn gebissen – fast gebissen hat? Wenn das so wäre, dann wärest du die längste Zeit mein kleiner, roter Freund gewesen!"

„Von Schuld kann keine Rede sein", versuchte Robin zu beschwichtigen. „Aber riskant war es allemal. Flori, was hast du dir dabei gedacht?"

Der Gerügte senkte den Kopf.

„Ich wollte nur, ich meine, ich habe ihm doch nichts getan. Er kennt mich doch gar nicht. Warum sollte er mir böse sein?"

Einen Moment lang schwiegen alle. Dann räusperte sich Streuner.

„Du bist jung und unerfahren, mein Sohn. Du kennst die Welt noch nicht, wie böse sie sein kann."

„Unerfahren, genau, das ist es!" Robin peitschte aufgeregt mit dem Schwanz. „Flori und Charly müssen lernen, wie man mit Hunden umgeht. Schließlich können wir nicht wissen, wie lange der noch hier wohnen wird."

„Gipsy", rief Leo.

„Daran habe ich auch gedacht. Gipsy ist freundlich, sie kann aber bestimmt auch unfreundlich sein, wenn sie will. Sie soll den beiden Kleinen zeigen, wie sie sich am besten Hunden gegenüber verhalten."

„Eine Hündin als Lehrerin?" Auf Sheilas Stirn erschien eine tiefe Falte zwischen ihren Augen. „Möglicherweise ist das eine gute Idee von dir, mein kleiner, roter Freund."

Sie hörten die Haustür. Die Stimme der Hundefrau drang zu ihnen, doch verstanden sie nicht, was sie sagte. Der Schwarze winselte ab und zu. Dann fiel die Tür ins Schloss, und es war still. Vielleicht hatten sie Glück und die Frau hatte ihn ins Haus geholt.

Sheila streckte sich der Länge nach auf dem trockenen Boden unter dem Kastanienbaum aus und orderte Flori und Charly zu sich. Die beiden plumpsten neben ihre Mutter auf die Grasbüschel. Streuner fand einen der Büsche geeignet, stellte sich mit dem Hinterteil davor und markierte mit steil aufgerichtetem und zitterndem Schwanz. Leo setzte sich neben Robin. „Uiuiui", gab der Rote von sich.

Das konnte man wohl miauen. So ging das nicht weiter. Die Ermittlungsarbeit erforderte all ihre Konzentration, und dafür brauchten sie einen Rückzugsort. Hier war ihr Refugium. Und zwar nicht nur in ihren Wohnungen, sondern auch im Garten. Robin presste die Lefzen zusammen. Hoffentlich unternahmen seine Menschen bald etwas, um ihnen das Leben zu erleichtern.

„Haben wir uns alle wieder beruhigt?" Niemand widersprach. „Dann können wir uns darauf besinnen, weshalb wir eigentlich hier sind."

Robin berichtete von der Suche nach der Möbelfrau, bei der sich Leo und er ziemlich schlau angestellt hatten. Denn sie waren schnurstracks dorthin gelaufen, wo sie sich am ehesten Informationen erhofften. War doch klar: Eine Möbelfrau findet man in einem Möbelhaus. Dass sie die dann dort nicht gefunden hatten, tat ihrer Unternehmung keinen Abbruch. Sie belauschten nämlich Kunden, die sich über besonders schöne Natur-Möbel aus Holz aus der Region unterhielten. Na bitte! Und als die Fabrikantin ins Gespräch kam mit ihrer Villa am Rand von Butzbach, da war die Sache klar.

Sie fanden das Domizil und ähnliche Möbel dort, das sahen sie durch die Fenster. Aber sonst nichts.

„Gar nichts gibt es nicht", warf Streuner ein.

„Jedenfalls nichts Verdächtiges", fuhr Robin fort. „Die Villa sieht halt teuer aus."

„Und das soll nicht verdächtig sein?"

„Wie meinst du das?"

„Sie hat viel Geld. Viele Menschen, die viel Geld haben, wollen immer mehr. Wenn sie das Holz aus dem Wald nicht bekommt, kann sie keine Möbel mehr bauen."

„Ich bin mir nicht sicher, ob das so einfach ist, Streuner. Schließlich gibt es noch mehr Bäume hier im Wald. Sie muss nicht diese nehmen."

„Aber sie hat sie schon bezahlt. Wenn man etwas bezahlt hat, will man es auch haben."

„Wir könnten dieser Spur nachgehen, Robin", warf Leo ein. „Welche Spur haben wir sonst?"

„Keine", gab er zu.

„Vielleicht bringt Brünó Informationen von der Baustelle mit", meldete sich Flori.

An den Dicken hatte er gar nicht mehr gedacht. Wo blieb der denn? Wurde das zur Gewohnheit, dass sie auf ihn warten mussten?

Kapitel 7

Brünó nieste. Der Staub, den der vorbeirumpelnde Lastwagen aufwirbelte, senkte sich auf ihn nieder. Dann war das Gefährt vorbei und damit die Gefahr. Er öffnete die Augen. Er schob den Kopf um die Ecke des Containers und sah, wie die Frau und der Mann darin verschwanden. Die Tür schlossen sie hinter sich.

Brünó nahm all seinen Mut zusammen. Dicht am Boden schlich er an der Vorderseite des großen Büro-Kastens vorbei, spähte nach oben und suchte Fenster. Die musste es doch geben, wenn sich Menschen darin aufhielten. An der schmaleren Seite entdeckte er eines. Es war geschlossen. Er miaute. Wirkungslos. Der Baulärm war zu laut. Er stimmte sein jämmerlichstes Katzengeschrei an, und die Reaktion kam prompt. Jemand öffnete das Fenster.

„Nur eine Katze", sagte er in den Container hinein. „Macht mal Pause. Man versteht sein eigenes Wort nicht!", rief er einem Arbeiter zu, der in einiger Entfernung vorbeiging. Dann verschwand er vom Fenster, ließ es aber einen Spalt offen.

Die Walzmaschine verstummte.

„Vielleicht kommen wir ins Geschäft", hörte Brünó den Mann sagen.

„Dazu muss ich wissen, ob Sie das liefern können, was ich brauche. Wie Sie wissen, sind es ganz besondere Möbel."

„Weiß ich, Frau Stellpflug. Sie verarbeiten ausschließlich Holz aus der Region. Natürlich können wir das Material, das Sie uns liefern, verarbeiten. Wie Sie sehen, bauen wir derzeit aus. Kapazitäten haben wir genug."

„Schön. Wenn sich unsere Zusammenarbeit be-
währt, könnte ich mir vorstellen, langfristig gesehen,
meine komplette Produktion aus dem Main-Taunus-
Kreis hierher zu verlagern. Mir gefällt es, wenn meine
Geschäftspartner vor Ort sind."

„Verstehe. Für wann können wir mit Ihrem ersten
Auftrag rechnen?"

„Wenn ich das wüsste. Das Holz liegt abholbereit im
Wald am Winterstein. Leider haben mir Wildkatzen eine
Strich durch die Planung gemacht."

„Wie das?"

„Die Forstverwaltung will die Lieferung nicht freige-
ben, weil darin eine Wildkatze ihre Jungen aufzieht."

„Schlecht fürs Geschäft."

„Denke ich auch. Deshalb werde ich Druck machen. Das kann nicht sein, dass ich für etwas bezahle
und es dann nicht bekomme."

Waldgeist und ihre Welpen! Brünó rannte los. Was
würde mit ihnen geschehen? Er sprang auf einen Stapel Steine, der ihm im Weg lag, auf der anderen Seite
hinunter, und flitzte durch das Tor zur Baustelle hinaus in Richtung Zuhause.

Leo lief nach Hause, um Lotte zu beglücken. Sheila,
Flori und Charly waren oben in Elkes und Jens´ Wohnung, und Streuner trieb sich vermutlich herum. Er
selbst lag auf seinem geliebten Balkon im Schatten
zwischen den Blumenkübeln. Johanna hatte vorhin die
Pflanzen gegossen und die Feuchtigkeit der Tontöpfe
strahlte Kühle aus.

Ein Geräusch aus dem Flur. Er drehte die Ohren.
Der Speisenaufzug war in Bewegung. Ob das Brünó
war? Zu warm, um unnötig aufzustehen. Das Beste,

was man als Hauskater mit einem Schuss Perserblut machen konnte, war sich nicht umsonst anzustrengen. Robin beneidete Leo manchmal um dessen dünnes Fell. Ihn selbst bürstete Johanna zwar regelmäßig, sodass ihm Haarknäuel am Körper erspart blieben. Doch luftdurchlässiger wurde sein Haarkleid dadurch nicht.

Im Wald war es jetzt bestimmt kühler. Und dort war außerdem Waldgeist. Sollte er einfach loslaufen? Ohne den anderen Bescheid zu sagen? Schließlich hatte er noch ein Privatleben. Wie empfinge sie ihn? Es wäre mutmaßlich schön, würden sie ihre Köpfe aneinander reiben. Wenn er ihr über denselben lecken könnte. Er sah sie vor sich. Wenn er …

„Robin!"

Rief sie ihn da?

„Robin!!"

Er rappelte sich auf, sprang auf das Geländer und lugte nach unten. Da war niemand.

„Hier bin ich."

Charly balancierte auf dem Ast des Kastanienbaumes in Höhe des Balkons.

„Was machst du da? Du bist noch nie auf dem Baum herumgeklettert. Hat Sheila das erlaubt?"

„Nöö, sie weiß es nicht! Und es macht Spaß!" Der junge Kater schüttelte den Kopf, verlor das Gleichgewicht und rutschte ab. Mit den Vorderpfoten krallte er sich fest, sein Hinterteil baumelte in der Luft.

„Charly!"

Robin sprang auf den Ast und wankte selbst, weil er zu schnell war. Er presste seinen Bauch an das Holz und robbte vorwärts. Unterdessen zog sich der Britisch-Kurzhaar-Nachwuchs aus eigener Kraft höher, erst das eine, dann das andere Hinterbein folgte. Schließlich kauerte er zitternd vor ihm.

„Ich ..."

„Ruhig", mahnte Robin, der Schnauze an Schnauze mit ihm hockte. „Folge mir."

Pfote für Pfote ging er rückwärts. Charly folgte ihm so dicht, als wären ihre Schnurrhaare aneinandergeklebt.

„Was hast du dir dabei gedacht?", schimpfte Robin, kaum dass sie auf sicherem Boden standen.

„Ich sollte dich holen, Brünó ist wieder da."

„Du hättest den Aufzug nehmen können."

Charly senkte den Kopf und starrte auf seine Pfoten.

„Das sollte ich ja. Ich wollte aber mal was ausprobieren."

„Hör zu, wir sagen Sheila nichts davon. Ich habe sie gerade erst dazu gebracht, dass ihr in den Garten dürft. Wenn sie davon hört, verbietet sie es euch wieder."

Charly sprang vor Freude hin und her.

„Danke!"

„Schon gut. Wo ist Brünó?"

„In unserer Katzenwohnung."

Sie durften nicht länger zögern. Die Möbelfabrikantin hatte ausschließlich ihr Holz im Sinn. Doch was genau hatte das zu bedeuten, dass sie der Forstverwaltung „Druck machen" wollte? Waldgeist und ihre Jungen waren in Gefahr, so viel war nach Brünós Baustellen-Bericht klar. Bei dem Gedanken an die Wildkatze wurde Robin noch wärmer, als ihm ohnehin schon war.

„Ich muss los!"

Er rannte zum Aufzug.

„Robin, warte!" Der Zimtfarbene stand hinter ihm. „Wir müssen überlegen, wie wir weiter ermitteln. Du kannst nicht einfach auf eigene Faust weitermachen."

„Und warum nicht?", fauchte er ihn an. Die Tür zum Speisenaufzug glitt auf.

„Werter Robin, der du stets unser besonnener Anführer gewesen bist, auch ich bin der Meinung, dass wir keinesfalls überstürzt handeln sollten, gerade weil es um das Fortbestehen unserer Art geht ..."

„Etwas übertrieben", brummte Brünó.

„... sollten wir uns zusammen Gedanken darüber machen, wie unser Ermittlungsteam weiter vorgehen muss, damit wir den Mörder der Wildkatze finden. Und den des Mannes vielleicht auch."

Die Aufzugstür glitt zu. Er kehrte um und lief zusammen mit Brünó zurück. Charly und Flori tollten auf dem Kratzbaum herum und jagten sich gegenseitig hinauf und hinunter.

„Ihr habt ja recht. Hast du eine Idee, Sheila? Und ihr beide haltet mal Ruhe!", knurrte er in Richtung Nachwuchs.

„Zuerst müssen wir meines Erachtens sicher sein, dass die Villa, die Leo und du inspiziert habt, wirklich dieser Butzbacher Möbelfrau gehört, denn wenn wir das wissen, können wir dieses Haus vielleicht nochmals aufsuchen und von innen untersuchen."

Nachdem Brünó die Frau, die er auf der Baustelle beobachtet hatte, näher beschrieben hatte, war die Sache klar.

„Wir haben von draußen ein Bild gesehen, das auf einer Kommode steht. Die Frau darauf trägt ihre Haare auch um den Kopf geschlungen."

„Dann schauen wir uns das Haus von innen an!",
miaute Flori, der zusammen mit seinem Bruder ausnahmsweise artig in der Runde saß.

„Ihr beiden schaut euch gar nichts an", entgegnete
Robin. „Die Idee ist aber nicht schlecht, Sheila. Doch
wer soll das machen? Denn dass wir Waldgeist warnen
müssen, ist auch klar. Und das werde ich tun."

„Ich komme mit." Brünó reckte seinen Kopf in die
Höhe.

„Aber du bist doch gerade erst zurückgekommen,
mein liebster Lebensgefährte. Warum kann nicht Leo
an deiner statt den beschwerlichen Weg erneut auf sich
nehmen?"

„Leo ist zu Hause, und ich bin gar nicht müde."

„Brünó kommt mit", entschied Robin. „Erinnert
euch daran, was passierte, als Leo schon mal so lange
nicht zu Hause war. Es ist besser, wenn er sich ab und
zu dort blicken lässt."

Die Recherchen in der Villa mussten verschoben
werden. Vielleicht übernahm das Streuner. Vorausgesetzt, er kam von seinem obligatorischen Einsamer-
Kater-Ausflug zeitnah zurück.

Die Abendsonne hing wie ein glutroter Ball oberhalb der Baumwipfel. Brünó trabte so leichtfüßig neben
ihm her, als zöge auch ihn etwas in den Wald. Sie liefen
querfeldein über die Wiesen in Richtung Forsthaus.
Viel miaut hatten sie unterwegs nicht, was Robin recht
war. So konnte er sich auf das Wiedersehen mit Waldgeist vorbereiten. Nach diversen gedanklichen Szenari-
en stellte er jedoch fest, dass ihm das nicht gelingen
wollte. Es war etwas Neues, was ihn erwartete. Neu
und aufregend.

Gipsy war im Garten des Forsthauses. An ihrem Wassernapf erfrischten sie sich.

„Was meine Besitzerin mit den Wildkätzchen in dem Holzstapel tun wird? Nun, das weiß ich nicht. Ich weiß aber, dass sie schon einmal Wildkätzchen gefunden hat, deren Mutter war überfahren worden. Die hat sie in eine Wildtieraufzuchtstation gebracht."

„Aufzuchtstation? Was ist das?", fragte Robin.

„Dort kümmern sich die Menschen um die jungen Tiere, die keine Eltern mehr haben."

„Und wo ist diese Station?"

„In einem Zoo, glaube ich. Aber ehrlich gesagt denke ich nicht, dass sie das in diesem Fall tun würde. Die Kleinen haben doch noch ihre Mutter."

„Hoffentlich hast du recht, Gipsy. Aber die Stellpflug hat auch davon gesprochen, der Forstverwaltung Druck zu machen. Weißt du, was das bedeutet?"

Das wusste die Hündin leider nicht.

„Dann müssen wir Waldgeist warnen."

Robin sah sich nach Brünó um. Der lag auf einer Stufe der Kellertreppe auf dem Bauch und ließ ein Vorder- und Hinterbein herunterhängen. Reichlich entspannt dafür, dass ihnen ein großer Teil ihrer nächtlichen Unternehmung noch bevorstand. Hoffentlich hielt er durch.

„Ach so, fast hätte ich es vergessen. Da gibt es noch zwei andere Kleine, um die wir uns Sorgen machen. Gipsy, kannst du Flori und Charly, die beiden Söhne von Brünó, Streuner und Sheila, im Umgang mit gefährlichen Hunden unterrichten?"

Der Zimtfarbene kam die Treppe herauf.

„Davon weiß ich ja gar nichts", miaute er empört.

„Das haben wir besprochen, nachdem der Schwarze Flori fast erwischt hatte. So ist das, Gipsy, wir haben zu allem Überfluss diesen angriffslustigen Hund bei uns im Haus, der uns das Leben schwer macht. Also, kannst du die beiden unterrichten?"

„Als Vater habe ich da ein Wörtchen mitzureden", knurrte Brünó, stellte die Rückenhaare auf und buschte seinen Schwanz auf. „Glaubst du, ich kann ihnen nicht beibringen, was sie fürs Leben brauchen?"

„Streitet euch nicht!", bellte Gipsy. „Natürlich bin ich bereit zu helfen. Werdet euch aber zuerst einig, ob ihr das wollt."

„Reg dich nicht auf, Brünó. Wir meinten es nicht böse. Außerdem war es nicht alleine meine Idee. Leo fand es auch gut."

Der Zimtfarbene trabte zur Gartentür.

„Darüber reden wir noch. Kommst du jetzt?"

Robin lief ihm hinterher. Was war bloß los mit dem? Nicht nur, dass er in jüngster Zeit einen Tatendrang wie nie an den Tag legte. Er hatte außerdem seine eigene Meinung. Sonst war es dem Dicken ... Er blieb stehen. Brünós Silhouette verschwand in der zunehmenden Dunkelheit zwischen den Bäumen.

„Brünó!!"

Der Britisch Kurzhaar kehrte zurück.

„Miau nicht so laut. Wer weiß, wen oder was du damit auf uns aufmerksam machst."

„Es tut mir leid", flüsterte Robin. „Du hast recht. Wir hätten dich fragen sollen. Aber nachdem Sheila nichts dagegen hatte ..."

„Sheila, Sheila. Ihr müsst euch daran gewöhnen, dass ich auch noch da bin."

„Ja, ja. Ich habe doch gesagt, dass es mir leid tut. Wir werden nichts ohne dich in dieser Sache unternehmen, ich verspreche es dir."

Brünó schwieg.

„Was ist jetzt?"

„Ist gut, Robin. Ist für uns alle eine außergewöhnliche Situation, denke ich."

„Danke."

„Ich muss jetzt gehen."

„Ja klar, wir gehen jetzt weiter zu Waldgeist."

„Nein, ich meine, ich muss alleine gehen. Ich komme später zu euch, zu dem Holzstapel."

„Aber wo willst du hin, Brünó? Nur auf dich gestellt, in der Nacht im Wald?"

„Das erzähle ich dir später. Mach dir keine Sorgen. Ich mach mir auch keine."

Damit drehte sich Brünó um und lief in den Wald hinein. Robin war drauf und dran ihm hinterherzumiauen, da fielen ihm Brünós warnende Wort ein. Recht hatte er. Viel verschiedenes Getier war hier unterwegs, und einiges davon war mit Sicherheit gefährlich.

Robin lief weiter. Was Brünó betraf, das würde sich später klären. Indem er sich in der Nähe des Weges hielt, hoffte er, die Orientierung nicht zu verlieren. Stetig bergan, wie beim ersten Mal. Nur dass er da nicht alleine gewesen war. Etwas mulmig war ihm schon zumute und egal, was Brünó vorhatte, er bewunderte dessen neu erwachten Mut. Es raschelte und knisterte in einem fort, und er sagte sich, dass es nur seine Pfoten in dem trockenen Laub und auf den dürren Ästen waren, die diese Geräusche verursachten. Er hielt an dem von Sternen und Mond beschienenen Graben, um zu schauen, ob er nicht vom Kurs abgekommen war.

Das Rascheln verstummte nicht. Ein Pelztierchen sauste vor seinen Pfoten in ein Loch. Robin erschrak und sprang in großen Sätzen davon. So weit war es schon, dass sich ein Kater vor Mäusen erschreckte und nicht umgekehrt.

Endlich hatte er die Haltestelle erreicht. Von hier aus dauerte es nicht mehr lange, vorausgesetzt, er würde sich nicht erneut von einem der kleinen Nager in die Flucht schlagen lassen. Er rannte in den Wald hinein, und da sah er den Holzstapel. Ein paar Sprünge davor blieb er heftig atmend stehen. Dann nahm er sein Katerherz in die Pfoten. Kurz vor dem Höhleneingang streckte er seinen Kopf nach vorne.

„Waldgeist?"

„Ich bin hier."

Es wunderte ihn nicht, dass die Stimme hinter ihm erklang. Langsam drehte er sich um. Sie stand wenige Katzenlängen vor ihm im Mondlicht, das durch das löchrige Blätterdach bis auf den Waldboden tröpfelte. Robin näherte sich ihr. Sie setzte eine Pfote zurück, und er blieb stehen.

„Du bist alleine hier", stellte die Wildkatze fest.

„Ja."

Er berichtete ihr von den jüngsten Ermittlungsergebnissen und dass sich Brünó unterwegs in die Büsche geschlagen hatte.

„Was deinen Freund betrifft, so kann ich dich vielleicht beruhigen", miaute Waldgeist und kam ein Schrittchen auf ihn zu. „Der Wald übt auf uns alle eine große Anziehungskraft aus. Er birgt so viel Neues, selbst nach langer Zeit des Hierseins, er ist überraschend, er riecht gut ..."

„Das hat Gipsy auch gesagt."

„Die Hündin der Waldfrau? Nun, damit hat sie recht. Vielleicht hat dein Freund Gefallen daran gefunden, zumal dann, wenn er den Großen Wilden kennengelernt hat."

Robin schwieg. War das der Grund? Wollte Brünó den Wildkater wiedersehen? Aber warum hatte er nichts davon gesagt?

„Große Sorgen hingegen bereitet mir, was du von der Möbelfrau erzählt hast."

Aus dem Stapel piepste es. Sofort lief Waldgeist an Robin vorbei und streckte ihren Kopf in die Höhle.

„Ruhig, ruhig", hörte er ihr gedämpftes Miauen. „Das ist ein Bekannter. Er tut euch nichts."

Dann wandte sie sich wieder ihm zu.

„Ich kann mir kaum vorstellen, dass die Waldfrau uns etwas antun würde. Ihre Hündin ist nett. Sie würde sich bestimmt keinen Menschen aussuchen, der anderen Tieren etwas zuleide tun würde."

„Das ist andersherum", miaute Robin leise. „Die Menschen suchen sich die Tiere aus, nicht umgekehrt."

„Wenn das so ist ... dann verstehe ich eure Welt nicht. Dann kann ich mir kein Urteil darüber erlauben, ob die Hundebesitzerin ein guter oder ein schlechter Mensch ist."

Sie schwiegen eine Weile. Waldgeist kam noch etwas näher.

„Bist du extra deshalb gekommen, um mich und meine Welpen zu warnen?"

„Natürlich", miaute Robin heiser. Er schluckte. „Wir müssen überlegen, was wir tun können."

Nun stand sie Schnauze an Schnauze mit ihm. Er bebte von den Schnurrhaaren bis zur Schwanzspitze.

„Möchtest du meine Welpen sehen?"

„Sehr gerne."

„Dann schau hinein. Sie vertrauen dir, weil ich dir vertraue."

Robin legte sich vor dem Stapel auf den Bauch, robbte sich heran und streckte seinen Kopf in die Höhle. Es war finster dort drin. Drei Paar weit aufgerissene Augen, in denen sich das karge Licht spiegelte, starrten ihn an.

„Hallo, ich bin Robin. Habt keine Angst, ich bin ein Freund ... äh, Bekannter."

„Hat Mama auch gesagt", piepste es zurück.

„Dann muss es stimmen", fügte ein anderes Stimmchen hinzu.

„Hoffentlich", quiekte das Dritte.

Er zog sich zurück.

„Danke, dass ich hineinschauen durfte, Waldgeist."

Sie erwiderte nichts, berührte dafür sacht mit ihrem Kopf den seinen. So standen sie und lauschten gemeinsam dem heiseren Bellen der Rehe, dem Schnaufen eines Dachses auf Nahrungssuche, und im nahen Tannenwäldchen schmatzte es. Vermutlich Wildschweine, flüsterte ihm Waldgeist ins Ohr.

Da war ein Geräusch, das nicht hierher zu gehören schien. Als ob etwas durch den Wald pflügen würde. Was war das schon wieder? Und dann, bevor er erkannte, um was es sich handelte, kamen ihm die Töne bekannt vor. So hörten sie sich selbst - die Hauskater - an, wenn sie sich durch die Wildnis hier oben bewegten.

„Hallo!", tönte es auch schon herüber. „Ich bin's!"

Brúnó trabte auf sie zu und blieb vor ihnen stehen. An seinem dicken Bauchfell hingen Zweige, und am Schwanz schleppte er Moos mit sich.

„Wo warst du?"

„Beim Großen Wilden."

„Wie ich es vermutete."

„Warum hast du nicht gesagt, wohin du gehst?"

„Weil der Große Wilde mein Freund ist. Meiner ganz alleine."

„Das könnte stimmen. Soweit ich weiß, hatte der Große Wilde bislang keine Freunde."

„Du kannst natürlich tun, was du willst, Brünó. Aber können wir uns noch auf dich verlassen?"

„Natürlich! Was denkst du denn von mir? Nur weil ich meine sozialen Kontakte ausbauen will, heißt das nicht, dass ich meine anderen Freunde vernachlässige!"

„Ist gut, Brünó, entschuldige. Das wollte ich nicht damit sagen. Dann sollten wir überlegen, wie es weiter geht."

„Wir müssen meine Welpen in Sicherheit bringen."

„Wir müssen die Möbelfrau beobachten, was sie als nächstes tut." Brünó war wieder dabei.

„Wir müssen Gipsys Besitzerin beobachten. Als Försterin kennt sie die Forstverwaltung, die die Möbelfrau unter Druck setzten will."

So vieles mussten sie tun, führte Robin seine Gedanken im Stillen fort. Wie sollten sie das alles schaffen? Da hatte Brünó eine Idee. Er meinte, Robin und er könnten nach Hause laufen, den Rest des Teams informieren und dafür sorgen, dass jemand die Stellpflug beobachtete.

Waldgeist fügte hinzu, dass sie sich am besten im Wald auskenne und sich deshalb nach einem geeigneten Alternativ-Unterschlupf umschauen würde. Aber wer passte so lange auf ihre Kleinen auf?

„Das mache ich. Und wenn irgendjemand oder irgendetwas ihnen zu nahe kommt, lasse ich sie meine Zähne und Krallen spüren", knurrte Robin.

„Dann muss ich den Rückweg ohne dich antreten?"

„Schaffst du das?"

„Immerhin bin ich vorhin auch alleine durch den Wald zum Großen Wilden gelaufen. Ich denke schon."

„Ihr seid zwei gute Freunde."

„Danke, Waldgeist", miauten Robin und Brünó gleichzeitig.

Der Zimtfarbene lief los, kehrte aber nach ein paar Schritten wieder um.

„Was ich mich frage: Was hat das alles mit dem toten Mann zu tun?"

„Darüber denke ich die ganze Zeit nach. Vielleicht wollte er Waldgeists Kleine schützen? Hat er gewusst, dass sie hier leben? Vielleicht hat er herausbekommen, dass die Stellpflug das Holz heimlich abtransportieren wollte. Vielleicht war er ein Tierfreund und wollte das nicht dulden?"

„Hm, du meinst, das wären gute Gründe, ihn zu töten?", fragte Waldgeist. „Um was geht es der Fabrikantin?"

„Geld", antwortete Robin. „Menschen und Geld, das ist eine ganz besondere Beziehung. Es ist vielen von ihnen uneingeschränkt wichtig."

„Ich fürchte, dass ich das wiederum nicht verstehen kann, in Unkenntnis der Menschenwelt."

„Wir werden es herausbekommen", miaute Brünó und er hörte sich zuversichtlich an. Dann verschwand er in der Dunkelheit.

Kapitel 8

Brünó blinzelte in die Sonnenstrahlen. Sie fielen durch das Wohnzimmerfenster auf sein Gesicht und umspielten seine Schnauze. Er zuckte mit den Lefzen, streckte sich bäuchlings auf dem Sofa aus, gähnte und drehte sein Hinterteil um einhundertachtzig Grad. Wie gut das tat. Dann rollte er sich vollends auf den Rücken, ließ die Hinterbeine auseinanderfallen und fühlte der Entspannung nach, die sich in den Pfoten und Gelenken breitmachte. Langsam glitten seine Augen wieder zu.

Da leckte eine raue Zunge über sein Gesicht.

„Mein liebster, liebster Lebens- und Wohngefährte. Ich betrachte dich seit geraumer Zeit und auch wenn es kaum möglich scheint, innerhalb dieser kurzen Zeit, so kommt es mir so vor, als wärest du in den vergangenen Tagen, in denen ich dich seltener als sonst zu Gesicht bekommen habe, dünner geworden."

Sheila saß vor der Couch, mit den Vorderpfoten auf der Sitzfläche. Er knabberte an ihrem Ohr.

„Ehrlich gesagt, ich habe auch weniger gefressen. Ich hatte nicht mehr so viel Hunger. Oder Appetit. Oder beides. Egal. Mir geht es so gut. Vor allen Dingen, wenn du das machst, was du gerade gemacht hast."

Er kniff die Augen zusammen, um Sheilas erneuter Leck-Attacke zu begegnen. Um nun auch seinen Bauch zu pflegen, sprang sie vollends zu ihm hoch. Das Selbstständig-Werden hatte einiges für sich. Brünó räkelte sich bei der wohlverdienten Ganzkörperbehandlung hin- und her.

Leider durfte die Verwöhnungszeremonie nicht länger währen. Er war nicht umsonst alleine zurückgelaufen. Nicht nur Waldgeist und ihre Welpen waren in

Gefahr, davon war er überzeugt. Wie stand es um den Großen Wilden und seine Höhle, wenn das Holz im Wald an jeden x-Beliebigen verscherbelt wurde? Wurde als Nächstes sein umgestürzter Baum abtransportiert?

Er erzählte Sheila alles.

„Nun, ich stelle fest, dass du sehr viele Abenteuer erlebst, seit du dich aktiv in die Ermittlungsarbeit einbringst. Wenn ich ehrlich dir gegenüber bin, und das möchte ich sein, denn du bist auch ehrlich mir gegenüber, so spüre ich Neid. Ich bin neidisch auf den, den ihr Großer Wilder nennt. Du hast einen neuen Freund, der dir wichtig ist, ich kenne ihn nicht und womöglich wird er dazu beitragen, dass wir uns künftig noch seltener sehen als es in den vergangenen Tagen ohnehin schon der Fall war."

„Aber Sheila!" Er setzte sich auf und schaute ihr in die Augen. „Du bist mir wichtig."

„Wie wichtig?"

„Ich freue mich, wenn ich dich sehe. Ich bin gerne mit dir zusammen. Ich möchte mit keiner anderen Katze zusammenleben. Und wo wir schon dabei sind: Wer von uns hat denn einen zweiten Lebensgefährten?"

„Das ist etwas anderes."

„Ach?"

„Ja."

„Wir sollten nicht streiten. Du freust dich doch auch, wenn du mich siehst."

„Damit hast du recht. Und auch deinen Einwand den Weitgereisten betreffend lasse ich vielleicht, nach reiflicher Überlegung, also gut, ich denke ich muss ihn gelten lassen."

„Dann können wir jetzt überlegen, wie wir weiter vorgehen. Wer beschattet die Möbelfrau und wie stellen wir das an?"

„Man könnte sich ungesehen in ihr Auto begeben und sie eine Zeit lang auf ihren Wegen beobachten. Dabei fällt mir ein, dass wir uns vielleicht wieder bei der Polizei um Informationen bemühen sollten. Diese müsste meines Erachtens zwischenzeitlich weitere Informationen gewonnen haben im Fall des toten Mannes und der toten Wildkatze."

„Gute Ideen. Das sind allerdings zwei Einsätze. Wer soll das machen? Robin ist im Wald. Es bleiben Leo, Streuner und ich. Dann müsste einer von uns alleine losziehen."

„Ich werde mit dir kommen."

„Wirklich?"

„Natürlich, vorausgesetzt wir vermitteln unsere beiden Söhnen glaubhaft, dass sie hier zu Hause bleiben zu haben. Dazu werden wir ihnen verbieten, den Speisenaufzug alleine zu nutzen oder sonstigen Unfug zu begehen. Ich bin zu der Überzeugung gelangt, dass es an der Zeit ist, dass Charly und Flori erwachsen werden müssen, und dazu gehört es auch, dass sie sich daran gewöhnen, alleine zu Hause zu bleiben."

Wow. Nicht nur er konnte sich ändern. Sheilas Bereitschaft vereinfachte die Lage. Zusammen mit ihr würde er sich der Stellpflug widmen, Leo und Streuner sollten zur Polizei laufen. Der Schwarz-Weiße war prädestiniert dafür, kannte er sich doch in dem Gebäude aus.

Brúnó streckte sich wieder auf dem Sofa aus, und Sheila fuhr mit dem Speisenaufzug nach unten, um Streuner zu suchen. Soweit er sich erinnerte, war es das erste Mal, dass sie auf eigene Faust draußen unterwegs war. Er hätte ihr das gerne erspart, aber die nächtliche Unternehmung wirkte muskulär nach.

Eines konnte er jedoch auch liegend erledigen. Er rief seine beiden Söhne zu sich, die aus dem Flur herangestürmt kamen. Vor dem Sofa bremste Charly ab, Flori sprang von hinten auf ihn und zusammen kugelten sie über den Boden.

Brünó setzte sich auf.

„Schluss jetzt mit der Rauferei und hört mir zu." Die beiden schauten ihn überrascht an. „Eure Eltern werden euch bald für eine Weile alleine lassen. Wir müssen in Butzbach die Möbelfrau beobachten."

„Klasse!", miaute Charly.

„Endlich können wir was losmachen", mähte Flori.

„Ruhe! Genau das werdet ihr nicht tun. Wenn wir zurückkommen, und ihr habt irgendeinen Unfug angestellt, bekommt ihr Hausarrest, kaum dass eure Mutter es euch erstmals erlaubt hat, nach draußen zu gehen!"

Charly fand zuerst wieder Worte.

„Warum bist du auf einmal so streng?"

„Weil es um etwas geht. Nämlich um euch. Wir müssen Sorge dafür tragen, dass euch nichts passiert. Das wollen wir nämlich nicht, wie ihr euch sicher vorstellen könnt."

Die beiden schwiegen. Charly kräuselte seine Lefzen, sein Schwanz schlug unschlüssig von einer auf die andere Seite. Vielleicht sollte er als ihr Vater autoritärer auftreten? Da kam Flori zum Sofa.

„Wir werden artig sein, Brünó. Das verspreche ich."

Der Speisenaufzug im Flur glitt auf. Sheila kam herein, den Schwarz-Weißen, den sie im hundefreien Garten gefunden hatte, im Schlepptau. Der war zwar nicht begeistert von dem Plan, dass er erneut zur Polizei schlenkern sollte. Doch der Logik, dass sie auf die Informationen angewiesen waren, konnte er sich nicht verschließen. Er lief los, um Leo abzuholen.

Sie starrten auf die Wohnungstür. Das Auto der Möbelfabrikantin stand vor der Villa, sie hatten sie durch das große Fenster gesehen, im Wohnzimmer hin- und hergehend, telefonierend und dabei mit einem ärgerlichen Gesichtsausdruck gestikulierend. Irgendwann musste sie herauskommen, hoffte Brünó. Menschen, die arbeiteten, verließen morgens das Haus und kamen nachmittags oder abends wieder. So war das bei Elke und Jens und Robins Besitzer waren tagsüber ebenfalls weg.

Brünó schaute Sheila von der Seite an. Ohne Murren war sie den ganzen Weg über schweigend dicht hinter oder neben ihm her gelaufen. Jetzt kauerte sie nah bei ihm zwischen den Büschen mit den roten Beeren.

„Alles in Ordnung, Sheila?"

„Ich hätte mir nicht in meinen schönsten Träumen vorstellen können, wie wunderbar es hier draußen ist, liebster Brünó, und ich bin sehr glücklich, dass ich dich begleiten darf, denn damit kann ich neben neuen Eindrücken zu gewinnen auch indirekt den Welpen der Wildkatze helfen."

Brünó wusste, wie nahe Sheila das Schicksal aller Kätzchen der Welt ging. Aber er hütete sich, das Thema anzusprechen. Es schien, als ob seine Gefährtin nach einer Zeit des Leidens ihren Frieden mit den unseligen Ereignissen gemacht hatte. Diesen wollte er nicht zerstören.

Aus Langeweile kaute er auf einer der Beeren herum, spuckte sie aber gleich wieder aus. Igitt, war die sauer. Er legte sich auf die Erde zwischen den Büschen auf den Bauch und streckte die Hinterbeine nach hinten, die Vorderbeine nach vorn aus. Zumindest konnte er sich noch etwas ausruhen.

Sheila hingegen drehte und wendete ihren Kopf unablässig, schnüffelte erst in die eine, dann in die andere Richtung, scharrte mit den Pfoten in der Erde und roch an den Krümeln, die zwischen ihren Ballen hängen blieben. Sie nagte sogar an einem der Äste, verzog das Gesicht, und versuchte es mit einem der Blätter.

„Brünó!"

„Was?"

„Sie kommt raus."

Die Frau ging über den Plattenweg zu dem großen Gartentor und machte sich an dem Briefkasten, der daran hing, zu schaffen. Dabei kehrte sie ihnen den Rücken zu.

„Los!", miaute Brünó leise, schoss unter dem Busch hervor. Seite an Seite flitzten sie durch die offene Haustür ins Haus, schlitterten über die Fliesen im Flur und blieben in dem Wohnzimmer, in dem die Stellpflug telefoniert hatte, stehen.

„Und jetzt?" Sheilas Miauen klang ängstlich. Brünó schaute sich hektisch um. Die Haustür fiel ins Schloss. Das Telefon, das auf einer Kommode mit vielen Bilderrahmen drauf stand, klingelte. Schritte klackerten heran.

„Da!", zischte er.

Zu zweit zwängten sie sich unter das Sofa, das zum Glück nur an den Rändern so wenig Abstand zu dem Parkettboden hatte. In der Mitte war Stoff gespannt, der ihren dickfelligen Körpern nachgab. So lagen sie an das glatte Holz gepresst und sahen Schuhe hereinkommen. Das Klingeln hörte auf.

„Stellpflug!"

Momente der Stille.

„Sie schicken jemanden? Wann kann derjenige hier sein?"

Wieder eine Pause.

„Das ist gut. Ich bedanke mich bei Ihnen und beim Forstamt, Herr Bakow."

Dann piepste es mehrmals.

„Guten Morgen Herr Vogels, hier Stellpflug. Ich wollte mich doch bei Ihnen melden, sobald ich Näheres weiß. Wir werden Ihren Auftrag in den kommenden Tagen beginnen können. Wie bitte? – Ja, das Holz wird bald angeliefert. – Nein, keine Probleme mehr."

Es klickte. Hochhackige Schuhe entfernten sich in Richtung Fenster. Dort blieben sie stehen. Offenbar schaute sie hinaus.

Sheila starrte Brünó mit schreckgeweiteten Augen an.

„Die Kätzchen!", wisperte sie. Er legte ihr eine Pfote auf die Schnauze, doch es war zu spät. Die Schuhe kamen näher.

„Seltsam", sagte die Stellpflug. „Bestimmt habe ich mich verhört."

Vor dem Sofa blieb die Frau stehen. Brünó schob sich ein Stückchen rückwärts, denn jetzt erschienen ihre Knie auf dem Boden, dann eine Hand, mit der sie sich wohl abstützen wollte, um sich tiefer zu beugen. Es klingelte an der Haustür.

Die Frau stand wieder auf und verließ den Raum.

„Sheila", wisperte Brünó. „Du musst leise sein, wenn die Menschen im Raum sind. Sonst entdecken sie uns."

„Entschuldigung", raunte sie.

Sie hörten Stimmen im Flur, dann kamen zwei Paar Schuhe herein, die hochhackigen und derbe, grobstollige. Außerdem vier Hundepfoten.

Sheila drängte sich an ihn. Sie zitterte am ganzen Leib. Ach, er konnte ihr doch nicht sagen, dass das Gipsy, ihre Freundin, war! Das hätten die Menschen sicher gehört.

„Wie schön, dass Sie so schnell da sein konnten, Frau Schelski."

„Ich war in der Nähe", antwortete die Försterin. „Ehrlich gesagt hatte ich mich schon nach Ihrem ersten Anruf vorhin auf den Weg gemacht. Mein Kollege Thorsten Bakow hat mir gesagt, dass Sie sehr verärgert sind."

„Das bin ich. Aber bitte setzen Sie sich. Möchten Sie einen Kaffee? Oder Tee?"

„Danke nein. Ich habe nicht viel Zeit." Die Försterin setzte sich auf das Sofa. Gipsy legte sich zu ihren Füßen und schaute Brünó und Sheila direkt an.

„Ich habe euch schon vorhin gerochen", bellte sie. „Versteckt ihr euch hier?"

Sheila drückte ihren Kopf in Brünós dickes Fell.

„Was ist los, Gipsy?", fragte die Försterin.

Brünó presste die Lefzen zusammen und nickte. Sheila zitterte stärker.

Die Hündin sprang auf, lief auf die andere Seite des Raumes, stellte sich vor eine Truhe und schnüffelte daran.

„Ich lenke die Aufmerksamkeit der Menschen hier drauf", bellte sie durchs Zimmer. „Dann denken sie nicht, dass unter dem Sofa etwas ist."

Sheila rückte ein Stückchen von ihm ab und hörte auf zu zittern. Jetzt hatte sie verstanden, dass Gipsy ihnen nichts Böses wollte.

Die Wald-Sohlen und die Möbel-Absätze gesellten sich zu den Pfoten der Hündin.

„Ich weiß gar nicht, was sie hat", sagte die Försterin. „Gipsy, aus. Sei ruhig."

Gipsys Schwanz wedelte, dann lief sie zurück, legte sich vors Sofa, den Kopf auf die Pfoten und zwinkerte ihnen zu.

„Wie kann ich Ihnen helfen, Frau Stellpflug?", fragte die Försterin und setzte sich wieder. „Sie wissen, wir tun unser Möglichstes, die Wünsche der Holzkäufer mit den Bedürfnissen des Waldes und dessen Bewohnern in Einklang zu bringen."

„Dann verstehen Sie sicher auch, dass für mich die Wünsche meiner Kunden oberste Priorität haben. Ich mache täglich Verluste, wenn ich mit der beauftragten Produktion nicht beginnen kann."

„Sicher, das verstehe ich, und das tut mir leid. Nur ich fürchte, dass wir in diesem Fall keine Alternative haben. Wir müssen warten, bis die Kätzchen so groß sind, dass sie von selbst den Bau verlassen."

Die Geschäftsfrau seufzte.

„Ich habe befürchtet, dass Sie das sagen. Deshalb möchte ich Ihnen einen anderen Weg vorschlagen."

Sie stand auf, stöckelte zu der Kommode, öffnete und schloss eine der Türen und kam zurück. Dann ein Rascheln und Knistern.

„Was ist das?"

„Das, Frau Schelski, sind zehntausend Euro. So viel ist es mir wert, so bald wie möglich an das Holz zu kommen. Schauen Sie nicht so. Es könnte doch sein, dass die kleinen Wildkatzen von einem großen, bösen Tier gefressen werden. Oder ihre Mutter verlässt sie und Sie müssen sie ohnehin wegbringen. Aber bestimmt kennen Sie sich besser aus, welche Szenerie am passendsten ist."

Die beiden Kater standen an der Bushaltestelle am Bahnhof und warteten. Leo zweifelte mittlerweile an ihrem Plan. Es hatte doch geheißen, dass sie zur Butzbacher Polizei laufen und Informationen einholen sollten. Stattdessen kam der Schwarz-Weiße damit rüber, dass sie bei der Friedberger Polizei recherchieren müssten. Denn die Beamten beider Städte ermittelten zusammen.

Als ob das so einfach wäre, in der Gestalt einer Katze von Stadt zu Stadt zu reisen. Ein Auto fuhr mit quietschenden Reifen vom Parkplatz gegenüber los und Leo legte die Ohren an. Tollkühn war es mindestens, hier mitten auf der Warteinsel auszuharren in der Hoffnung, dass ein Bus kam. Und welcher war überhaupt der Richtige?

„Ich weiß nicht, ob das gut ist, was wir hier machen, Streuner."

„Hast du eine bessere Idee?"

„Nein, na ja, vielleicht schon. Aber dann kannst du nicht mit. Ich könnte nach Friedberg laufen. Das ist vielleicht sicherer als mit dem Bus zu fahren."

„Du spinnst", knurrte der Schwarz-Weiße. „Das schaffst du niemals. Du kennst den Weg nicht. Du brauchst mich als Ortskundigen."

Damit hatte Streuner recht. Leo schwieg. Dass sie überhaupt hier saßen, lag an ihm. Denn er wusste von diesem Busbahnhof, weil Lotte oft von hier fuhr. In einem ihrer Gespräche, die sie mit Leo zu führen pflegte, hatte sie einst beklagt, dass ...

„Oh nein!" Leo ließ sich auf sein Hinterteil plumpsen.

„Was ist?"

„Es fährt kein Bus direkt nach Friedberg."

„Woher willst du das wissen?"

„Von Lotte. Sie hat sich schon oft darüber geärgert, dass sie umsteigen muss, wenn sie Bus fährt. Deshalb nimmt sie den Zug, obwohl sie lieber mit dem Bus unterwegs ist."

„Heißt das etwa, wir müssen mit dem Zug fahren?", brummte Streuner.

„Ich glaube schon. Ich kenne mich doch auch nicht damit aus."

„Dann müssen wir rüber an die Gleise." Er schaute Leo böse an. „Ich mag die Schienen nicht."

Streuner setzte sich schlenkernd in Bewegung, Leo trottete hinter ihm her. In der Unterführung fiel ihm etwas ein.

„Das Gute ist, das um diese Zeit wenige Menschen im Zug unterwegs sind. Im Bus auch nicht."

Sein Miauen hallte laut in dem Gang. Doch war hier niemand, der darauf aufmerksam wurde. Zumindest damit hatte Leo recht. Der Schwarz-Weiße hinkte vor ihm die Stufen hinauf. Ohne sich umzuwenden, entgegnete er unwirsch:

„Wenigstens etwas. Aber den Bus brauchen wir sowieso nicht mehr."

„Erst mal, bis nach Friedberg. Aber wie kommen wir vom Bahnhof dort in den Wald?"

Streuner hatte die letzte Stufe erklommen und drehte sich auf dem Treppenabsatz herum.

„Wieso Wald?"

„Na, das Polizeigebäude in Friedberg ist doch im Grünen Weg. Wenn der grün ist, kann er nur im Wald sein. Okay, vielleicht auch mitten in den Wiesen."

„Tsss", zischte seine Begleitung und lief zu einer Bank. Darunter legte er sich in den Schatten. Leo ließ sich neben ihm auf die warmen Platten fallen.

„Was heißt ˋtsssˊ?"

„Dass du unerfahren bist. ˋGrüner Wegˊ heißt die Straße. Die Menschen geben ihren Straßen die komischsten Namen."

Leo senkte den Kopf. Doch dann beschloss er, sich zu behaupten gegen den älteren und erfahreneren Kater.

„Spiel dich nicht so auf, du warst auch mal jung. Und schließlich lerne ich täglich dazu."

Streuner schwieg.

„Woher weißt du, dass das hier der richtige Bahnsteig ist?"

„In diese Richtung" – der Kater blickte die Gleise entlang – „liegt Friedberg. Und hier fuhr vorhin ein Zug in diese Richtung."

„Schlau", kam Leo nicht umhin ihn zu loben.

„Danke."

„Guck mal, Mama, Katzen! Und so eine schöne rote ist dabei!"

Ein kleines Mädchen kam den Bahnsteig entlang gelaufen und deutete mit dem Finger auf sie.

„Komm zurück, Schatz, und lass sie in Ruhe", rief seine Mutter. „Vielleicht sind sie krank. Außerdem kommt da hinten unser Zug."

Das Kind lief wieder zu ihr. Die beiden waren die einzigen Wartenden auf dem Bahnsteig.

„Streuner?"

„Was?" Der Schwarz-Weiße starrte auf den nahenden Zug.

„Wie kommen wir rein?"

„Mit den beiden da."

Die Mutter stand mit ihrer Tochter an der Hand in sicherer Entfernung am Gleis.

„Wenn jemand in den Zug will, öffnet er von außen die Tür."

Leo legte die Ohren an, als die Waggons hereinrauschten und zum Stehen kamen.

„Noch besser."

Streuner rannte los, Leo hinterher, allerdings nicht in Richtung von Mutter und Tochter. Nur ein paar Schritte vor ihnen hatten sich die Türen geöffnet und ein Mann kam heraus. In dem Moment, in dem er den Zug verlassen hatte, sprangen die beiden vom Bahnsteig in den Wagen. Der Fahrgast drehte sich überrascht um, kam wieder auf sie zu. Da piepste es, die Tür schloss sich.

Wo war Streuner? Leo versteckte sich unter den nächstgelegenen Sitzen und spähte umher. Ein paar Plätze weiter sah er die Beine von zwei Menschen, in der anderen Richtung saß niemand, und der Wagen hörte dort auf.

Der Zug fuhr an. Leo traute sich aus seinem Versteck hervor, sprang auf eine Sitzfläche und zog sich mit den Vorderpfoten an der Rückenlehne hoch. Die beiden Fahrgäste, die Frau und das kleine Mädchen, saßen mit den Rücken zu ihm. Auf der Lehne balancierend sah er auf der anderen Seite des Ganges Streuner auf einem der Plätze kauern. Geräuschlos landete Leo auf dem Boden und huschte hinüber.

„Das ging ja gut", zischte der leise. „Wir müssen nur an der nächsten Haltestelle aussteigen."

Zusammen schauten sie aus dem Fenster. Wie schnell die Büsche, Felder und Wiesen vorbeirannten. So sah es zumindest aus. Einmal rannte sogar eine Herde Kühe rückwärts. Leo legte eine Pfote an die Scheibe.

„Nächster Halt: Bad Nauheim. Ausstieg in Fahrtrichtung rechts", tönte es.

„Da ist jemand!" Leo schaute an die Decke, von wo die Stimme gekommen war. Vor Schreck vergaß er, leise zu sein.

„Mama, ich habe eine Katze gehört!", rief das Mädchen.

„Unsinn. Wie soll hier eine Katze alleine reinkommen?"

„Aber da waren doch auch zwei Katzen alleine am Bahnhof!"

„Lass das jetzt, wir müssen aussteigen."

Der Zug wurde langsamer.

„Das ist nicht Friedberg", zischte Leo, dem es peinlich war, dass er sich vor einem Lautsprecher hatte ängstigen lassen.

„Das habe ich auch gehört. Wir müssen weiterfahren. Jetzt aufgepasst, dass uns niemand sieht."

Etliche Menschen standen auf dem Bahnsteig.

„Von wegen wenig los", knurrte Streuner.

Der Zug tuckerte an den Wartenden vorbei.

„Da hoch!"

Ohne auf Streuners Antwort zu warten, sprang Leo auf die Lehne und von dort auf eine Ablage über den Sitzen. Der Schwarz-Weiße folgte ihm. Schon hielt der Zug, die Türen glitten auf und die Menschen kamen herein.

Niemand schaute nach oben, auch die zwei Jungen nicht, die direkt unter ihnen Platz nahmen. Kein Mucks jetzt, ermahnte sich Leo im Stillen und fixierte die Leute durch die Ritzen in der Ablage. Die Buben senkten ihre Köpfe über ihre Mobiltelefone und hoben sie auch dann nicht, als sie in den nächsten Bahnhof einfuhren. Das war Friedberg.

Die Teenager rührten sich nicht. Ein paar der in Bad Nauheim erst zugestiegenen Leute standen schon an der Tür bereit.

Leo folgte Streuners Blick zur Tür und sah, wie der Schwarz-Weiße sich mit den Hinterbeinen auf der Stelle trat. Da spannte auch Leo seine Muskeln an.

Der Zug hielt, die Tür öffnete sich, drei, vier Leute stiegen aus. Im selben Moment sprangen die beiden Kater in einem Riesensatz auf den Boden und waren in ein paar Sprüngen draußen aus der Tür.

Auf dem Bahnsteig blieb Streuner mit einem Ruck stehen. Sein Kopf sackte nach unten.

„Wir müssen uns irgendwo verstecken", miaute Leo. Schon drehten sich diejenigen um, die die Treppen nicht am Hinuntergehen waren.

„Ich kann nicht."

„Warum nicht?"

„Mein Bein."

Erst jetzt sah Leo, dass der Schwarz-Weiße sein linkes Hinterbein nicht aufsetzte.

„Der Sprung war zu viel."

„Wenn uns jemand einfängt, bringen sie uns ins Tierheim!"

„Mich bringt niemand irgendwo hin!", fauchte Streuner. Er setzte die Pfote vorsichtig auf den Boden, versuchte einen Schritt, zog sie aber sofort wieder hoch. Tapfer und hart im Nehmen, wie er war, hinkte er auf drei Beinen in Richtung Treppe. Der letzte der Fahrgäste verschwand im Treppenabgang. Offenbar waren zwei Kater alleine am Bahnhof doch nicht so ungewöhnlich, dass man sich um sie kümmern musste.

Leo wich Streuner nicht von der Seite, obwohl ihn dessen Kratzbürstigkeit zunehmend nervte. Er drückte sich sogar an ihn und humpelte Schulter an Schulter mit ihm die Stufen hinunter, eine nach der anderen. Unten angekommen, setzte sich Streuner hin.

„Ich muss mich ausruhen, dann wird es besser. Das ist öfter so, ich kenne das."

„Wir suchen uns einen sicheren Ort. Aber zuerst müssen wir aus dem Bahnhof raus. Hier gibt es keinen Unterschlupf."

Sie zockelten weiter. Zu allem Überfluss wartete eine zweite Treppe auf sie. Hier kamen sie noch langsamer voran als bei ihrem Abstieg, weil sich Streuner mit demselben Hinterbein abstoßen musste, um eine Stufe zu erklimmen. Das kostete Kraft. Die Bahnhofshalle vermieden sie, also wackelten sie den Bahnsteig entlang bis zu einem vollen Parkplatz. Unter den parkenden Autos hindurch robbten sie in Richtung Straße, bis sie beim letzten Wagen angekommen waren. Dort kauerte sich Leo hin. Streuner streckte sich auf dem Rücken aus, schloss die Augen und schlenkerte mit seinem Hinterbein sachte hin und her.

Leo lugte unter dem Auto hervor. Neben dem Bahnhofsgebäude standen zwei Busse. Wie anstrengend wäre eine Fahrt damit für Streuner? Weitere Sätze, Sprünge und Sprints würde er vermutlich nicht schaffen. Sein Blick schweifte auf die Straßenseite gegenüber und blieb an etwas hängen.

„Wir haben eine Mitfahrgelegenheit", zischelte er. „Das Polizeiauto fährt bestimmt in den Grünen Weg."

Streuner blinzelte ihn an, ohne mit seiner Lockerungsübung aufzuhören.

„Wieso bist du dir so sicher? Vielleicht fahren sie woanders hin."

„Polizeiauto in Friedberg – Polizeigebäude in Friedberg." Das war doch logisch.

„Na gut. Da mir nichts Besseres einfällt ... sag an, was ich tun soll."

Sie warteten, bis kein Verkehr mehr auf der Fahrbahn war. Dann sprinteten sie los, Leo mit einem besorgten Blick auf Streuner, der die Lefzen aufeinanderpresste, aber nicht zurückblieb. Hinter ein paar Bäumen, unweit des Autos, fanden sie Deckung. Niemand saß in dem Wagen. Das war eine Sache auf gut Glück, was sie hier versuchten.

Als ob Streuner seine Gedanken erraten hätte, fragte er:

„Wie sieht dein Plan aus?"

„Ich habe keinen", antwortete Leo wahrheitsgetreu.

„Na toll. Wenn wir zurück sind, kann Brünó dir erklären, wie man einen Plan macht, daraus wird dann eine Strategie und ..."

„Seit wann weiß Brünó so was? Und jetzt sei still, wir müssen improvisieren."

Aus der Bäckerei traten zwei Männer in Uniform, in den Händen gefüllte Tüten. Am Polizeiauto angekommen stieg der eine auf der Fahrerseite ein und warf die Beutel auf die Rückbank. Der andere öffnete die hintere Tür und legte seinen Einkauf ebenfalls ab.

„Bin gleich wieder da. Hab was vergessen."

Er verschwand erneut in der Bäckerei, die Tür ließ er offen stehen.

Wenn nicht jetzt, wann dann. Sie flitzten über die Straße und sprangen geräuschlos durch die Hintertür in den Wagen. Auf der Rückbank lagen außerdem zwei Jacken. Der Polizist vorne fummelte an dem Funkgerät herum, das ständig knackte. Dann Stimmen aus dem Lautsprecher, das Wort „Einsatz" war darunter.

Von Streuner war lediglich noch die Schwanzspitze zu sehen, der Rest von ihm war schon unter der Kleidung verschwunden. Leo folgte ihm. Im selben Moment stieg der zweite Polizist aus.

„Wir müssen rüber in den Bahnhof", rief er seinem Kollegen zu. „Man hat dort zwei Katzen gemeldet, von denen die eine merkwürdig laufen soll. Vielleicht ist sie krank. Das Ordnungsamt ist auch unterwegs."

Es raschelte, jemand hatte eine weitere Tüte hinten reingelegt, dann wurden die Türen zugeknallt. Es war Ruhe.

Leo streckte zuerst seine Nase nach draußen und schnüffelte.

„Die Luft ist rein." Er kroch unter dem Lederberg hervor, dort war es schrecklich warm und stickig. „Wie geht es deinem Bein?"

„Geht so", brummte Streuner und holte sich ebenfalls eine Nase voll frischer Luft.

„Wasser wäre gut", hechelte Leo.

„Gibt es im Polizeigebäude."

„Hoffentlich."

Dann schwiegen sie. Leo lugte aus dem Fenster. Zuerst sah er nichts Besorgniserregendes. Nach einer Weile kamen die beiden Polizeibeamten aus dem Bahnhofsgebäude auf ihr Auto zu. Natürlich mit leeren Händen. Leo und Streuner schlüpften zurück in ihr Versteck.

Die Männer fuhren los und ärgerten sich unterwegs über die erfolglose Suche, wo doch bei diesen Temperaturen jeder Schritt einer zu viel war. Einige Zeit später hielt der Wagen an, die beiden stiegen aus. Leo schwitzte noch mehr, diesmal nicht wegen der Hitze. Schon öffneten sich die Türen vorne, dann die hintere. Der Polizist lüftete das Leder.

„Huch", sagte er.

„Spring!", rief Streuner.

Der Mann wich zurück.

Leo sprang.

Der Beamte warf eine Jacke auf Streuner, der darunter fauchte und strampelte.

Die Fahrertür ging auf.

Leo sprang wieder. Mit ausgefahrenen Krallen diesmal, direkt auf die Hand, die sich nach Streuner ausstreckte.

„Verflucht!" Der Polizist ließ die Jacke fahren.

Leo machte einen Satz rückwärts.

„Der Kescher im Kofferraum!" Der zweite Uniformierte trat zur Heckklappe, öffnete sie, griff hinein.

Doch da war Streuner schon unter der Jacke hervorgekrochen und sauste zwischen den wieder zupackenden Händen hindurch auf Leo zu. Sie rasten drauflos.

„Lass sie, die kriegst du eh nicht", hörten sie eine Stimme hinter sich.

Da war ein großes Gebäude, daneben ein zweites, dazwischen ein Gittertor. Leo quetschte sich zuerst durch den Spalt zwischen Tor und Asphalt, Streuner folgte ihm unter heftigem Fauchen.

„Mein Bein, mein Bein!"

Dann hatten sie es geschafft, rannten in einen Hinterhof, in dem aufgetürmte Steine und Gerüstteile lagerten, krochen zwischen einen Stapel Holzplatten und der Hauswand. Mit gespitzten Ohren verharrten sie dort, bewegungslos.

Leos Zunge war so trocken, dass sie an den Zähnen klebte. Er öffnete das Maul und schloss es wieder. Das entspannte zumindest die Kiefer.

Niemand folgte ihnen.

Streuner legte sich auf den Rücken, doch war der Spalt zu schmal für seine Lockerungsübungen.

„Egal, wie lange es dauert und wie weh es tut, aber den Rückweg mache ich auf meinen eigenen Pfoten", schnaufte er.

Leos Beine zitterten. Vor Erschöpfung, Angst, Anspannung, alles zusammen. Er hechelte. Lauschte. Drehte den Kopf. Dar waren Stimmen. Nicht von der Straße her. Aus dem Gebäude. Eines der Fenster zum Innenhof stand offen. Seine Lider wurden schwer. Ein Bach, der durch Wiesen mäanderte. Der Brunnen, den Lotte extra für ihn gekauft und zu Hause aufgestellt hatte. Sein Kopf sank tiefer. Kaum wahrnehmbar ein Plätschern.

Plätschern? Er öffnete die Augen. Hier war kein Bach, nur Asphalt. Da, wieder.

Streuner schnarchte. Wie konnte er jetzt schlafen?

„He, wach auf."

„Hmmm."

„Mach schon, ich habe Wasser gehört!"

Der Schwarz-Weiße hob den Kopf von den Pfoten.

„Unsinn."

„Doch. Es kommt von drinnen."

„Ich höre nichts."

„Es hat aufgehört."

Leo schlich unter den Fenstern entlang, dabei nach oben lauschend. Nur eines war geöffnet. Er streckte sich an der Hauswand empor, reckte den Hals. Verdammt hoch. Sein Blick fiel auf ein paar Stapel Steine im Hof.

„Ich weiß, wie wir reinkommen", sagte er zu Streuner, der mittlerweile neben ihm stand und Leos Inspektion der Umgebung misstrauisch beäugte.

„Vergiss es, da komme ich nie hoch."

„Musst du auch nicht. Ich mache das alleine. Du wartest hier. Ich hoffe nur, dass es das richtige Gebäude ist."

„Ist es."

„Woher weißt du das?"

„Hast du nicht den Glaskasten vorne am Eingang gesehen? Das saß eine Frau in Uniform drin."

„Darauf hast du geachtet? Alle Achtung."

Er lief über den Hof, bis er zwischen sich und die Steinstapel etliche Katzenlängen gebracht hatte. Zwar hatte er schon einige akrobatische Sprünge vollführt, die Robin, sein Freund und Mentor, ihm beigebracht hatte. Aber hier, mit dem Schwarz-Weißen, der ohnehin mit Mut machenden Äußerungen sparsam umging, verließ ihn der Mut. Was, wenn er zu kurz sprang?

„Streuner? Kannst du dich unter das Fenster legen?"

„Warum?"

„Wenn ich runterfalle, falle ich weich."

„Du spinnst. Ich bin doch keine Matratze."

Dann halt nicht, knurrte er in sich hinein und
sprintete kurz entschlossen los. Eins, zwei, drei, vier
Sätze, rauf auf den Stapel, fünf und Absprung. Der
Asphalt zog zu schnell unter ihm hinweg. Mit der Brust
prallte er gegen das Fenstersims. Die Luft blieb ihm
weg. Seine Vorderpfoten rutschten ab, dafür fanden
seine Hinterläufe Halt. Er schlug die Krallen in die groben Poren der Hauswand, angelte erst mit einer, dann
mit der anderen Pfote nach dem Rahmen, erreichte ihn,
zog sich hoch.

Keuchend saß er auf der Fensterbank. Drinnen war
ein Toilettenraum. Mit Waschbecken. In Nullkomman-
ichts war Leo auf einem Beckenrand und besah sich
den Wasserhahn. Aha, so einen hatte Lotte auch. Mit
dem Kopf unter dem Hebel drückte er diesen hoch. Der
Strahl traf ihn am Nacken. Er quiekte, zuckte nach
hinten, schob sein Maul wieder vor und schlürfte das
Nass begierig in sich hinein.

Als er genug davon hatte, sprang er zurück auf die
Fensterbank. Nirgendwo sah er Streuner, der hatte sich
sicher im Schatten abgelegt.

Die Türklinke. Leo erinnerte sich daran, was der
Schwarz-Weiße von seinem Besuch bei der Butzbacher
Polizei erzählt hatte. Das müsste zu schaffen sein. Er
schnellte auf das Becken, das am nächsten zur Tür
hing. Von dort war es nur ein Hopser. Die Klinke klappte herunter. Leo rutschte auf den Boden und drückte
sich durch den Spalt, der sich aufgetan hatte.

Nichts war los am Ende dieses Ganges. Er schlich an der Wand entlang. Vier, fünf Sprünge vor ihm kreuzte ein anderer Flur. Von dort näherten sich Stimmen. Reglos verharrte er.

„ ... Teambesprechung", hörte er. „Die Butzbacher Kollegen sind auch hier."

Butzbach! Zwei Männer und eine Frau in Uniform gingen vorbei, ohne in seine Richtung zu schauen. Er huschte ihnen nach, um die nächste Ecke und sah gerade noch, wie der letzte der Beamten in einem Raum verschwand. Ein paar Tische und Stühle an der Wand gegenüber waren die einzige Deckung. Dorthin lief Leo und spähte zwischen den Stuhlbeinen hindurch. Die beiden Polizisten und ihre Kollegin saßen am Ende eines langen Tisches. Schattengleich glitt er in den Raum hinein und verschwand darunter.

Mehr Leute kamen. Stühle wurden ab- und mit behosten und beschuhten Beinen wieder herangerutscht. In seinem Versteck wurde es zunehmend enger. Er musste sich etwas einfallen lassen, um nicht aus Versehen von einem der Schuhe getreten zu werden. Zwei Stühle waren unbesetzt unter den Tisch geschoben. Auf einen dieser Sitze sprang er und kauerte sich zusammen.

„Lasst uns anfangen", tönte eine Stimme. „Am besten mit einer Zusammenfassung dessen, was wir bislang haben. Und lasst bloß die Tür auf, damit wenigstens etwas Luft durchwedelt."

Ein anderer stand auf, dann verschwanden seine Hosenbeine aus Leos Sichtfeld.

„Das Wichtigste dürfte wohl sein, dass der Tote Asbestfasern an seinen Schuhen hatte. Ihr alle wisst: Asbesthaltige Stoffe gelten als gefährlicher Abfall. Es gibt Dämmmaterial, das Asbest enthält, auch einige Baustoffe. Das könnt ihr alles in dem Reader nachlesen, der euch gestern zugegangen ist. Aufgrund der Schuhe, die unser Opfer trug und aufgrund der anderen Materialien, die wir daran gefunden haben, können wir davon ausgehen, dass er auf einer Baustelle gearbeitet hat. Gehen wir weiter davon aus, dass er dort mit dem Asbest in Kontakt gekommen ist, muss es sich um eine Baustelle handeln, auf der irgendetwas steht, in dem Asbest verbaut wurde. Das heißt, wir haben es hier wahrscheinlich mit einem gewerblichen Gebrauch zu tun."

„Könnte das in Richtung Umweltkriminalität weisen?", fragte jemand.

„Wie kommst du darauf?"

„Die fachgerechte Entsorgung für Gewerbetreibende ist teuer. Spezielle Firmen müssen zum Beispiel die Asbestplatten ausbauen, andere, meist private Unternehmen müssen sie entsorgen. Wie gesagt alles nur, wenn es wie vorgeschrieben abläuft."

„Du meinst, jemand will hier Geld sparen, saniert sein Gebäude und will den Asbest illegal entsorgen?"

„Zumindest tauchen ab und zu illegale Ablagerungen auf, zum Beispiel Eternitplatten im Wald."

„Aber das müsste doch auffallen, wenn jemand im größeren Stil Altlasten entsorgt."

Zustimmendes Gemurmel.

„Und wenn er die Beteiligten schmiert?"

„Wie zum Beispiel einen Mitarbeiter?"

„Leute, das sind doch alles Spekulationen. Wir haben keinen einzigen Beweis dafür. Der Asbest könnte genauso gut bei normalen, vielleicht etwas schludrigen, aber dennoch völlig legalen Abbauarbeiten an die Schuhe gelangt sein."

„Da hast du recht. Nichtsdestoweniger sollten wir die Möglichkeit einer illegalen Entsorgung nicht aus dem Auge verlieren. Deshalb achtet auf verdächtiges Verhalten auf den Baustellen, die ihr nämlich ab morgen abklappern werdet."

„In welchem Umkreis?"

„Vorerst in der näheren Umgebung Butzbachs. Und später ...“

„Sprich es nicht aus, ich kann´s mir denken."

Gelächter.

„Und wenn es ein Privatmann ist, der den Asbest aus seinem alten Hause entsorgen will, das er von den Großeltern geerbt hat? Dann suchen wir dort umsonst."

„Damit befassen wir uns, wenn wir auf den gewerblichen Baustellen tatsächlich keine Erfolge haben sollten. Hier, schaut euch mal die Bilder an, in welchen Formen Asbest auftreten kann."

Alle rutschten mit ihren Stühlen ein Stück nach hinten und drehten sich in Richtung des Sprechers. Leo schob seinen Kopf vorsichtig über die Armlehne. Er sah den Rücken desjenigen, der ihm am nächsten saß, aber nicht die Bilder.

Er glitt auf den Boden, lief unter dem Tisch hervor und stellte sich hinten in dem Raum an die Wand. Jetzt sah er die Köpfe der Leute und den oberen Teil von Fotos, die auf einer Leinwand gezeigt wurden. Mit einem lautlosen Satz war er auf dem Tisch. Noch starrten alle nach vorne, auf das Bild, das Leo bekannt vorkam. Aber woher bloß?

„Und seid vorsichtig, wenn ihr euch auf den Baustellen umschaut", sagte der Mann an der Leinwand und drehte sich zu seinen Kollegen um. „Das Zeug ist gefährlich, wenn man die Fasern einatmet und ... Wer von euch hat die Katze mitgebracht?"

„Kater!", miaute Leo laut, sprang vom Tisch und entwischte durch die Tür.

„Langsam reicht's", hörte er. „Katzen erst am Bahnhof, danach bei uns im Auto und jetzt hier. Ich frage mich, was ..."

Dann war Leo zu weit weg, um etwas zu hören. Er sprang aus dem Toilettenfenster in den Hof, wo Streuner auf ihn in der Deckung der Steine wartete.

„Und?"

„Wo warst du vorhin? Ich wollte mich noch mit dir absprechen."

„Bin durch die Gärten nebenan gestreunt und habe mir Wasser besorgt, aus einer Regentonne."

„Dann bist du ausgeruht, und wir können zurückfahren."

„Moooment. Erstens will ich wissen, was du gehört hast. Zweitens habe ich schon gesagt, dass ich keine Pfote mehr in einen Zug oder Bus setze. Übrigens auch nicht in ein Polizeiauto."

„Und wie stellst du dir dann den Rückweg vor?"

„Was hast du gehört?"

Leo sagte es ihm. Er hatte noch keine Zeit gehabt, sich Gedanken über die neuen Informationen zu machen. Dafür hatte der Schwarz-Weiße sofort was parat.

„Höchst seltsam. Das passt nicht in unsere Geschichte."

„Wieso nicht?"

„Was hat der Asbest, der beim Häuserbau verwendet wird, mit unserer Möbelfrau zu tun?"

Leo leckte sich das Maul, was er gerne tat, wenn ihm auf eine verzwickte Frage nichts einfallen wollte. Diese Tätigkeit erinnerte ihn ans Fressen. Manchmal half es ihm, an etwas ganz anderes zu denken, und dann fiel ihm die Lösung ein. Doch diesmal Fehlanzeige.

„Erst mal müssen wir zurück", antwortete er ausweichend.

Und damit standen sie vor einem weiteren Problem. Wie denn das, wenn Streuner nicht fahren wollte? Der hatte sich ihm gegenüber zwar als Ortskundiger ausgegeben. Doch nun offenbarte er ihm, dass er „so richtig" noch nicht die Strecke von Friedberg nach Butzbach gelaufen war.

„Warum hast du dann so getan als ob?", schimpfte Leo.

„Ich bin doch der Weitgereiste. Ich dachte, als solcher muss ich alle Wege kennen", entgegnete Streuner kleinlaut.

Und das hatten sie jetzt davon. Keiner von ihnen beiden kannte den Rückweg.

Kapitel 9

Sie hatte grüne Augen. Die schwarzen Linien in ihrem beigefarbenen Fell liefen vom Rücken aus über den Nacken auf den Kopf und vereinten sich zwischen ihren Ohren. Nach vorne hin fächerten sie sich auf, aber nur, wenn man genau hinsah. Und Robin schaute genau hin. Knapp oberhalb der Augen und in einer Linie mit der rosafarbenen Nase, liefen die nun dünnen Streifen spitz aus. Um das Maul herum hatte sie weißes Fell, das sich bis auf ihre Brust fortsetzte und dort wie ein samtenes Tuch um ihren Hals hing. Ihre Schnurrhaare waren so lang und schneeweiß, dass sie der Morgensonne im Wald nicht bedurften. Diese waren ihm schon zuvor aufgefallen.

Wie Waldgeist so dastand, den Kopf erhoben, die Ohren, die kleiner schienen als seine, nach vorne gedreht und gespitzt, kam Robin nicht umhin, ihre gesamte Erscheinung als perfekt zu bezeichnen. Jetzt legte sie sich unweit von ihm auf die Laubdecke, vermutlich erschöpft von den Anstrengungen der vergangenen Nacht, und streckte ihre Beine von sich. Verzückt betrachtete Robin Waldgeists Pfoten. An jeder hatte sie zwischen den Ballen ein kleines Büschel weißer Haare.

„Robin?"

„Äh, ja?"

„Wo bist du mit deinen Gedanken?"

„Och, bei unserem Fall. Ich habe mir gerade darüber Gedanken gemacht, was Brünó wohl bei der Möbelfabrikantin herausgefunden hat."

„Und dafür betrachtest du so ausführlich meine Pfoten?"

Er leckte sich verlegen das Maul.

„Es gefällt mir, wenn du mich betrachtest. Wir sollten uns aber eher überlegen, wo wir eine neue Bleibe für meine Welpen finden."

Waldgeists Suche nach einem anderen Unterschlupf war nicht erfolgreich gewesen. Während sie unterwegs war, hatte Robin auf die Kleinen aufgepasst. Freilich nicht in deren Höhle, sondern davor. Geschlafen hatte er kaum. Das hatte zum einen damit zu tun, dass ihn die Geräusche im Wald beunruhigten, vor allem, wenn er alleine war. Zum anderen erregte ihn die Nähe Waldgeists. Zuerst begannen seine Nasenflügel kaum wahrnehmbar zu zittern. Das setzte sich dann fort über Lefzen und Ohren und lief an seinem Rücken entlang bis zur Schwanzspitze. Er liebte diesen Zustand.

Robin buckelte und streckte sich. Keine Zeit für sentimentale Gefühle. Da andere Holzstapel als neues Zuhause nicht in Frage kamen, hatte sich Waldgeist auf natürliche Höhlen konzentriert.

„Vor allem diejenigen zwischen den Felsblöcken, auf denen der hölzerne Aussichtsturm steht, wären geeignet", miaute sie. „Aber da sind zu viele Menschen. Heute am frühen Morgen habe ich sogar eine große Gruppe Menschenwelpen mit zwei Eltern dabei gesehen."

„Das war bestimmt eine Schulklasse mit Lehrern. Johanna und Stefan sind Lehrer und machen auch Ausflüge mit ihren Klassen."

„Die Lehrer haben den Schülern etwas vorgelesen. Es ist so, wie du und deine Freunde es gesagt haben. Wir Wildkatzen sollen geschützt werden. Die Menschen tun das, indem sie unseren Lebensraum bewahren. Zu viele Straßen, die da hindurch führen, sind zum Beispiel nicht gut."

Waldgeist stand auf, setzte sich neben Robin, reckte ihren Kopf würdevoll ein Stückchen höher und ließ ihren Blick durch den Wald schweifen.

„Mir hat das sehr gefallen. Ich dachte schon daran, mir ein neues Revier zu suchen, wenn die Aufzucht hier so gefährlich ist. Aber vielleicht könnten wir für immer hier bleiben."

„Das finde ich ganz unbedingt", schnurrte Robin.

Sie schauten sich an, und er wünschte sich, dieser Moment würde ewig währen. Wie war das möglich, dass ihm die Bäume, die Vögel, die Mäuse, die Käfer – ja einfach alles hier erhabener vorkamen, wenn er mit ihr zusammen war?

Sie wandte ihren Kopf von ihm ab. War es Absicht, dass sie dabei langsamer als nötig mit ihren Schnurrhaaren sein Backenfell streifte? Sie stand auf und der Zauber war vorbei. Seine Gedanken wurden wieder klar.

„Höhlen! Das ich nicht gleich darauf gekommen bin!"

„Was meinst du?"

„Die Höhle des Großen Wilden. Wo könnte es sicherer sein als an diesem Ort, von dem niemand weiß, wo er ist?"

Waldgeist erhob sich, lief auf und ab und äugte dabei misstrauisch in jede Richtung.

„Der Große Wilde? Niemals. Du weißt doch, was man von ihm sagt. Er ist vermutlich ein riesiges Katerungeheuer, völlig zerzaust, sieht schrecklich aus, ist angriffslustig und würde sich über meine Welpen hermachen, kaum dass ich ihm den Rücken zukehre. Außerdem sagst du es selbst: Niemand weiß, wo seine Höhle ist. Dass ausgerechnet du auf diese Idee kommst!"

Ihrem letzten Wort schickte sie ein Fauchen hinterher.

„Waldgeist, hast du vergessen, dass Brünó schon Freundschaft mit dem Großen Wilden geschlossen hat? So böse kann er nicht sein."

„Das heißt noch lange nicht, dass er meinen Kätzchen nichts antun würde. Außerdem passen wir bestimmt nicht alle in seine Höhle hinein."

„Brünó hat erzählt, dass sie sehr groß ist. Und ich
verspreche dir, dass immer jemand von uns dort bleiben wird, wenn du unterwegs bist."

„Selbst wenn ich zustimme: Wie sollen wir ihn finden? Brünó kennt als einziger den Weg."

„Du hast recht, wir können nicht warten, bis er
wiederkommt."

Robin grübelte. Zum einen, wie sie die Höhle fänden und zum anderen, wie er Waldgeists Zweifel am
rechtschaffenen Charakter des Großen Wilden aus-
räumen könnte. Doch zumindest Letzteres war nicht
mehr nötig. Sie streckte den Kopf in die Luft und rief in
den Wald hinein. In alle Richtungen drehte sie sich und
schickte ihre Botschaft nach Hilfe ins Ungewisse. Für
den Fall, dass dem Wildkater eine fremde Wildkatze
egal wäre, teilte sie ihm Brünós Namen ebenfalls mit.

Dann warteten sie. Angestrengt lauschte Robin in
alle Richtungen. Doch die Zeit verstrich und kein Wildkater kam.

Dafür hörten sie Stimmen und lautes Geschrei.
Waldgeist war schon beim ersten der ungewohnten
Geräusche unter dem Holzstapel verschwunden. Robin
versteckte sich hinter den aufgeschichteten Stämmen.
Der Lärm kam näher. Er lugte um die Ecke und sah
etliche Kinder heranstürmen.

„Kommt zurück!", hörte er. Doch die Aufforderung
des Lehrers verhallte wirkungslos.

Offenbar hatten die Schüler Waldgeists Rufe gehört
und zumindest die grobe Richtung ausgemacht, aus
der sie gekommen waren. Wenige Sprünge entfernt

blieben sie stehen und schauten sich suchend um. Ausgerechnet jetzt meldeten sich die Welpen.

„Da sind sie drin!" Ein Junge deutete in ihre Richtung und setzte sich an die Spitze der Meute.

Robin sprang aus seiner Deckung und postierte sich vor der Höhle.

„Keinen Schritt näher!", fauchte er, buschte den Schwanz und stellte die Rückenhaare auf.

„Eine Wildkatze!"

„Nein, die sehen anders aus. Hast du nicht die Bilder gesehen?"

„Was ist es dann?"

„Eine Hauskatze?"

„Was macht die hier?"

„Das Piepsen kam aus der Höhle."

„Dann müssen wir in die Höhle gucken."

„Jungs und Mädels, lasst die Tiere in Ruhe!"

„Schnell, bevor Herr Wedding kommt."

Einer der Jungen griff nach einem Stock.

„Robin, komm rein! Sonst verletzen sie dich", miaute Waldgeist.

Das ließ er sich nicht zweimal sagen und kroch vorwärts unter die Holzstämme. Drinnen sah er zuerst nichts. Dafür fühlte er Waldgeist an seiner Flanke. Die Höhle war winzig, und wäre die Situation eine andere gewesen, hätte er sie genossen. Doch die drei Welpen piepsten ängstlich durcheinander, und draußen bezogen die Schüler Stellung. Wie lahm war ihr Lehrer eigentlich? Bestimmt unterrichtete er keinen Sport wie Stefan.

„Hier, mit dem Ast können wir sie raustreiben", hörten sie einen Jungen.

„Ich weiß nicht, muss das sein?", warf ein Mädchen ein.

Ein Kratzen und Schaben von draußen. Robin drehte sich in der Höhle um, trat dabei versehentlich dem einen Kätzchen auf den Schwanz und einem zweiten auf den Bauch, und kauerte endlich neben Waldgeist. Tief aus ihrer Brust löste sich ein Brummen, das zu einem Knurren anschwoll. Robin erinnerte es an Mephistos Grollen.

„Keine Angst, ich habe schon andere in die Flucht geschlagen", miaute er. Es sollte zuversichtlich klingen. Sicher war er sich indes nicht, dass sie einer Meute unbeaufsichtigter Jugendlicher die Stirnen bieten konnten.

Flori raste durch die Katzenwohnung. Charly jagte hinter ihm her. Der Gescheckte schnitt eine Kurve vom Flur ins große Zimmer mit dem Erker, rutschte aus und überschlug sich. Sein Bruder stürzte sich auf ihn und packte ihn am Hals.

„Es reicht, es reicht", japste Flori. Manchmal übertrieb es Charly. „Du hast gewonnen."

Charly leckte ihm über die Ohren. Flori rappelte sich auf und schaute sich um.

„Wo sind die Flummis?"

„Du hast sie alle verschleppt."

Flori trabte los, zuerst zu einem der Kratzbäume. Aber weder in dem Hängesack noch in der Kastenhöhle lag einer. Fehlanzeige auch hinter dem Katzenklo. Er murrte. Dann fiel ihm die Kratztonne ein, die gleich vier Höhlen übereinander hatte. Bestimmt war da einer reingesprungen. Und tatsächlich, auf dem Polster in der mittleren Behausung lag einer. Aber das war nicht alles. Ha, das hatte er vergessen. Er zerrte das Stück Irgendwas unter dem Kissen hervor.

Stolz präsentierte er seinem Bruder den Fund. Der schnüffelte daran.

„Was Neues!", miaute Charly, entriss Flori den Gegenstand und peste damit in den Flur. Er hinterher. So hetzten sie sich eine Weile gegenseitig, doch es währte nicht lange. Das Spiel mit dem Stück Irgendwas war langweilig. Es tat von selbst gar nichts, im Gegensatz zu den Flummis. Außerdem fiel Flori ein, woher es kam: Robin hatte es im Wald neben dem Toten gefunden. Genauer gesagt, in dessen Hand.

„Weißt du was? Wir nehmen es mit runter, vielleicht wissen Elke oder Jens, was es ist. Dann können wir endlich auch ermitteln."

„Warum haben sich unsere Großen nicht darum gekümmert?", nörgelte Charly und sprang auf das Brett vor dem Speisenaufzug.

Flori drückte mit der Pfote auf den Knopf.

„Quengle nicht rum. Sie hatten so viel zu tun, dass sie es vergessen haben. Du hast doch alles mitbekommen. Sie mussten sich sogar aufteilen."

Charly gab Ruhe und sie drückten sich zusammen in den Fahrkorb. Das Fahren beherrschten sie bereits. Zwar konnten weder er noch sein Bruder zählen, doch die beiden Knöpfe, auf die es ankam, hatten sie sich eingeprägt: einer für ihre Wohnung, einer für die Katzenetage. Denjenigen für den Ausgang in den Garten hatten ihnen ihre Eltern wohlweislich nicht gezeigt. Und die Räume im dritten Stock standen derzeit ohnehin leer.

Jens kochte, Elke saß am Tisch und las Zeitung. Flori sprang ihr auf den Schoß und legte das Stück Irgendwas auf ihre Hände.

„Guck mal!", mähte er.

Elke lachte und kraulte seinen Hals.

„Wann lernst du eigentlich, wie eine Katze zu miauen?"

„Gar nicht! Was ist jetzt damit?", mähte er weiter.

„Sie versteht nicht, was du willst", miaute Charly.

„Das sehe ich auch."

Flori stupste Elke mit dem Kopf an den Arm. Das hatte zwar weitere Streichelaktionen zur Folge. Worauf es ankam, registrierte sie jedoch noch immer nicht. Da drückte er ihr das Ding gegen die Brust.

„Was hast du da?"

Elke nahm es in die Hand und betrachtete es von allen Seiten.

„Sieht komisch aus. So faserig."

„Genau!", freute sich Flori.

„Endlich hat sie's", krähte Charly.

Jens legte den Kochlöffel zur Seite und kam zum Tisch.

„Zeig mal." Er betrachtete das Stück ebenfalls eingehend. „Das ist Asbest."

„Asbest?", echote Elke erschreckt. „Wie kommt das hierher? Woher habt ihr das?", fragte sie überflüssigerweise.

„Und was machen wir jetzt?", miaute Charly.

„Abwarten", antwortete Flori.

„Asbest ist gefährlich, oder nicht?", fragte Elke.

„Nur, wenn man die Fasern einatmet. Wir hatten mal mit der Spedition einen Auftrag, Mobiliar aus einem asbestbelasteten Kita-Gebäude in die neue Einrichtung zu transportieren. Das ist allerdings schon Jahre her und das Haus war ein Uralt-Bau."

„Aber wo könnten die beiden das Stück herhaben?"

„In einigermaßen neuen Gebäuden wird das nicht mehr zu finden sein und in Neubauten schon gar nicht. Ich tippe auf irgendeine Baustelle."

Flori hopste von Elkes Schoß und lief aufgeregt in der Küche hin und her.

„Baustelle! Hast du das gehört, Charly?"

„Bin ja nicht taub. Brünó war auf einer Baustelle."

„Genau! Bestimmt hat es der Tote von dort."

„Vielleicht", korrigierte ihn Charly.

„Was ist mit den beiden los? Sie sind total aus dem Häuschen", meinte Elke.

„Sie wollen wahrscheinlich, dass jemand mit ihnen spielt. Ich aber nicht." Damit wandte sich Jens wieder dem Essen auf dem Herd zu.

„Spielen?", miaute Charly. „Ich habe eine andere Idee. Komm mit, Flori."

Er rannte hinter seinem Bruder her, der mit einem eleganten Sprung oben vor dem Aufzug war.

„Was hast du vor?"

„Ich will endlich mithelfen, den Mörder der Wildkatze zu finden. Wir schauen uns auf der Baustelle um, von der Brünó erzählt hat."

Flori trat unschlüssig von einer Pfote auf die andere.

„Sheila zieht uns unsere Schwänze noch länger, wenn sie davon mitbekommt."

„Ach was. Wenn wir Ergebnisse liefern, ist das schnell vergessen. Und wenn wir nichts rausbekommen, muss sie es nicht erfahren."

„Und wenn sie früher zurückkommt als wir?"

„Dann waren wir allenfalls mal unerlaubt alleine im Garten und haben uns vor ihr versteckt."

Flori landete neben seinem Bruder.

„Überredet."

Allerdings fuhren sie nicht los. Wie denn auch, wenn sie nicht wussten, welcher Knopf für den Garten gedacht war? Charly nörgelte, Flori brummte. Er starrte auf die Tasten, ohne zu wissen, was er hoffte zu entdecken. Sie sahen alle wie immer aus, nämlich gleich. Bis auf die Zeichen darauf, die laut Sheila Zahlen darstellten. Die hatte sie ihnen aber nicht beigebracht.

„Was ist?", unterbrach Charly seine Konzentration.

„Psst."

Der Garten war ganz unten, also musste es der unterste Knopf sein. Warum aber spiegelte der sich im Licht, das durch die immer noch offen stehende Aufzugstür einfiel, und alle anderen waren stumpf?

Kaum hatte er das gedacht, fuhr Charlys Pfote aus und drückte auf die glänzende Fläche.

„Aber was machst du denn?"

Die Tür glitt zu.

„Ist doch klar, dass der unterste Knopf der für den Außen-Ausgang ist."

Der Korb setzte sich in Bewegung. Nach unten.

„Siehst du, es klappt", triumphierte Charly.

Flori grübelte während der Fahrt, die ihm länger vorkam als die erste zusammen mit Sheila. Alle anderen Schaltflächen waren abgegriffen, deshalb spiegelten sie das Licht nicht wider. Es war derselbe Effekt wie bei seinem Lieblingsflummi. Den hatte er derartig zerkaut und zerkratzt, dass sich darin kein einziger Lichtstrahl verfing. In den anderen Bällen jedoch sehr wohl, weshalb sie bunt schillerten, wenn die Sonne durch die Fensterscheiben der Katzenwohnung schien.

„Der Knopf wurde nicht oder nur selten benutzt", brummte er und klärte Charly auf.

Der Aufzug stoppte.

„Wo sind wir dann?", fragte sein Bruder weitaus weniger forsch.

Das war schwer zu sagen. Außerhalb des Fahrstuhls war es dunkel. Sie streckten ihre Köpfe hinaus und versuchten, etwas zu erkennen.

„Auf jeden Fall ist er kühl hier", stellte Flori fest.

„Dann sind wir im Keller. Elke erzählt immer, wie schön kühl es ist, wenn sie Vorräte von dort holt."

„Dann drücken wir jetzt einen Knopf höher und kommen in den Garten."

War das aufregend! Zum zweiten Mal strolchten sie erst draußen herum, und schon hatten sie erfolgreich eine Fahrstuhlfahrt ins Ungewisse bewältigt und verließen außerdem heimisches Gebiet. Nachdem sie ein Stück auf dem Gehweg entlanggelaufen waren, fiel Flori ein, dass sie nicht an Mephisto gedacht hatten. Nachträglich wurde ihm flau im Magen. Er blieb stehen und betrachtete die kahle Stelle an seinem Schwanz. Hoffentlich kamen sie auf dem Rückweg unbeschadet wieder hinein.

„Was ist los? Machst du schon schlapp?" Charly kam zurückgelaufen.

„Quatsch."

Er setzte sich wieder in Bewegung. Flanke an Flanke trabten sie den Bürgersteig entlang, bis sie die Straße überqueren mussten. Die war normalerweise kaum befahren, hatte Streuner Brünó im Zuge der Wegbeschreibung erzählt. Und da diese Route zumindest bis zur Tierärztin die Hausstrecke des Schwarz-Weisen war, bezweifelten sie seine Angaben nicht.

Trotzdem blieben sie stehen und schauten erst in die eine, dann in die andere Richtung. Hüben wie drüben standen zwar Autos, aber auf der Fahrbahn fuhr keines.

„Also los", kommandierte Charly.

Eng aneinandergedrückt liefen sie los. Da kurvte ein Fahrradfahrer um die Ecke einer schmalen Straße, die unweit von ihnen einmündete.

Flori machte ein, zwei, drei riesige Sätze und war außer Reichweite.

„Hoppla!", rief der Radler und bremste scharf, sodass die Reifen quietschten und das Hinterrad ausbrach. Doch was tat Charly? Wie angewurzelt stand er auf der Straße, kaum eine Sprungweite von dem Fahrrad entfernt.

„Du bist ja ein Schöner", sagte der Mann und stieg vom Rad. Er bückte sich.

„Ein Zutraulicher außerdem, was?" Nach eingehender Betrachtung von Charly, der sich immer noch nicht rührte, fuhr er fort: „Hast was von einer BKH in dir, denke ich. Dein Kopf sieht danach aus."

„Charly, komm schon. Wer weiß, was das für einer ist."

Der Mann schaute zu ihm herüber.

„Schwarz und Rotbraun, der Bauch und die Beine weiß. Du bringst mir Glück", lachte er.

Endlich kam Charly herübergelaufen.

„Ich weiß gar nicht, was du hast", beschwerte er sich. „Er ist doch nett."

„Hast du vergessen, was Sheila uns immer sagt? Besser nicht mit Fremden abgeben. Los, weiter."

Flori erkannte das Haus der Tierärztin, das er beim ersten Besuch durch das Gitter seines Tragekorbes gesehen hatte. Damals waren er und Charly hier gewesen und hatten zwei Spritzen verpasst bekommen.

Der Weg führte diesmal daran vorbei, und bald sahen sie die Baustelle, wie Brünó sie beschrieben hatte. Genauer gesagt fielen ihnen zuerst die Staubwolken auf, die über dem großen Areal in der windstillen Mittagshitze waberten. Ein Lastwagen rumpelte hinein, ein anderer heraus. Sie rannten durch das Tor im Bauzaun. Drinnen liefen Menschen geschäftig umher, riefen sich Anweisungen zu und fuhren mit lauten Maschinen herum. Niemand achtete auf sie.

Flori entspannte sich und drehte sich zu seinem Bruder um. Aber der war nicht da. Er kreiselte einmal, zweimal. Nichts.

„Charly!", miaute er so leise wie möglich.

„Ich bin hier."

„Wo?"

„Hier oben."

Charlys Kopf schaute aus einer Tonne heraus, die auf einem Gestell mit drei Rädern thronte.

„Komm hoch, das ist witzig. Hier ist Sand drin."

„Komm du lieber runter."

„Nö, lass uns Spaß haben."

Flori brummte ungehalten. Er liebte seinen Bruder, aber manchmal schoss der mit seiner forschen Art übers Ziel hinaus. Trotzdem sprang er zu ihm in die Tonne, einzig um ihn davon zu überzeugen, dass ihre Mission Vorrang vor Spielereien hatte. Doch dann ... der Sand war kein Vergleich mit dem Katzenstreu zu Hause. Er war so schön locker, sie gruben sich hinein. Im Grunde war es wie eine große, überdachte Toilette. Gedacht, erledigt. Zubuddeln war nur noch Nebensache.

Flori streckte seinen Kopf aus der Tonne hinaus.

„Lass uns abhauen und anfangen zu ermitteln, da hält ein Mann direkt auf uns zu."

Gleichzeitig landeten sie auf dem Boden und sprangen hinter einen Stapel Holzbretter.

„Merkwürdig", hörten sie den Arbeiter sagen. „Was stinkt hier drin so?"

Jede Deckung ausnutzend huschten sie über das Gelände, bis sie zu dem Container kamen, von dem Brünó berichtet hatte. Die Tür war ebenso geschlossen wie die Fenster. Flori vollführte auf der Rückseite einen seiner Riesensprünge und erhaschte einen Blick ins Innere.

„Das war´s", miaute er. „Wir haben es versucht. Aber hier ist niemand."

„So schnell gebe ich nicht auf. Wir müssen uns weiter umschauen."

Schon verschwand Charly um die nächste Ecke. Flori notgedrungen hinterher. Charlys Hinterteil schaute unter einem Zaun hervor, der mit einer Plane bespannt war.

„Hier drüben ist eine andere Baustelle", rief Charly.

Flori drückte sich ebenfalls zwischen Absperrung und Erdboden durch. Auf dieser Seite war es wesentlich ruhiger. Eigentlich war hier gar nichts los, wenn er sich genau umschaute. Lediglich ein kleinerer Lastwagen stand vor einer flachen, langgestreckten Halle. Zumindest was er von hier aus erkannte, war das Gebäude in einem erbärmlichen Zustand. Die Farbe blätterte ab, einige Fensterscheiben waren kaputt, auf dem Dach wuchs stellenweise Moos.

„Komm", miaute er diesmal zu Charly und flitzte hinter eine Gruppe staubiger Büsche nahe der Halle. Denn er hatte die beiden Männer gesehen, die davor standen und sich unterhielten.

„Den einen, den Jüngeren, kenne ich, das ist..."

„...der Mann, der der Besitzerin von Mephisto vor unserem Haus etwas gegeben hat", vollendete Flori den Satz.

Von hier aus hörten sie nicht, was die beiden beredeten. Aber der Jüngere gestikulierte energisch mit den Händen, fuhr sich über die Stirn, und einmal hieb er mit der Faust auf einen Stapel Steine. Das war der Moment, in dem eine Brise das Wort „Verkauf" zu ihnen herübertrug. Der Unbekannte schüttelte den Kopf, sagte etwas und umfasste dabei mit einer ausholenden Bewegung des Arms das gesamte Gebäude. Schließlich stieg er in seinen Wagen und fuhr davon.

Der andere schaute ihm einen Augenblick lang nach und schritt dann zu einem Auto, das am Ende der Halle stand.

„Charly, guck mal, das Tor steht offen!"

Floris Ermittlungseifer war voll entfacht. Im Rücken des Mannes fegten sie über den freien Platz und huschten durch den Spalt ins schattige Innere. Von einem Teil der Gebäudemauer hingen Fetzen herunter. Diese sahen aus wie das Stück Irgendwas, nur in groß. Schutt lag auf dem Boden herum, Glasscherben dazwischen. Sie mussten höllisch aufpassen. Von draußen drang Motorengeräusch herein, das gleich wieder verstummte. Schritte näherten sich dem Eingangstor. Flori und Charly standen wie angewurzelt. Kein Versteck weit und breit. Es quietschte, das Tor wurde geschlossen. Erneut Motorengeräusche, die leiser wurden und erstarben.

Flori und Charly verharrten immer noch am selben Ort.

„Und jetzt?" In der Halle hörte sich sein Mähen lauter an.

„Na was schon. Wir hauen durch ein Fenster ab. Guck mal, da ist eine Scheibe kaputt."

Weiter als zwei Schritte kam Charly nicht. Mit einer erhobenen Pfote blieb er stehen.

„Was ist?" Flori war direkt hinter ihm.

„Eine Scherbe. Und da, noch eine."

Die Köpfe dicht über dem Boden, wie Spürhunde, zockelten sie weiter. Endlich erreichten sie das Fenster, stellten jedoch erstens fest, dass es reichlich hoch war. Eine Fensterbank gab es nicht. Außerdem sah das Loch in der Scheibe bei näherer Betrachtung zu klein aus. Sie würden mit Anlauf springen müssen, wobei sie Gefahr liefen, in Scherben zu treten. Darüber hinaus – und das schien Flori noch riskanter – müssten sie genau die Mitte des Loches treffen, sonst wären sie gespickt mit zerborstenem Glas.

„Sieh es mal positiv", miaute Charly. „Immerhin haben wir ein Ermittlungsergebnis: Dem Mann, der der Mephisto-Frau das Paket gegeben hat, gehört die Baustelle hier. Oder zumindest hat er was damit zu schaffen."

„Und was bedeutet das?"

„Na, das wird sich später herausstellen."

„Wie du meinst. Jedenfalls kann es kein Zufall sein, dass hier ein riesig großes Stück Irgendwas von der Wand hängt."

„Genau."

Flori zog die Lefzen hoch und nieste. Doch davon wurde das Kribbeln in seiner Nase nicht besser.

Kapitel 10

Diesmal lagen sie zu dritt unter den Büschen im Garten der stellpflugschen Villa. Gipsy hatte sich zu Brünó und Sheila gesellt. Gebannt beobachteten sie die Szene, die sich am Auto der Försterin abspielte.

„Sie haben keine Ahnung, um was es hier geht", sagte die soeben.

„Oh doch. Es geht um meinen Auftrag, den ich zu verlieren drohe, wenn ich nicht bald an das Holz komme."

„Wissen Sie denn nicht, wie lange sich der Bund für Umwelt- und Naturschutz bereits für die Wildkatzen einsetzt? Nicht nur bei uns im Taunus sind sie endlich wieder heimisch geworden. Und dass die Umweltschützer überwiegend ehrenamtlich arbeiten? Tagelang im Wald herumlaufen, bei Wind und Wetter, Lockstöcke mit Baldrian bestäuben, Katzenhaare einsammeln, Schilder aufstellen. Und da kommen Sie mir mit einem Stapel Holz und ein paar Geldscheinen?"

Ohne eine Antwort abzuwarten, stieg die Försterin in ihr Auto.

„Gipsy!", rief sie in den Garten hinein. „Hier haben wir nichts mehr zu suchen."

Doch die Hündin blieb liegen. Brünó schaute sie mit großen Augen an. Die schüttelte den Kopf, sodass ihre Lefzen schlackerten.

„Soll ich euch nun zeigen, wie man mit dem Hund in eurem Haus umgeht oder nicht?", winselte sie leise.

Brünó und Sheila nickten synchron.

„Gipsy!"

Doch die Hündin erschien nicht. Ihre Besitzerin warf die Tür zu und fuhr davon. Die Geschäftsfrau runzelte die Stirn und schritt dann zügig zurück ins Haus.

„Macht sich deine Besitzerin keine Sorgen, wenn du nicht nach Hause kommst?", fragte Brünó.

„Kaum. Das ist nicht das erste Mal, dass ich alleine unterwegs bin. Ich bin mit einigen Katzen aus dem Nachbardorf befreundet. Zusammen laufen wir schon mal durch die Wiesen. Sie weiß, dass ich wiederkomme", bellte Gipsy.

Auf dem Rückweg gab es keine Zwischenfälle, wenn man davon absah, dass sich einige Passanten kopfschüttelnd nach dem ungewohnten Trio umschauten. Katzen alleine unterwegs, das kannten sie. Aber Hunde, die ohne Frauchen oder Herrchen herumliefen, waren ungewöhnlich.

Sie bogen vom Gehweg in den Garten ihres Hauses. Kein Mephisto zu sehen. Brünó und Sheila liefen zum Speisenaufzug, Gipsy folgte ihnen. Und dann sahen sie, was sie nicht bedacht hatten: Natürlich passte die Hündin nicht in den Fahrkorb.

Der Plan wurde geändert. Brünó und Sheila würden hochfahren und Flori und Charly nach unten begleiten. Tauchte der Großpudel auf, hielte Gipsy ihnen den vom Hals. Die Hündin legte sich in den Schatten eines Gebüsches auf dem Rasen, von wo sie Haustür und Speisenaufzug im Blick hatte.

Doch in ihrer Wohnung waren ihre beiden Söhne nicht. Elke hatte sich offenbar einen freien Tag gegönnt, denn sie saß auf dem Balkon unter dem Sonnenschirm und trank Kaffee.

Brünó warf Sheila einen besorgten Blick zu, als sie zusammen eine Etage höher in ihre Katzenwohnung fuhren. Sie war erstaunlich ruhig, wo sie doch sonst beim geringsten Anlass mit dem Schlimmsten rechnete.

Zumindest in dem großen Zimmer mit dem Erker, in dem die meisten Spielsachen herumlagen, waren die beiden Jungkater nicht zu sehen.

„Meine Söhne!", rief Sheila weiterhin wohlgemut. „Kommt heraus, es ist nicht die Zeit, Verstecken zu spielen. Wir haben euch etwas mitzuteilen, das euch mit Sicherheit gefallen und euch auch sehr viel Freude bereiten wird."

Sie liefen einmal durch alle Räume, dann stellte Sheila das Offensichtliche fest. Und dieses Mal hatte ihr Miauen diesen ängstlichen und zugleich vorwurfsvollen Unterton.

„Sie sind nicht hier!"

„Das sehe ich auch. Ich kann aber nichts dafür", knurrte Brünó. „Bestimmt weiß Elke, was los ist. Vielleicht mussten sie zur Tierärztin ..."

„Du willst damit doch nicht etwa zum Ausdruck bringen, dass einer von beiden oder gar beide auf einmal krank sein könnten, und wir als ihre Eltern wären nicht bei ihnen gewesen, um sie zu umsorgen?"

„Reg dich nicht gleich so auf, bestimmt ist alles normal. Elke wird wissen, was los ist."

Sheila bebte am ganzen Körper. Sie fuhren wieder nach unten, wo sie die Erste war, die auf den Balkon stürzte. Dort sprang sie auf Elkes Schoß und stieß ihr fordernd mit dem Kopf gegen das Kinn.

„Wo sind meine Söhne? Wo sind meine Welpen?"

„Sheila, was ist denn los?" Ihre Besitzerin kraulte sie hinter den Ohren, doch die Katze schüttelte unwillig ihren Kopf.

„Schon gut, magst du gerade nicht geherzt werden?"

Wie konnten sie ihr Informationen entlocken? Brünó lief zurück in die Küche und schaute sich um. Was war das? Da lag etwas auf dem Tisch, ein Teil davon ragte über die Kante hinaus. Moment mal ... Er sprang hoch. Das Stück Irgendwas. Robin hatte es dem Toten im Wald aus der Hand gezogen und mitgebracht. Dann hatten sie es in der Katzenwohnung gelassen, niemand hatte mehr einen Gedanken daran verschwendet. Niemand? Flori und Charly hatten es hierher gebracht, das war die einzig logische Erklärung.

Brünó schnappte sich das Stück, trug es nach draußen und legte es Elke in den Schoß, direkt vor Sheilas Pfoten.

„Was ist das?", miaute sie.

„Ihr jetzt auch noch?", fragte Elke. „Das erinnert mich daran, dass ich Jens in der Spedition anrufen wollte."

Sie nahm das Telefon und wählte.

„Das lag auf dem Küchentisch, Sheila. Nur Flori und Charly können es aus unserer Katzenwohnung hier runtergebracht haben. Die Menschen wussten nichts davon."

„Oh nein, die beiden werden doch nichts Unbedachtes unternommen haben?"

„Jens? Ich bin's. Wann kommst du heute Abend? Wegen dem Kino ... ah gut, das passt. Du, noch was. Brünó fährt auf einmal ebenfalls auf das Stück Asbest ab, das Charly und Flori angebracht haben."

„Sie waren es, wie du befürchtet hast ...“

„Psst, Sheila, lass uns hören, was sie weiter sagt.“

„Ja, seltsam finde ich das auch. Wir sollten unseren Garten absuchen, nicht, dass jemand was in die Hecken geworfen hat ... ja gut, machen wir dann.“

In dem Moment hörten sie den Speisenaufzug im Flur. Sheila sprang von Elkes Beinen und rannte in den Flur.

„Sie kommen!“

Brünó starrte ebenfalls auf den Fahrkorb.

„Leo!“, riefen die beiden wie aus einem Maul.

Der rote Kater ließ sich auf den Boden fallen.

„So was mache ich nie wieder“, keuchte er.

„Was ist passiert? Wo ist Streuner? Erzähl schon“, miaute Brünó.

„Die Polizei hat rausgefunden, dass der Tote wahrscheinlich auf einer Baustelle gearbeitet hat.“

„In diese Richtung haben wir auch schon gedacht“, brummte Brünó.

„Schon. Aber er hatte außerdem etwas an den Schuhen, das sich Asbest nennt, und das ist gefährlich.“

„Asbest ist gefährlich? Oh meine armen, beiden Kleinen, die dort draußen irgendwo ganz alleine unterwegs sind.“ Sheila lief aufgelöst im Flur hin- und her.

„Was ist mit Flori und Charly?“ Leo setzte sich auf. Seine Müdigkeit schien verflogen.

„Sie sind verschwunden. Vorher haben sie dieses Stück Irgendwas hier in die Wohnung gebracht. Elke sagt, es ist Asbest.“

„Jetzt weiß ich, warum mir das Bild bei der Polizei bekannt vorkam!“ Leo schloss sich Sheilas Rundlauf an. „Das hängt alles zusammen!“

„Wo ist Streuner?" Brünó setzte sich mit nach oben gerecktem Kopf in die Mitte der Diele und versuchte, Ruhe auszustrahlen. Da hörten sie Gebell von draußen.

„Gipsy!", rief Brünó. Mit seiner Entspannung war es schnell vorbei. „Die habe ich ganz vergessen."

„Und der Schwarze bellt auch rum", miaute Leo. „Ich kann aber nicht verstehen, was sie bellen. Oh nein, Streuner wartet im Garten!"

Sheila blieb stehen und ließ den Kopf sinken.

„Ich glaube, das führt zu nichts Gutem", wisperte sie.

„Es ist doch noch gar nichts passiert!", knurrte Brünó sie an. In diesem Augenblick wünschte er sie, die sonst einen großen Teil seines Katerherzes einnahm, weit weg. Er brauchte Unterstützung, keine Gefährtin, die alle Hoffnung fahren ließ. So wie er bis vor ein paar Tagen, aber diese Erinnerung schob er schnell beiseite.

„Nichts wie runter. Vielleicht brauchen Gipsy und Streuner unsere Hilfe."

Brünó und Leo fuhren zuerst, Sheila sollte nachkommen, wenn Gipsy ihr von unten signalisierte, dass die Luft rein war.

Draußen im Garten bot sich ihnen ein seltsames Schauspiel. Mephisto war angeleint auf der Wiese. Er zog die Leine straff, aber er schien nicht wütend zu sein. Hin und her sprang er, doch knurrte er nicht. Es war mehr ein Gurren, das er von sich gab. Dicht vor ihm stand Gipsy und reckte den Hals gerade so lang, dass sie mit ihrer Schnauze die von Mephisto berührte. Der Großpudel nahm das Angebot jeweils nur für einen kurzen Moment an, dann sprang er erneut schwanzwedelnd von einer Seite zur anderen.

Streuner saß in sicherer Entfernung am Fuß des Hangs, auf dem der Kastanienbaum stand. Flori und Leo huschten an der Hauswand entlang. Der Vorsicht hätte es nicht bedurft, Mephisto hatte nur Augen für Gipsy.

„Wenn ich es dir doch sage", bellte die Hündin. „Die Kater und auch Sheila wollen dir nichts Böses. Es ist nur alles so neu für sie."

„Ich weiß nicht, ob du das richtig siehst", antwortete Mephisto und jetzt starrte er die drei auf der Wiese böse an. „Sie ärgern mich ohne Not und machen sich über meine Frisuren lustig. Vor allem der Rote und der Schwarz-Weiße dort." Er schüttelte den Kopf, sodass die Locken nach allen Seiten tanzten.

Gipsy wandte sich um.

„Stimmt das?"

Leo betrachtete die Erde zu seinen Pfoten. Streuner begann, seinen Schwanz zu lecken.

„So kommen wir nicht weiter", schalt die Hündin. „Nur weil es unter den Menschen heißt, dass sich Hunde und Katzen nicht vertragen, müsst ihr euch nicht so verhalten."

„Ich dachte, du wolltest uns beibringen, wie man mit dem Schwarzen umgeht", knurrte Streuner.

„Nach was sieht das denn für dich aus? Ich gebe mir die größte Mühe, aber ihr müsst schon mitmachen. Was heißt denn miteinander umgehen für dich, Leo?"

„Äh, also eigentlich kommt man miteinander aus. Irgendwie."

„Wenigstens einer, der hier etwas begreift", knurrte Gipsy ihrerseits.

„Flori und Charly haben auch mitgemischt", warf Streuner ein.

„Schieb die Schuld nicht auf meine Söhne!", knurrte Brünó und stand auf.

„Sind auch meine Söhne", entgegnete Streuner und stellte sich ihm entgegen.

Ein langgezogener Schrei ließ sie alle verstummen. Sheila stand auf der Wiese. Ihr Rückenhaar war gesträubt, ihr Schwanz buschig wie ein Staubfeudel.

„Meine, meine, meine. Ich kann es nicht mehr hören. Flori und Charly schweben vielleicht in Lebensgefahr und ihr habt nichts Besseres zu tun als euch zu streiten. Kommt endlich zur Besinnung und lasst uns überlegen, wie es weitergeht."

Sie setzte sich und wimmerte vor sich hin. Brünó wollte zu ihr laufen und sie trösten. Da gewahrte er, dass sie in Reichweite von Mephisto saß. Der schien das im selben Moment ebenfalls wahrzunehmen und machte einen steifen Schritt auf Sheila zu, dann noch einen.

Da stellte sich Gipsy zwischen die beiden.

„Keinen Schritt weiter", presste sie mit gefletschten Zähnen hervor. „Oder ich werde zum ersten Mal in meinem Leben mit einem Artgenossen kämpfen!"

Der Rüde bewegte sich rückwärts, senkte den Kopf und legte sich wortlos hin.

In dem Moment öffnete sich im Erdgeschoss ein Fenster.

„Ist alles in Ordnung, mein Großer?", rief seine Besitzerin.

Schwanzwedelnd schaute er in ihre Richtung, blieb jedoch an Ort und Stelle liegen.

„Ich sehe, ihr freundet euch gerade an. Schön, schön, wird auch Zeit. Ist doch auch schöner für dich, wenn du mal eine Zeit lang draußen im Garten sein kannst." Ihr Blick fiel auf Gipsy. „Offenbar hat noch jemand im Haus einen Hund? Fein, dann hast du Gesellschaft." Das Fenster wurde geschlossen.

Brünó eilte zu Sheila und drückte seinen Kopf an ihren. Zusammen trabten sie zu den anderen beiden.

Streuner berichtete von ihrer Reise nach Friedberg und zurück, wobei Letztere glücklicherweise nicht so schwierig gewesen war wie Erstere. Sie hatten einen Lieferwagen erwischt, der von einem Supermarkt Waren nach Butzbach transportieren sollte. Der Fahrer hatte sich mit Angestellten des Marktes darüber unterhalten, währenddessen hatten sich Leo und Streuner darin versteckt. Der Rest?

„Ein Welpenspiel!", brüstete sich Leo.

„Niemand hat etwas von Robin gehört oder gesehen?", fragte Brünó.

Betretenes Schweigen.

„Also: Robin ist bei Waldgeist, nehmen wir an. Flori und Charly sind – wo?"

„Auf der Baustelle!", rief Leo.

„Wie kommst du darauf?"

„Wenn sie von Elke gehört haben, dass es sich bei dem Stück um Asbest handelt, wenn sie sich daran erinnern, dass der Tote weißen Dreck von einer Baustelle an den Schuhen hatte, dann sind sie vielleicht auf eigene Faust losgezogen, zumal Brünó bereits auf einer war und wertvolle Informationen von dort mitgebracht hat."

„Ich muss sagen, mein kleiner roter Freund, dass du mir einen Teil meiner Sorgen mit deiner Kombinationsgabe genommen hast, und ich schlage vor, dass wir uns unverzüglich auf den Weg zu dieser Baustelle machen."

Sheila stand auf und lief ein paar Schritte in Richtung Gartentor.

„Moment", rief ihr Brünó nach. „Was machen wir mit Robin? Er muss wissen, dass wir eine Spur verfolgen. Außerdem, wir haben noch keine Ahnung, wie die Baustelle und der Asbest mit der Möbelfabrikantin zusammenhängen."

Zu diesem Zeitpunkt schien es ihm angebracht, Leo und Streuner zu berichten, was sie bei der Stellpflug erfahren hatten. Dazu war er bislang nicht gekommen.

„Die ist noch nicht aus dem Rennen als Verdächtige", schlussfolgerte der Schwarz-Weiße. „Hört sich nicht so an, als würde sie einfach aufgeben."

„Dann muss jemand zu Robin laufen. Vielleicht brauchen er und Waldgeist Hilfe."

Leo plumpste auf den Hintern.

„Ich kann nicht mehr so weit laufen, ehrlich."

„Ich sowieso nicht", fügte Streuner an und leckte sein lädiertes Hinterbein.

„Ich mache das", bellte Gipsy. „Ist doch gar keine Frage. Dann kann ich zu Hause vorbeilaufen, damit meine Besitzerin beruhigt ist."

„Vielen tausend Dank, liebste Gipsy", rief Sheila vom Gartenweg her. Die Hündin galoppierte los. Brünó setzte sich an die Spitze ihres kleinen Trupps, und sie schlugen den Weg zur Baustelle ein.

Wie lange hockten sie schon hier drinnen? Robin schien es eine Ewigkeit. Dabei war nichts Schlimmes passiert: Nachdem der Lehrer seine Schüler eingesammelt hatte, war die Klasse verschwunden.

Es war heiß, stickig, die fünf Katzenkörper so dicht aneinandergepresst, das viele Fell, die Hitze. Kein Lufthauch drang in die hölzerne Höhle. Und dennoch, er würde hier eine weitere endlose Zeit verharren, wenn es sein musste. Eng neben Waldgeist.

„Mir gefällt dein weißer Bauch", schnurrte sie und drückte ihre Schnauze in denselben. „Zusammen mit deinem grau-schwarz-getigerten Fell am Rücken und der Zeichnung auf deinem Gesicht siehst du aus, als trügest du einen Tarnumhang mit Maske."

Robin leckte ihr die Ohren. Einer der Welpen krabbelte über ihn hinweg und zwängte sich dazwischen.

„Ich will auch", quengelte er.

„Psst", mahnte ihn Waldgeist und legte sich so, dass sie ihn und die anderen beiden säugen konnte.

Draußen knisterte etwas. Augenblicklich erstarrten alle. Das musste nichts Gefährliches bedeuten, so viel hatte Robin vom Waldleben gelernt. In diesem ungewöhnlich heißen Sommer waren das Laub und die Äste auf dem Boden so trocken, dass es schon anfing zu knistern, wenn nur eine Raupe von einem Ast fiel.

Zuerst streckte er seinen Kopf hinaus und spähte rundherum. Die Sonne suchte sich ihren Weg durch die Äste der hohen Bäume, nur den Tann gegenüber ließ sie unbehelligt. Robin versuchte, den Schatten zwischen den Nadelbäumen mit dem Blick zu durchdringen. Es gelang ihm nicht. Er schob seinen Körper nach. Waldgeist folgte ihm. Ihre Kleinen waren still, vermutlich lagen sie satt und zufrieden übereinander und schliefen.

Neben ihr hielt die Zeit an. Eine neue Unterkunft für die Welpen, der Große Wilde, der nicht kam – die Gedanken verschwammen ineinander, ein beruhigender Schleier senkte sich darauf. Er atmete ihren Geruch ein, und schloss die Augen. Zusammen schwebten sie über dem Waldboden.

„Hast du das gehört?"

„Was denn?", fragte er träge.

„Da, schon wieder, ein Brummen."

Jetzt hörte er es auch. Gleich darauf verstummte es. Es war aus der Richtung der Haltestelle gekommen. Zu sehen war nichts.

„Die Försterin fährt manchmal mit dem Auto in den Wald", miaute ihm Waldgeist leise in seine nun steil nach vorne gerichteten Ohren. „Kann also sein, dass …"

Das Brummen war wieder da, nur diesmal lauter, und es kam näher.

„Fährt die Waldfrau auch mit dem Auto zwischen die Bäume?" Robin war alarmiert.

„Nein!" Waldgeist verschwand wieder in der Höhle.

Er postierte sich erneut vor dem Eingang. Bald darauf sah er das Auto. Es war nicht das von Gipsys Besitzerin, sondern eine andere Frau, die den Wagen abstellte und ausstieg. Sie hatte einen Käfig in der Hand und kam auf den Holzstapel zu. Das war die Möbelfabrikantin. Sie hatte diese um den Kopf geschlungenen Zöpfe, wie auf dem Bild in der Villa, und wie sie Brünó bei der Frau auf der Baustelle gesehen hatte.

Robins Rückenhaare richteten sich auf, und er knurrte laut. Wenige Schritte vor ihm blieb sie stehen.

„Du hast mir gerade noch gefehlt", sagte sie. „Verschwinde!" Sie stellte den Käfig auf den Waldboden und kam mit wedelnden Armen auf ihn zu.

„Wage es nicht, Waldgeist oder ihren Welpen etwas anzutun!", fauchte er.

Offenbar war die Frau unwissend, was den Umgang mit Katzen anging. Sie streckte die Hände nach ihm aus. Er sprang vor, schlug zu und schnellte rückwärts. Mit einem Schrei fuhr die Stellpflug zurück.

„Du Biest!", rief sie erbost. „Na warte."

Auf dem Absatz machte sie kehrt, lief zum Auto und fuhrwerkte darin herum. Als sie sich umdrehte, trug sie dicke Handschuhe. Dann noch ein paar Schritte, bis sie das gefunden hatte, nach dem sie Ausschau gehalten hatte. Mit einem langen, starken Ast kam sie erneut auf ihn zu.

„Ihr werdet mich nicht davon abhalten, meinen Geschäften nachzugehen."

„Komm rein, Robin", rief Waldgeist.

„Komm du besser raus, zusammen können wir eure Höhle hier besser verteidigen als drinnen, wo es eng ist."

Schon war die Stellfplug heran und trieb ihn mit dem Ast zur Seite.

„Kusch, kusch, hau ab!"

Von hier nach dort wich Robin dem Ast aus, mit dem ihre Gegnerin anfing, in dem Höhleneingang herumzustochern. Waldgeist schrie und fauchte, die Welpen piepsten ängstlich. Er griff erneut an, konnte jedoch gegen die groben Lederhandschuhe der Frau nichts ausrichten. Auch deren Jacke war aus einem undurchdringlichen, wachsartigen Stoff, kein Halt für die Zähne. Sie wies seine Attacke ab, indem sie wütend den Arm, an dem er hing, schüttelte, sodass er zur Seite flog. Waldgeist schoss aus ihrer Höhle, als die Frau den Ast für diesen einen Moment losgelassen hatte. Die Wildkatze stürzte sich auf das Holz, schlug ihre Zähne hinein und versuchte es wegzuzerren. Da packte die Stellpflug erneut zu. Waldgeist ließ davon ab und lief Robin entgegen, der sich aufgerappelt hatte und wieder heranstürmte.

„Oh nein!", miaute er entsetzt.

Waldgeist wirbelte herum. Einer der Welpen zappelte piepsend in den Händen der Widersacherin. Den Ast hatte sie beiseitegelegt. Ein erneuter Angriff, diesmal zu zweit, jetzt sofort ... Oben auf dem Holzstapel bewegte sich etwas. Lautlos. Was war das? Besser gesagt: Wer war das?

„Der Große Wilde", flüsterte Waldgeist ehrfürchtig.

Dass er derartig groß war, überraschte Robin. Noch erstaunlicher war, dass er letztlich doch hier auftauchte. Offenbar hatte er die Rufe seiner Artgenossin vernommen. Oder er hatte den Lärm gehört und war herangeeilt.

Er stand auf den Stämmen, und bei ihm war nicht nur das Rückenhaar aufgestellt. Rundherum sträubten sich bei ihm die Haare. Die Welpen-Kidnapperin sah ihn nicht. Mit dem Rücken zu ihm schickte sie sich an, den Kleinen in den Käfig zu setzen.

Der Große Wilde flog heran und landete auf ihren Schultern. Sie schrie, ließ den Welpen fallen, packte mit den behandschuhten Händen nach hinten. Doch der Wildkater sprang herunter, duckte sich und bereitete sich auf einen weiteren Sprung vor.

Zu Füßen der Katzenverächterin, die den Ast wieder umklammert hielt, lag der Welpe auf dem Boden.

„Helft mir", wimmerte er.

Warum rührte sie sich nicht? Stattdessen starrte sie das Kätzchen an.

Dann geschah wieder etwas Unvermutetes, diesmal jedoch nicht lautlos. Mit Gebell und Knurren stürmte

Gipsy heran. Die Frau wich zurück und versuchte, die Hündin mit dem Ast in Schach zu halten. Doch dessen bedurfte es nicht.

Gipsy griff nicht an, sondern postierte sich zwischen ihr und dem Welpen.

„Bring ihn zurück in die Höhle", bellte sie zu Waldgeist hinüber.

„Was habe ich mir bloß dabei gedacht?", hörten sie da. Kopfschüttelnd betrachtete die Besiegte das Kätzchen. „Wie konnte ich bloß." Sie sank auf einen Baumstumpf. Ihr Blick wanderte zwischen dem kleinen Tier und den aufgeschichteten Stämmen hin und her. Waldgeist lief zu ihrem Jungen, packte es und verschwand mit ihm in der Höhle.

„Was bin ich für eine Geschäftsfrau? Ständig betone ich, dass mir das Regionale in der Möbelproduktion wichtig ist. Gehört dazu nicht auch die heimische Tierwelt?"

„Genau!", knurrte Robin laut.

„So ist es!", bellte Gipsy.

Der Große Wilde war nirgendwo zu sehen.

Die Frau schaute sie mit einem traurigen Lächeln an.

„Wenn ich das meinem Kunden nicht klar machen kann – dann ist es sein Problem."

Mit der Hand klopfte sie auf ihr Bein.

„Komm, mein Guter."

„Lieber nicht", miaute Robin und wich einen Schritt zurück.

„Na, ich kann dir das nicht verdenken, dass du mit mir nichts zu tun haben willst." Eine Träne lief ihr über die Wange. „Ich bin so erleichtert, dass ich meinen ursprünglichen Plan nicht durchgeführt habe." Sie schluchzte.

Gipsy lief zu ihr und stupste sie mit der Schnauze an.

„Jeder macht mal Fehler", winselte sie und wedelte mit dem Schwanz.

„Wie kommst du überhaupt hier her? Du bist doch der Hund der Försterin. Ach, egal, Hauptsache, es ging noch mal alles gut."

Sie klopfte Gipsys Flanke. Dann stand sie von dem Baumstumpf auf, schnäuzte sich die Nase, packte den Käfig ins Auto und fuhr davon.

So leise wie möglich näherte sich Robin der Höhle und legte sich daneben auf den Boden. Er hielt es für das Beste, wenn Waldgeist und ihre Jungen erst einmal Zeit für sich hätten. Gipsy setzte sich neben ihn. Der Große Wilde blieb verschwunden.

Zwar hatte Robin die Augen geschlossen und genoss es, dass sich das Sonnenlicht zunehmend zurückzog. Seine Gedanken aber waren ebenso rastlos wie seine Ohren. Die Stellpflug die Mörderin der Wildkatze und des Mannes? Das war nicht länger vorstellbar. Überrascht war er schon gewesen, dass sie von ihrem Vorhaben abgelassen hatte. Die hartgesottene Geschäftsfrau von einem Moment auf den anderen eine Waldliebhaberin, die sich darüber hinaus zur Tierfreundin wandelte? Andererseits hatte er schon oft erlebt, dass Menschen angesichts von Tierkindern – und Kätzchen gehörten zu den Favoriten – Gefühle zeigten.

Aber wer hatte dann die Wildkatze und den Mann auf dem Gewissen?

Kapitel 11

Sie versteckten sich hinter dem Container, in dem das Baustellenbüro war. Diesmal waren die Fenster geschlossen, weder sahen noch hörten sie, ob jemand darin war. Bis hierhin hatte Brünó seine Freunde geführt, doch nun wusste er nicht weiter. Sheila, Streuner und Leo schauten ihn erwartungsvoll an.

Er sah sich selbst vor sich. Sein zimtfarbenes Fell voller Staub, Kletten in den Haaren. Sah so ein Anführer aus? Diese Rolle nahm er doch zunehmend ein. Brünó drückte die Schultern zurück und die Brust nach vorne. Der wahre Charakter eines Katers lag nicht in seinem Äußeren. Das hörte sich erstaunlich gut an. Woher hatte er das bloß? Von ihm selbst!

Von Flori oder Charly gab es keinerlei Anzeichen. Sollten sie sich aufteilen und das Areal jeder auf eigene Faust untersuchen? Vielleicht waren die beiden in eine Grube gefallen und kamen nicht mehr heraus. Schlimmer noch, wenn einer der großen Bagger ... Er lauschte in den Lärm hinein. Stimmen.

Geduckt huschte er um die Ecke des Containers und spähte in die Richtung, aus der er die Menschen gehört hatte. Zwei Arbeiter waren im Begriff, Sand aus einer Tonne auf Rädern zu schaufeln.

„Ich schwör dir, ich habe keine Katze hier gesehen", sagte der eine.

„Egal, was da drin so stinkt, ist Katzenschiss. Wir müssen das Zeug rausholen."

Brünó flitzte zurück zu den anderen.

„Sie sind hier, oder sie waren hier", miaute er aufgeregt und berichtete von dem soeben Gehörten.

„Das kann irgendeine Katze gewesen sein", murrte Streuner.

Doch Brünó widersprach und hatte damit Sheila und Leo auf seiner Seite. Denn es war wohl ziemlich unbequem, extra für ein Geschäft eine so hoch vom Boden entfernte Katzentoilette aufzusuchen. Das unternahm nur eine Katze, die Übermut im Sinn hatte. Folglich waren es Hinterlassenschaften von Charly und Flori.

Der Lärm wurde leiser. Die Motoren von Baggern und Lastwagen wurden abgestellt, Türen zugeschlagen, immer mehr Arbeiter verließen die Baustelle. Feierabend, schlussfolgerte Brünó im Stillen und da fiel ihm auf, dass die Sonne schon tief stand. Sie würden warten, bis alle gegangen waren und das heranwachsende Gebäude dann inspizieren.

Nachdem Ruhe eingekehrt war, schlug Brünó seinen Plan vor: Teilten sie sich auf, könnten sie in weitaus kürzerer Zeit das Gelände unter die Lupe nehmen. Einzig Sheila weigerte sich alleine loszuziehen.

Sie trabten los, Sheila und er in die eine, Streuner und Leo jeweils in eine andere Richtung. Jede Grube, jedes noch so kleine Loch sollten sie untersuchen, hatte Brünó sie angewiesen.

„Stopp!", miaute seine Begleiterin, kaum dass sie ein paar Schritte zurückgelegt hatten.

„Was ist denn noch?", rief Leo.

„Ich habe etwas gehört, und ich sage euch, dass ich meinen Ohren kaum trauen will, denn es erscheint mir ..."

„Wenn du deinen Ohren nicht traust, warum sollen wir dann stehen bleiben?"

„Hm, ich finde Leos Einwand logisch", meinte Brünó. „Wenn du ..."

Da hörte er es ebenfalls. Ein langgezogenes, klagendes Miauen, das kurz darauf von einem heißeren Meckern unterstützt wurde.

„Das sind sie!", riefen alle gleichzeitig.

„Meine Söhne, wir kommen!", miaute sie laut und rannte in die Richtung, aus der sie die Rufe gehört hatte. Brünó und die anderen beiden hinterher.

Vor einem Zaun, der mit einer Plane bespannt war, holten sie Sheila ein. Sie war im Begriff, sich darunter durchzudrücken. Der größte Teil von ihr schaute noch heraus.

„Sei vorsichtig", mahnte Brünó. „Wir wissen nicht, was uns drüben erwartet. Kannst du schon was sehen?"

„Ein – altes – Gebäude. Keine – Menschen", presste sie immer wieder tief Luft holend hervor.

„Du steckst fest", konstatierte Streuner sachlich.

„Das – passt – Charly - Flori – sind – auch – durchge – kommen."

„Die sind auch dünner als du", wagte Leo einzuwenden.

Wieder hörten sie die beiden rufen. Brünó presste sich auf den Boden und schob sich neben Sheila unter den Zaun. Auch für ihn war der Zwischenraum eng. Kein Wunder, sie waren Britisch Kurzhaar!

„Du hast viel weniger Fell, schau mal, ob du durchkommst", wies er deshalb den Roten an.

Ohne Probleme wand sich Leo unter der Absperrung hindurch, der hagere Streuner ihm nach. Brünó ächzte und brummte, doch zusammen mit Sheilas Anstrengungen schaffte er es, den Zaun ein Stückchen höher zu drücken. Und so gelangten sie unter dem Verlust einiger Haarbüschel auf die andere Seite.

„Na toll, wir hätten uns gar nicht so abmühen müssen. Da hinten zur Straße hin ist alles offen", knurrte Brünó mit einem Blick über das Areal.

„Brünó, Sheila! Wir sind hier drin!", hörten sie Charly und Flori rufen.

Sie rannten zu der langgestreckten Halle. Aus einem der kaputten Fenster drangen die Stimmen ihrer Söhne.

„Meine Kleinen, seid ihr wohlauf?", miaute Sheila mit zitternder Stimme.

„Uns geht es gut. Wir sind aber eingesperrt", antwortete Charly. „Wir wollten euch helfen und haben ermittelt. Stellt euch vor, wir haben das Stück Irgendwas wiedergefunden, und es ist Asbest, und hier liegt überall so ähnliches Zeug rum, und das hatte der Tote in der Hand, und das hat bestimmt etwas zu sagen für unseren Fall und ..."

„Beruhige dich", rief Brünó. „Haltet euch von dem Asbest fern, das ist gefährlich, hat Elke gesagt."

Als keine Antwort von drinnen kam, hakte Sheila nach.

„Habt ihr euren Vater nicht gehört oder wie soll ich euer Schweigen verstehen?"

„Ähem, das mit dem Fernhalten ist schwierig", meldete sich Charly wieder. „Das liegt hier überall rum. Dass es gefährlich ist, haben wir vorhin von Jens auch gehört. Aber nur, wenn man es ..."

„Wenn man es was?", rief Sheila.

„Wenn man es einatmet", vollendete Charly seinen Satz.

„Ich musste schon ein paar Mal niesen", mähte Flori.

„Oh um aller Milchtöpfchen Willen!" Sheila lief unter dem Fenster hin und her. „Atmet so wenig wie möglich! Haltet euch die Pfoten über die Nasen! Wir werden euch so schnell wie möglich dort herausholen! Brünó, Streuner, Leo! Worauf wartet ihr?"

Er selbst inspizierte die Umgebung mit den Augen. Leo lief von einem staubigen Busch zum nächsten und schaute unter die Zweige. Streuner setzte sich und betrachtete das kaputte Fenster. Brünó folgte seinem Blick. Das war´s! Wenn sie das Loch in der Scheibe vergrößerten, könnten Charly und Flori von drinnen herausspringen. Während er das Gebäude nach etwas Geeignetem umrundete, fiel ihm ein, dass er einmal ein paar Kinder beobachtet hatte, die mit einem Ball ein Fenster kaputt geschossen hatten. Jedoch gab es weit und breit keinen Ball und schießen konnten sie auch nicht. Er blieb stehen. Aber stoßen! Wenn sich etwas Geeignetes fände.

Zurück bei den anderen sah er, dass Streuner die gleiche Idee hatte. Der Schwarz-Weiße zerrte an einer Latte, die aus einem Stapel Gerümpel herausragte. Sie bewegte sich nicht. Brünó sprang hinzu, Leo und Sheila folgten. Sie hieben ihre Zähne in das Holz, und es rutschte aus dem Haufen heraus. Im Gleichschritt zogen sie das schmale, lange Brett über den Boden bis hinüber zu dem Gebäude.

„Geht vom Fenster weg!", rief Brünó nach drinnen.

Dann schob er Kopf und Körper unter die Latte. Leo assistierte, Streuner und Sheila drückten vom anderen Ende her und so richteten sie ihr Werkzeug an der Hauswand empor auf. Die Fensterbank war fast erreicht.

Die Sonne war mittlerweile verschwunden. Es wurde dunkler. Alles hatten sie versucht, aber es war ihnen nicht gelungen, die Scheiben einzudrücken. Immer wieder war die Latte von der Wand abgerutscht. Dann endlich war sie mit der Spitze gegen das Glas gefallen. Doch als sie am gegenüberliegenden Ende hineinbissen und schoben, bog sich das Holz in der Mitte durch. Es war zu dünn.

Erschöpft lagen sie unter dem Fenster. Nicht nur die Energie war ihnen abhandengekommen, sondern auch der Vorrat an Ideen.

Von der Straße her schob sich ein Lichtkegel auf das Gelände.

„Wir verstecken uns", rief Brünó Flori und Charly zu. Dann huschten sie vor dem hellen Schein davon, hinter das Gerümpel.

Ein Lieferwagen hielt vor dem Gebäude und heraus stieg ein Mann, der merkwürdige Kleidung trug. Vor Mund und Nase hatte er eine weiße Maske, und sein Körper und Kopf steckten in einem einzigen, ebenfalls weißen, Anzug.

Er öffnete das Tor zur Halle und begann, Platten herauszutragen und in den Wagen zu packen. In dem Moment, in dem er sich über die Ladefläche beugte, flitzten zwei kleine, vierbeinige Gestalten aus dem Gebäude.

Die beiden jagten an ihnen vorbei.

„Hierher", zischte Brünó.

Charly und Flori kamen zurückgelaufen.

„Oh meine lieben Söhne, seid ihr wohlauf? Lasst euch betrachten."

Sheila leckte erst dem einen, dann dem anderen über das Gesicht und überzeugte sich davon, dass sie keine Blessuren hatten. Dann verpasste sie jedem einen Hieb aufs Hinterteil.

„Aua! Das hat wehgetan", beschwerte sich Flori.

„Das sollte es auch, denn wir haben ein ernstes Gespräch zu führen, wie ihr euch sicher denken könnt und ..."

„Pssst, du musst deine Rede verschieben", mahnte sie Streuner. „Wir müssen wissen, was der Mann vorhat."

Die Platten waren zahlreich, und so dauerte es eine ganze Zeit lang, sie einzuladen. Es war fast dunkel, da schloss er erst das Hallentor und fuhr mit seinem Lieferwagen vom Gelände.

„Er hat Asbestplatten verladen!", miaute Leo aufgeregt.

„Wie kommst du auf Asbest?", fragte Streuner.

„Weil er zum Schutz etwas vor der Nase und dem Mund hatte, damit er es nicht einatmet", antwortete Charly.

„Der Tote hatte Asbest an den Schuhen", warf Sheila ein.

„Es gibt nicht mehr so viele Gebäude mit Asbest, hat Jens gesagt", fügte Flori an. „Nur noch sehr alte."

„Das hier sieht sehr alt aus", befand Brünó.

„Der Tote hat vielleicht hier gearbeitet. Also ich meine, als er noch nicht tot war", setzte Leo schnell hinzu.

„Dann hat unser Mann hier ihn zumindest gekannt. Und dass er heimlich des nachts das Asbest wegbringt, bedeutet, dass er etwas im Schilde führt." Brünó grübelte einen Moment. „Ich glaube, er will in den Wildkatzen-Wald."

„Wie kommst du darauf, mein Gefährte?"

„Der Große Wilde hat zwei Männer gesehen, der eine in einem Auto, in das die Wildkatze hineingesprungen ist."

„Ist die Möbelfabrikantin damit aus dem Rennen als Verdächtige?"

Alle schauten Streuner an.

„Keine Ahnung", entgegnete Brünó. „Aber mein Instinkt sagt mir, dass wir mit dem Asbest und unserem Unbekannten auf der richtigen Spur sind. Das bedeutet, dass ..."

„ ... wir in den Wald müssen! Robin ist ganz alleine dort mit Waldgeist und ihren Jungen." Leo lief los.

Alle bis auf Streuner hielten im Wohnzimmer von Brünós Besitzern Krisensitzung. Der Schwarz-Weiße wartete im Garten, um seinem Hinterbein nicht die Sprünge in den Aufzug zuzumuten.

Schon auf dem Heimweg hatte sich Brünó sein Katerhirn zermartert, wie sie den Menschen begreiflich machen sollten, was sie von ihnen wollten. Er erinnerte sich an ihren ersten Fall und wie ideenreich vor allem Robin gewesen war. Daran würde er sich ein Beispiel nehmen. Außerdem war er nicht alleine.

Mit gerunzelter Stirn schaute Elke ihnen vom Sofa aus zu.

„Wenn ich nur wüsste, was mit unseren Vieren in den letzten Tagen los ist", sagte sie. „Sogar Sheila hat sich offenbar draußen herumgetrieben. Schau dir mal ihr Fell an."

Jens setzte sich neben sie und nahm Brünó und sein Gefolge ebenfalls in Augenschein.

„Der Rote ist auch häufiger bei uns. Gestern habe ich ihn unten im Garten gesehen und jetzt ist er schon wieder da."

„Er mag mich nicht, ich gehe ihm auf die Nerven", beschwerte sich Leo bei Brünó.

„Das glaube ich nicht. Er macht sich lediglich Gedanken."

„Vielleicht lassen wir ihnen zu viele Freiheiten", überlegte Elke. „Stell dir vor, sie kommen irgendwann gar nicht mehr wieder. Brünó war eine Nacht lang bis gestern Mittag verschwunden. Ich habe mir solche Sorgen gemacht."

„Oh nein!", miaute Brünó erschreckt. „Bitte sperrt uns nicht wieder ein!"

„Mein liebste Besitzerin, ich bin doch gerade erst auf den Geschmack gekommen, und ich versichere dir, dass wir uns, sobald der Fall gelöst sein wird, wieder häufiger bei euch zu Hause aufhalten und euch mit unserer Gegenwart beglücken werden." Sheila lief zu ihr und rieb ihren Kopf an Elkes Knie.

Jens lachte.

„Schau an, sie hat dich verstanden." Er wurde ernst. „Apropos verstehen. Es kommt mir so vor, als ob Brünó, Sheila und ihre Freunde etwas – planen."

„Planen? Wie meinst du das?"

„Erinnerst du dich an die früheren Eigentümer der Wohnung im Erdgeschoss und was aus ihnen geworden ist? Da hatten die Katzen, vor allem Robin und dieser Schwarz-Weiße, auch ihre Pfoten im Spiel."

„Gut, dass du mich daran erinnerst. In der Tat verhalten sie sich merkwürdig."

„Sie sind auf der richtigen Fährte!", miaute Leo.

„Dann lasst uns nachdenken, wie wir in den Wald kommen." Brünó klappte ein Ohr nach hinten und lauschte zum offenen Fenster hinaus. Draußen fuhr ein Wagen vorbei. „Unser Unbekannter ist mit dem Auto unterwegs. Wenn wir laufen, schaffen wir es niemals."

„Außerdem sind wir alleine vielleicht nicht stark genug. Eure Menschen müssen uns helfen."

„Aber wir sind als Verstärkung dabei", krähte Charly dazwischen. Ein scharfer Blick Sheilas und er verstummte.

„Leo hat recht", miaute Brünó. „Jens und Elke müssen mitmachen."

„Und wie bringen wir sie dazu?" Leo stand auf und lief miauend zwischen dem Sofa und der Zimmertür hin und her. „Vielleicht so?"

„Er hat was", bemerkte Jens.

„Es wirkt!", rief Flori und schloss sich Leo an. Charly gesellte sich dazu, sodass sie zu dritt die Aufmerksamkeit auf sich zogen.

Jens stand auf.

„Sie wollen, dass wir ihnen folgen. Komm Elke. Und sag Stefan und Johanna Bescheid, wer weiß, worauf das noch hinausläuft."

Während Elke die Treppen nach oben in den vierten Stock lief, rannten Brünó und die anderen die Stufen hinunter zur Haustür, die Jens ihnen öffnete.

„Da seid ihr ja endlich", knurrte Streuner, der davor wartete.

„Du hast keine Ahnung", miaute ihm Brünó zu.

„Wie geht´s weiter?"

Sie hörten leise Stimmen im Treppenhaus, die zusammen mit einem Getrappel schnell lauter wurden. Johanna, Stefan und Elke kamen aus dem Haus.

Jens entschuldigte sich, dass sie die beiden so spät am Abend behelligten. Behelligen! Wenn er die Situation so einschätzte, hatte er noch nicht deren Dringlichkeit erfasst.

„Ist nicht schlimm, Jens. Wir machen uns ohnehin die größten Sorgen", sagte Stefan. „Robin ist seit vorgestern Abend verschwunden."

„Ich sage doch: zu viele Freiheiten", unkte Elke.

„Darüber können wir später reden", warf Jens ein.

„Wenn überhaupt!", miaute Brünó laut und schnappte sich sein Hosenbein. „Komm mit!", knurrte er zwischen den zusammengebissenen Zähnen. „Zum Auto!"

Jens ließ sich nicht lange zerren. Er folgte Brünó, der in großen Sätzen zum Wagen seiner Besitzer lief, der am Straßenrand geparkt stand. An der Fahrerseite richtete er sich auf und miaute.

„Wir sollen irgendwo hinfahren", konstatierte Johanna.

„Aber wohin?", fragte Stefan.

Das schienen sich auch seine Gefährten zu fragen. Nebeneinander aufgereiht standen sie auf dem Bürgersteig und fokussierten ihn. Brünó rutschte mit den Pfoten an der Autotür nach unten. So ein verfluchter Mäusedreck! Dass er daran nicht gedacht hatte.

„Wir können nicht so lange und so schnell wie ein Auto laufen", mähte Flori leise.

„Ihr, meine Söhne, lauft sowieso nirgendwo hin in dieser Nacht. Schlagt euch das aus euren Köpfen."

„Offenbar sind sie sich nicht einig", stellte Elke unnötigerweise fest.

Jens schloss das Auto auf und setzte sich auf den Fahrersitz.

„Warten wir ab."

„Mephisto", knurrte Streuner.

„Wie bitte?" Leo wich einen Schritt zurück, als ob der Schwarze leibhaftig angelaufen käme.

„Ich sage es nicht gerne, aber der große Hund kann weit und schnell laufen. Er könnte vor dem Auto herrennen."

„Er kennt den Weg nicht", warf Brünó ein.

„Wir können ihm den aus dem Auto heraus zurufen."

„Hm, könnte gehen. Und wer fragt ihn?"

Schweigen.

„Schaut, sie haben eine Idee. Der Schwarz-Weiße läuft zurück zum Haus", sagte Johanna.

Brünó gab sich einen Ruck und setzte sich ebenfalls in Bewegung. Er trabte durch den Garten, und Flori tauchte an seiner Seite auf.

„Ihr braucht mich", miaute sein Sohn diesmal wie ein richtiger Kater. Dann rannte er los, wurde zunehmend schneller, überholte Streuner und raste auf die Hauswand zu. Mit einem seiner Riesensätze war er auf dem Sims eines Erdgeschoss-Fensters.

Von oben schaute er auf sie herab.

„Oder wie wolltet ihr den Hund aus der Wohnung holen?"

Dann stellte er sich mit den Vorderpfoten an die Scheibe und kratzte daran.

„Mephisto!", rief er.

Drinnen ging Licht an.

„Mephisto!"

Unvermittelt erschien der Hundekopf auf der anderen Seite der Scheibe. Flori schreckte zurück, hielt aber vorerst seine Position. Obwohl der Schwarze umgehend anfing, Beschimpfungen zu bellen. Doch dessen Besitzerin schickte sich an, das Fenster zu öffnen. Das war zu viel, Flori sprang zurück in den Garten.

„Gut gemacht, mein Sohn."

Brünó knuffte ihn mit der Schnauze in die Flanke. Dann wandte er sich dem geöffneten Fenster zu.

„Mephisto, du musst uns helfen", miaute er zu dem schwarzen Zottelkopf hinauf.

Der verschluckte sich und würgte. Dann fand er seine Stimme wieder.

„Habe ich mich verhört?"

„Hallo Julia", sagte Johanna, die hinter ihnen stand. „Tschuldige bitte die späte Störung. Aber da ist was im Gange, die Katzen brauchen unsere Hilfe."

Und dann berichtete Robins Besitzerin in kurzen Worten, wie sie, die Menschen, von ihnen, den Katzen, aus den Wohnungen gelotst worden waren und forderten, dass man zusammen irgendwohin fuhr. Und da sei die ganze Aktion ins Stocken geraten, aber man glaube, dass Brünó und die anderen eine Idee hätten.

„Und wahrscheinlich hängt das mit dir oder mit deinem Hund zusammen."

„Wie seltsam", entgegnete Julia.

„Wir sollten ihnen einen Moment geben, um sich auszutauschen."

„Okay, ich kann mir zwar nicht vorstellen, dass eure Kater und mein Mephisto irgendetwas zusammen auf die Beine stellen könnten, aber wenn es hilft ..."

Sie kraulte dem Schwarzen den Kopf, verschränkte die Arme und wartete.

„So sieht's aus, Mephisto", miaute Streuner. „Wir sind uns sicher, dass Robin im Wald am Winterstein in Gefahr ist. Und die dortigen Wildkatzen auch."

„Ich höre immer nur Katzen, Katzen. Wieso sollte ich euch helfen?", knurrte der Hund.

„Gipsy ist im Wald. Vielleicht ist sie ebenfalls in Gefahr."

„Hm."

„Bitte, Mephisto, es tut uns wirklich sehr leid, dass wir dich geärgert haben", miaute Streuner.

Brünó schaute den Schwarz-Weißen erstaunt an. Dass der sich mal für etwas entschuldigte, und dazu bei einem Hund, war einmalig.

„Ich bin dir auch gar nicht mehr böse, dass du mir in den Schwanz gebissen hast", mischte sich Flori ein, diesmal wieder mit seiner Welpenstimme.

Mephisto öffnete sein Maul beeindruckend weit, rollte die Zunge auf und leckte sich die Lefzen. Dann legte er den Kopf schief, eine der langen Locken fiel ihm übers Auge. Brünó stellte sich auf die Hinterbeine, balancierte sich aus und reckte sich nach oben.

„Wir werden doch künftig öfter miteinander zu tun haben. Ich will mich nicht ständig mit dir streiten. Wie steht es mit dir?" Er verlor das Gleichgewicht und fiel auf die Vorderpfoten. Hoffentlich ließ sich Mephisto nicht länger bitten. Ihnen gingen die Argumente aus.

„Ich denk drüber nach", brummte der Schwarze.

„Würdest du uns helfen, während du darüber nachdenkst?"

„Meinetwegen. Was soll ich tun?"

Minuten später saßen die vier Menschen im Auto, Elke am Steuer, Jens neben ihr, die beiden anderen auf dem Rücksitz. Sheila, Leo und Streuner verteilten sich auf den Beinen von Robins Besitzern. Flori und Charly hatten sich entgegen Sheilas Anweisung mit reingedrängt, sie lagen vorne zu Füßen von Jens. Charly hatte zwar gemurrt, dass er von dort nicht das Geringste sehen könnte, doch seine Mutter hatte ihm angedroht, ihn wieder aus dem Auto zu schmeißen. Da hatte er Ruhe gegeben.

Von Jens´ Schoß aus streckte Brünó den Kopf zum Beifahrerfenster hinaus und rief Mephisto zu, in welche Richtung er sich in Bewegung setzen sollte. Gehorsam lief der Schwarze los. Elke gab Gas und folgte ihm. Aus dem Auto heraus schien Brünó das Tempo gemächlich, doch ein Blick auf Mephistos Pfoten lehrte ihn anderes. Die flogen im flotten Trab über den Asphalt.

Nichtsdestotrotz hoffte Brünó, dass sie schneller vorankämen, sobald sie aus der Stadt draußen waren. Mussten sie hier doch alle nasenlang anhalten, weil sie natürlich nicht denselben Weg durch die Vorgärten nehmen konnten, wie ihn Brünó mit Robin und Leo gewählt hatte. Mit Streuners Hilfe, der aus dem hinteren Fenster schaute und der die Butzbacher Innenstadt wie sein Bauchfell kannte, zockelten sie vorwiegend schmale Straßen entlang. Glücklicherweise waren zu dieser späten Abendstunde nur wenige Autos unterwegs.

„Jetzt schau dir das an", sagte eine Fußgängerin empört zu ihrer Begleiterin, als sie an einer Kreuzung anhielten. „Die führen ihren Hund mit dem Auto spazieren. Bei der Hitze! Dem armen Tier hängt die Zunge schon aus dem Hals."

Dann fuhren sie weiter.

Mephisto behielt sein Tempo bei, und sie ließen die letzten Häuser hinter sich.

Sie bogen, dem Schwarzen im Licht der Autoscheinwerfer folgend, in den Feldweg ein.

„Wo sind wir hier?", fragte Elke.

Dort hinten waren sie bei ihrem ersten Ausflug in den Wildkatzenwald auf das Reh gestoßen. Brünó zitterte vor Aufregung und witterte in die warme Nachtluft hinein. Der Wald und damit der Große Wilde rückten näher.

„Das ist ein landwirtschaftlicher Feldweg. Wenn mich nicht alles täuscht, führt er direkt nach Ober-Mörlen", antwortete Stefan.

Das Auto stoppte. Mephisto schaute sich um und kam zurückgelaufen.

„Was ist?", bellte er.

„Was ist?", fragte Johanna.

„Julia hat uns zwar erlaubt, dass Mephisto mitkommt. Aber nicht, dass wir ihn verdursten lassen sollen."

Elke fingerte unter dem Sitz nach einer Wasserflasche und stieg aus. Stefan kniete sich neben sie und formte seine Hände zu einer Schale. Gierig schlabberte Mephisto das Wasser, das ihm Elke hineingoss.

Brünó sprang aus dem Auto und gesellte sich zu dem Großpudel. Der hatte vorerst genug von dem Nass und ließ sich auf den Feldweg plumpsen.

„Puh", gab er von sich.

„Danke schon mal bis hier", miaute Brünó. „Ich denke, wir können dich jetzt ablösen. Für eine Weile."

Sie setzten ihren Weg fort, Mephisto auf dem Rücksitz neben Johanna und Stefan. Dort nahm er so viel Platz ein, dass die mit Streuner und Sheila zusammengerutscht waren. Ab und zu zogen Windstöße durch die offenen Fenster.

Leo lief jetzt vorneweg. Brünó setzte auf die Jugend und Leichtfüßigkeit des Roten. Und der jagte los, als hätte sich Mephisto nicht vom Feind zum Freund gewandelt und sei hinter ihm her. Bis zur Anhöhe rannte er ohne Unterlass, dann hielt er an, um zu verschnaufen.

„Brünó, ich kann genauso gut reinkommen", rief er. „Hier führt keine andere Straße weg von dem Weg."

„Weiter vorne zweigt ein anderer Feldweg ab, ich erinnere mich."

„Also gut. Zumindest habe ich Rückenwind."

Ergeben nahm Leo wieder Tempo auf. Es ging bergab und er schien sogar schneller zu werden. Doch dort, wo der Weg in die Landstraße einmündete, stoppte er erneut.

„Ich übernehme wieder", bellte der Schwarze.

„Kann ich auch Wasser bekommen?", miaute Leo zu Elke.

„Was willst du, mein Kleiner?", fragte sie aus dem Fenster heraus.

Da hechelte Leo, wie er es bei Mephisto gesehen hatte und Elke verstand.

Nachdem nicht nur Leo, sondern alle anderen – Kater wie Menschen - ihren Durst gestillt hatten, führte der Schwarze sie in den Ort hinein. Unbehelligt gelangten sie hindurch. An den Wiesen entlang fuhren sie, bogen in die schmale Straße ab, die am Forsthaus vorbeiführte und erreichten den Wald.

„Hier können wir wieder übernehmen", miaute Brünó ins Dunkel.

Mephisto antwortete nicht.

„Er ist weg!" Vor Schreck krallte sich Sheila in Johannas Beine.

„Aua!"

„Tut mir leid." Sheila stupste Johanna mit dem Kopf ans Kinn.

Brünó sprang aus dem Fenster auf den Waldweg und lief im Licht der Scheinwerfer ein Stück voraus. Auf keinen seiner Rufe reagierte der Hund. Allesamt versammelten sich um ihn.

„Und jetzt?" Stefan beugte sich zu ihm herunter und kraulte ihm den Kopf. „Du scheinst mir hier der Anführer zu sein. Wo ist Mephisto?"

Brünó lief im Kreis, schnüffelte hier und da. An einer Stelle, an dem sich neben dem Weg das Gebüsch zu lichten schien, blieb er reglos stehen.

„Hier ist er rein!" Er stürzte sich zwischen die dunklen Bäume. Hinter sich hörte er Geraschel.

„Flori, Charly, hiergeblieben!", rief Sheila vom Weg aus.

Wieder raschelte es, aber diesmal vor ihm. Brünó hielt so abrupt an, dass Leo und Streuner in ihn hineinliefen.

„Du musst was miauen, wenn du im Dunkeln so plötzlich stehen bleibst", knurrte Letzterer.

„Pssst."

Wieder raschelte es vor ihnen. Diesmal lauter.

„Ich will hier weg!", rief Leo.

Eine schwarze Gestalt erschien. Sie bellte.

„Wenn ich gewusst hätte, wie wunderbar es hier im Wald ist, wäre ich schon längst mal ausgebüchst. Die vielen Gerüche, so viel Erde zum Buddeln ..."

Ließ sich der Pudel überreden, seine Erkundungen auf später zu verschieben? Brünó hatte die rettende Idee: Er lud ihn ein, zusammen mit Robin und Leo durch den Wald zu streifen.

„Und bestimmt kommt Gipsy auch mit."

Das Argument wirkte. Zurück am Auto setzte sich der Hund wieder an die Spitze ihrer Rettungsmission.

„Ich glaube, da links ist der Wanderparkplatz am Winterstein", sagte Stefan.

„Aber Mephisto läuft geradeaus", entgegnete Elke.

„Dann folgen wir ihm auch weiterhin."

Schon nach einer kurzen Strecke jedoch trat Elke auf die Bremse.

„Habt ihr das gehört?"

Aus dem Wald heraus knirschte es. Das war nicht das normale Knistern und Knacken oder das Rauschen des Windes in den Baumwipfeln. Etwas anderes, Größeres war hier am Werk. Doch im Schein der Autolichter war nichts Ungewöhnliches zu sehen. Oder? Was hatten diese trockenen Äste am Wegrand zu bedeuten? Genau genommen waren es recht viele, und sie lagen so ungeordnet, dass es außer Frage stand, dass jemand das Holz zusammengetragen hatte. Wieder ein Knirschen, und neben ihrem Wagen krachte ein Ast zu Boden.

„Huch", sagte Johanna. „Das war aber ein großes Ding."

„Mephisto!", rief Brünó.

Der Schwarze kam er aus dem Dunkel herangesprungen.

„Bricht der Wald zusammen?", bellte er.

„Da hat sich was bewegt, dort vorne am Rand des Lichtscheins", sagte Jens.

Zeitgleich knarzte es erneut laut, und bevor sie ausmachen konnten, woher das Geräusch genau kam, stürzte ein Baum auf den Weg.

„Oh nein!" Brünó sprang durch das Fenster nach draußen und lief zu dem Hindernis.

„Brünó, bleib hier!", rief Elke.

„Wie sollen wir jetzt weiterkommen?" Leo kam herangelaufen, eine Windböe zauste ihrer beider Fell durcheinander und auf Mephistos Kopf tanzten die Locken.

„Mit dem Auto kommen wir nicht durch", erkannte Stefan unschwer, der sich zusammen mit den anderen Menschen ebenfalls das Malheur betrachtete. „Wir müssen zu Fuß weiter. Den Wagen stellen wir hier ab. Elke, fahr ein Stück zurück bis zur Wiese, dort steht er abseits der Bäume."

„Wieso fällt ein so großer Baum einfach um?", fragte Jens.

„Umweltschäden", konstatierte Johanna. „Durch die Trockenheit nisten sich Käfer ein, fressen sich unter die Rinde, das macht die Stämme und Äste instabil. Darüber hinaus haben die Wurzelballen nicht mehr Halt genug in der porösen Erde. Ein Windstoß reicht dann schon."

„Woher weißt du das?"

„Schon vergessen? Ich bin Biologielehrerin. Außerdem steht das fast täglich in der Zeitung."

„Können wir uns darüber später unterhalten?", mahnte Stefan. „Die Katzen haben offenbar einen neuen Plan."

Brünó rief alle zu sich. „Wir haben jetzt einen weiteren Weg vor uns. Was machen wir mit Flori und Charly? Sheila, willst du mit ihnen hier im Auto bleiben?"

„Moooment", krähte Charly, wurde aber sofort unterbrochen.

„Mit einhundertprozentiger Sicherheit werde ich in diesem dunklen Wald nicht alleine mit zwei jungen Katzen hier im Gefährt bleiben. Wer kann schon wissen, welche Gefahren hier lauern, die vor Autoscheiben nicht zurückschrecken und hast du, mein Gefährte nicht selbst berichtet von deinem riskanten Ausflug in ...“

„Ist ja gut, Sheila. Streuner könnte bei dir bleiben und euch beschützen. Er kann ohnehin nicht mehr so weit laufen.“

„Ich?“, miaute der Schwarz-Weiße entrüstet. „Ich kann euch helfen! Denk doch nur mal daran, wie ich damals ...“

„Liebster Weitgereister, ich halte die Idee meines Lebensgefährten für außerordentlich zielführend und sinnvoll, und sind wir, Flori und Charly - die ebenso gut deine Söhne wie die Brünós sind – und ich es nicht wert, von dir beschützt zu werden?“ Sheila klang eine Spur beleidigt.

„Habt ihr´s bald?“, bellte Mephisto. „Ich denke, die Zeit drängt.“

Streuner stieß Sheila mit dem Kopf an.

„Du hast völlig recht. Tut mir leid, dass ich so egoistisch war.“

Und so kam es, dass die beiden zusammen mit dem sich kläglich beschwerenden Charly und dem kaum weniger murrenden Flori wieder in den Wagen sprangen, den Elke mittlerweile auf der Wiese abgestellt hatte.

„Sieht so aus, als kämen sie nicht mit“, sagte Jens.

„Gut erkannt“, bellte Mephisto. „Wo lang jetzt?“

Brünó rannte mit Leo voran, querfeldein in den Wald. Der Großpudel folgte, dahinter die Menschen. Ein schlanker Lichtschein erhellte kurzzeitig ein Stück des Waldbodens vor ihm. Offenbar hatte jemand eine Taschenlampe angemacht. Doch der Schein ließ ebenso wie die Geräusche der Zweibeiner bald nach. Der Abstand zu ihnen wurde größer.

Kapitel 12

Er hatte es geschafft, zwei Waldmäuse zu fangen. Sie waren um einiges flinker als ihre Artgenossen in der Stadt, umso stolzer war Robin auf seine Beute. Doch fraß er sie nur zur Hälfte. Die andere Maus brachte er zu Waldgeist in die Höhle, die sich mit einem Schnurren bei ihm bedankte.

Es war mittlerweile dunkel geworden, und wenn er von hier unten zwischen den Baumwipfeln weit über ihm hindurchschaute, sah er Sterne schimmern. Gerne hätte er Waldgeist zu einer gemeinsamen Betrachtung derselben oder zu einer spielerischen Jagd auf die Glühwürmchen eingeladen, die ab und zu vorbeigaukelten. Wunderbar wäre es auch, mit ihr im Schein des Vollmondes durch den Wald zu jagen.

Neben ihm buddelte Gipsy aus irgendeinem Grund immer tiefer in den Waldboden hinein. Einen beachtlichen Haufen Laub und Erde hatte sie schon angehäuft.

„Was suchst du da?"

„Hier ist ein Mauseloch. Da müssen auch Mäuse sein", knurrte die Hündin mit dem Kopf halb im Loch verborgen.

„Ich denke, du frisst die nicht."

„Tue ich auch nicht. Aber es macht Spaß, in der Erde zu wühlen."

Dann hob sie ihren Kopf und schüttelte sich ein paar Erdkrumen von der Schnauze, bevor sie fragte:

„Was hast du jetzt vor?"

„Ich muss zurück. Die anderen werden weiter ermitteln und ich muss wissen, was sie in der Zwischenzeit herausbekommen haben."

„Soll ich hier bleiben und auf Waldgeist aufpassen?"

Ein Geräusch ließ die beiden herumfahren. Oben auf dem Holzstapel sahen sie die dunkle Gestalt des Großen Wilden.

„Das kann ich tun."

„Wo warst du?", fragte Robin.

„Weg."

„Verstehe. Und du bleibst hier, egal was passiert, bis wir wiederkommen und keine Gefahr mehr besteht?"

„Einen Moment." Waldgeist kam aus der Höhle gekrochen und stellte sich in respektvollem Abstand zu ihrem übergroßen Artgenossen hin. „Ich danke dir sehr, dass du mir geholfen hast, Großer Wilder. Doch, ehrlich gesagt, entschuldige bitte, aber ich kenne dich gar nicht. Und dein Ruf besagt, dass du ein Einzelgänger bist und dir nichts etwas bedeutet."

Mit ihren letzten Worten drängte sie sich an Robin heran.

Der Große Wilde sprang herab und kam einen Schritt auf sie zu.

„Euer Freund hat mich gelehrt, dass es anders sein kann", brummte er.

„Brünó??", miaute Robin überrascht.

Die Antwort blieb der Wildkater schuldig. Zwei Scheinwerfer erhellten weiter den Hang hinunter in Richtung des Weges den Wald. Sie flackerten zwischen den Bäumen auf, dann schien der Boden sie aufzusaugen, um sie gleich darauf näher wieder auszuspucken.

Robin, Waldgeist und Gipsy drängten sich dicht zusammen, der Wildkater sprang auf den Holzstapel und beobachtete das Geschehen von dort aus. Ein Lieferwagen holperte querfeldein auf sie zu.

„Habt ihr den schon mal hier gesehen?", fragte Robin.

Hatten sie nicht.

„Komm mit, Gipsy. Niemand fährt nachts in den Wald, es sei denn, er ist Förster oder hat etwas Verbotenes vor."

Robin und die Hündin liefen ein Stück, dann drehte er sich noch einmal um.

„Du bist an der Reihe, Großer Wilder."

„Verlasst euch auf mich", klang sein Miauen zu ihm herüber.

Die Dunkelheit bot ihnen Deckung. Robin und Gipsy schlichen sich näher an den Lieferwagen heran, der in einiger Entfernung zwischen den Bäumen angehalten hatte. Die Scheinwerfer waren an. Ein Mann stieg aus, öffnete die Ladeklappe und fing an etwas herauszuziehen. Weil die Rücklichter nur ein schummriges Rotlicht auf den umliegenden Wald warfen, war nicht zu erkennen, was es war.

„Warte hier", zischte Robin der Hündin zu. „Ich muss mir das aus der Nähe anschauen. Du kannst nicht so gut schleichen wie ich."

„Na gut". Gehorsam legte sie sich nieder. „Aber sobald was passiert, bin ich bei dir."

Eng am Boden setzte Robin zeitlupengleich eine Pfote vor die andere, darauf bedacht, möglichst wenige Geräusche zu erzeugen. Blätter unter den Ballen schob er vorsichtig zur Seite. So kam er zwar nur schleppend langsam voran, jedoch war der Mann mit dem, was er herumfuhrwerkte, nicht schneller. Er zerrte wieder etwas aus dem Wagen, und Robin hörte ihn keuchen.

Drei, vier Sprünge entfernt verharrte er reglos auf den Boden gepresst. Außerhalb des roten Lichtkreises, seinen weißen Bauch im Laub verborgen, hoffte er, unsichtbar zu sein.

Es waren große Platten, die der Mann eine nach der anderen ablud, tiefer in den Wald schleppte und dort ablegte. Wieso kam Robin hier irgendwas bekannt vor? Moment mal, irgendwas? Aufgeregt kramte er in seinem Gedächtnis. Das war gar nicht so lange her, denk nach! Der Mann schaffte erneut so ein Ding weg. Da rannte Robin zu dem Lieferwagen und spähte hinein. Zwar lag nichts Großes mehr drin, dafür ein kleines Stück davon auf dem Boden. Ein Stück Irgendwas.

Es machte pling. Er lief um den Wagen herum und sah den Mann im Schein der Autolichter an den Platten herumhantieren. Wieder hörte er dieses Geräusch, gleichzeitig schoss eine kleine Flamme aus der Hand des Unbekannten.

„Er hat ein Feuerzeug!", bellte Gipsy, alle Vorsicht außer Acht lassend, und stürmte herbei. Der Kerl schaute zu ihnen herüber, dann widmete er sich wieder seiner Tat. Er hielt das Feuer an verschiedene Stellen der Platten, die jedes Mal anfingen zu glimmen. Doch die Glühpunkte erloschen schnell. Nur der Letzte schwelte vor sich hin.

„Verdammt!", hörten sie ihn fluchen.

„Wir müssen etwas tun!", bellte Gipsy.

„Aber was?", miaute Robin.

Ein warmer Windstoß schaffte es durch sein Fell bis auf die Haut und zog weiter. Für einen Moment schien die Zeit angehalten: Der Typ stand vornübergebeugt, eine Hand mit dem Feuerzeug ausgestreckt.

Dann sah Robin ein Glühwürmchen. Und noch eines. Merkwürdigerweise waren sie rot, nicht grün oder weiß. Der Schreck schoss in seinen Bauch. Im nächsten Moment sprintete er los. Doch wozu? Er blieb stehen.

„Funken!", rief er Gipsy zu, die ihm nachsetzte.

Die roten Würmchen segelten zu Boden, wo sich einen Atemzug lang nichts tat. Dann züngelte aus dem Laub eine kleine Flamme empor. Ihr folgten weitere.

„Feuer!", bellte Gipsy.

Der Verbrecher lief zum Auto und versuchte unterwegs, die Flammen auszutreten. Doch kaum war eine erloschen, schossen sie an anderer Stelle empor.

„Der Wald!", bellte Gipsy.

„Waldgeist!", miaute Robin.

Sie hasteten zurück zur Höhle. Hinter sich hörte er es knistern und knacken.

Der Mond hatte eine Stelle am Himmel erklommen, von der er durch eine große Lücke im Baumwipfeldach herunterschien. Er beleuchtete nicht nur den Holzstapel, sondern auch Brünó, Leo - und den schwarzen Großpudel. Sie liefen aufgeregt hin und her.

„Robin, allen Mäusen sei Dank!", miaute Leo und rannte auf ihn zu. „Was ist das Flackern da hinten?"

„Feuer!"

„Wir müssen hier weg!", rief Brünó.

„Aber meine Welpen!" Waldgeist stand am Eingang zu ihrer Höhle.

„Ist da hinten der Mann mit dem Lieferwagen und den Asbestplatten drin?", fragte Brünó.

„Ein Mann, ja. Mit einem Lieferwagen und Platten. Wie kommst du darauf?", bellte Gipsy.

„Dafür haben wir jetzt keine Zeit", rief Robin. „Wie bringen wir die Welpen in Sicherheit?"

Der Große Wilde schälte sich aus der Dunkelheit.

„In meine Höhle!"

In dem Moment drang lautes Rufen herüber, gleich darauf kam Stefan angelaufen. Etliche Schritte hinter ihm keuchten Johanna, Elke und Jens heran. Robins Besitzer blieb vor ihnen stehen, schaute in Richtung Feuer und erfasste mit einem Blick die gefährliche Lage. Mit seinem Handy rief er die Feuerwehr.

„Ich laufe ins Forsthaus und hole meine Besitzerin. Sie kann bestimmt helfen." Gipsy lief los.

„Ich komme mit!", bellte Mephisto. Und schon verschwanden die beiden zwischen den Bäumen.

„Waldgeist, hol deine Jungen. Wir bringen sie zum Großen Wilden", bestimmte Robin.

Ohne Widerworte verschwand sie in der Höhle und brachte ihre drei Welpen nach draußen, wo sie sich piepsend an ihre Mutter drückten.

„Oh nein, Katzenwelpen", rief Elke. „Wir müssen sie retten."

Jens legte ihr eine Hand auf den Arm.

„Lass mal. Die Katzen wissen schon, was sie tun. Schau doch."

Waldgeist leckte jedem ihrer Welpen einmal übers Gesicht. Dann nahmen sie, Robin und der Große Wilde jeweils eines am Nackenfell und trabten so schnell es ging davon.

Das Feuer wuchs. Es prasselte, knisterte und knallte zu ihnen herüber. Sie mussten den Täter stellen, bevor er abhaute. Brünó rannte los, auch wenn er keine Ahnung hatte, wie er das anstellen sollte. Er hoffte auf die anderen.

„Bleib hier, Brünó!", rief Elke.

Leo lief ihm nach, schaute sich um, miaute gebieterisch „Mitkommen!", und schloss zu ihm auf.

„Wie lange dauert es, bis die Feuerwehr kommt?", hörte er Johannas Stimme.

„Keine Ahnung. Aber wir können die beiden Kater nicht alleine lassen. Kommt." Das war Stefan.

Hitze schlug ihnen entgegen, da waren sie noch gar nicht an Ort und Stelle angekommen. Zu allem Unglück war ein Wind aufgekommen, der in ihre Richtung wehte und Funken mit sich trug. Qualm biss ihm in die Nase. Flammen krochen an den Baumstämmen nach oben.

Brünó blieb stehen.

„Nicht weiter", wies er Leo an.

„Da ist er! Im Auto", rief der Rote aufgeregt.

Der Mann gab wie verrückt Gas, doch die Hinterräder drehten durch. Laub und Erde flogen im Schein der Flammen durch die Luft. Er stieg aus und schaute sich hektisch um.

„Wer ist das?", rief Elke, die zusammen mit den anderen herangekommen war.

„Keine Ahnung", knurrte Stefan. „Aber zum Vergnügen ist der bestimmt nicht hier. Den schnappen wir uns."

Und schon rannte er weiter. Brünó und Leo folgten ihm auf dem Fuß.

„Wie gut, dass Stefan Sportlehrer ist", rief er und hustete, weil er eine Portion Qualm in den Rachen bekommen hatte.

Der Verbrecher lief in Richtung Waldweg. Elke war schneller und schnitt ihm – bewaffnet mit einem Knüppel – den Weg ab. Daraufhin wandte sich der Mann bergauf, tiefer in den Wald hinein. Doch da war das Feuer. Er schlug einen Bogen, um es zu umrunden. Stefan änderte ebenfalls die Richtung, stolperte und fiel auf die Knie. Elke kam von weiter unten herauf.

„Er darf uns nicht entwischen!", rief Brünó Leo zu. Sie legten an Tempo zu und hatten den Schurken schnell vor sich. Der sah sie nicht, hatte er doch nur Augen für das prasselnde Feuer neben und dem Anstieg vor ihm.

Als ob sie es verabredet hätten, schwenkte Brünó nach links, Leo nach rechts. Auf gleicher Höhe mit dem Mann sprangen sie.

Er selbst erwischte den Oberschenkel, Leo einen Arm. Der Lump schrie und fluchte, blieb stehen und wollte ihn packen. Dafür hatte er nur eine Hand, weil Leo knurrend an seiner anderen hing. Brünó sah die Faust auf sich zukommen, riss sein Maul auf, dreht den Kopf jedoch in letzter Sekunde zur Seite. Der Schlag traf ihn seitlich am Hals. Die Luft blieb ihm weg, er fiel hinunter.

Im selben Moment sackte der Täter zu Boden. Stefan hatte ihm von hinten in die Kniekehle getreten. Leo sprang zur Seite. Elke war da und drückte den Mann zusammen mit Stefan auf die Erde.

„Bist du dafür verantwortlich, dass hier fast drei Katzenwelpen verbrannt wären?", schrie sie ihn an.

„Was er auch immer getan hat, es ist aus damit", sagte Stefan. „Und nun weg hier. Keiner von uns will dem Feuer zum Opfer fallen."

Sie zerrten ihn auf die Füße.

„Brünó!", sagte Elke, ohne den Gefangenen loszulassen. „Alles klar?"

Er rappelte sich auf. Es schmerzte dort, wo ihn der Schlag getroffen hatte, doch er bekam wieder Luft.

„Alles gut", miaute er.

Bergab ging es in Richtung Waldweg. Schon bald sahen sie Blaulicht zwischen den Bäumen zucken und hörten Stimmengewirr.

Fünf riesige Feuerwehrwagen standen auf dem Waldweg, dazu zwei Polizeiautos und am Rand des Trubels Elkes und Jens´ Auto. Darin wieder vereint Brünó und seine Gefährten. Nur Robin war nicht zurückgekehrt.

Sheila, Streuner und Flori hatten sich, sobald die Sirenen und das Blaulicht an ihnen vorbeigerast waren, auf dem Fußboden des Autos zusammengekauert. Charly hatte keine Angst, und so sah er vom Fahrersitz aus, wie die Feuerwehrautos anhielten. Da lag der Baum im Weg, dem sie mit Sägen zu Leibe rückten, bevor sie weiterfuhren. Dann war Jens angelaufen gekommen und hatte sie zum Ort des Geschehens gefahren.

Feuerwehrmänner schleppten nach wie vor Wasserschläuche in den Wald hinein, um die Flammen zu bekämpfen. Die Polizei hatte den Mann übernommen, ihm Handschellen angelegt, und in einen ihrer Wagen gesetzt.

Brünó stellte sich auf dem Beifahrersitz auf die Hinterbeine, die Vorderpfoten auf die Autotür und streckte seinen Kopf in die blau flackernde Nacht hinaus.

„Ich kann hören, was sie sagen!", miaute er. Die anderen drängten sich heran und spitzten ihre Ohren.

Draußen standen ihre Menschen mit einem Polizisten zusammen.

„Und das alles, obwohl Asbest nicht mal brennt?", fragte Jens.

„Tja", entgegnete der Polizist. „Das wollten wir auch schon von ihm wissen. Aber er schweigt beharrlich."

„Ich habe ihn schon mal gesehen", warf Elke ein. „Er ist der Fliesenleger unserer neuen Wohnungsbesitzerin im Haus. Die hat sich Marmorfliesen legen lassen. Wie heißt er?"

„Zur Person dürfen wir Ihnen keine Auskunft geben. Um alles Weitere wird sich die Kriminalpolizei kümmern. Das werden sie sicher verstehen."

„Natürlich", entgegnete Jens.

„Ich denke, Sie können mit ihren Katzen nach Hause fahren. Wir haben Ihre Personalien und werden auf Sie zukommen."

Der Beamte verabschiedete sich.

„Aber wo ist Robin?" Johanna schaute sich um. „Wie finden wir ihn?"

„Mach dir keine Sorgen", sagte Stefan. „Er scheint sich hier auszukennen und auch neue Freunde gefunden zu haben. Er kennt den Heimweg."

Da tauchten Gipsy und Mephisto zwischen den Fahrzeugen auf, die Försterin im Schlepptau. Gipsy machte ihre Besitzerin mit den Menschen bekannt, so gut das als Hündin eben ging. Sie nahm Michaelas Hand sanft ins Maul, führte sie zu den anderen und überließ sie sich selbst.

Dann kamen sie und Mephisto zum Auto gelaufen. Brünó und Leo berichteten von der Rettungs-, Verfolgungs- und Überwältigungsaktion, währenddessen palaverten die Menschen aufgeregt durcheinander.

Schließlich schien alles gesagt, zumindest für jetzt, denn Johanna kam zu ihnen.

„Ihr Fellnasen", sagte sie zärtlich. „Ohne euch wäre hier heute Nacht ein Unglück geschehen. Jetzt fehlt nur noch eines, beziehungsweise einer von uns: Robin. Wisst ihr, wo er ist?"

„Ich weiß es!" Brünó sprang durch das geöffnete Fenster aus dem Auto. Puh, das tat immer noch weh beim Atmen, vor allem, wenn er sich anstrengte.

„Gipsy, wenn ich dir den Weg beschreibe, kannst du die Menschen dann zur Höhle vom Großen Wilden führen?"

„Wird gemacht", bellte sie.

Die Hündin trabte ein Stück voran und schaute sich nach der Försterin um.

„Sie haben verstanden", sagte Johanna erfreut und lief hinter ihr her. Doch Michaela Schelski, die ausgesprochen froh darüber war, dass die Wildkätzchen aller Voraussicht nach eine neue Bleibe gefunden hatten, hielt sie zurück. Es sollten nicht zu viele Menschen dort erscheinen, wo sich Robin und die Wildkatzen aufhielten. Dann knipste sie eine Taschenlampe an und folgte Gipsy in den Wald hinein.

Einer der Welpen kletterte auf wackeligen Beinchen auf Robins Bauch. Die anderen beiden waren im Begriff, sich aus der Höhle unter der umgestürzten Baumwurzel hinauszuarbeiten. Waldgeist schob sie mit der Nase zurück zwischen sich und den Großen Wilden, der den Bau nach außen abschirmte.

„Glaubst du, wir sind hier sicher?", fragte Waldgeist ihn.

„Noch nie hat sich ein fremdes Tier – außer Brünó – hierher verirrt, geschweige denn ein Mensch."

Sie seufzte, legte ihren Kopf auf die Pfoten und schaute Robin in die Augen.

„Aufgepasst", zischte der Große Wilde. „Ich sehe ein kleines Licht. Es kommt näher. Zieht euch nach hinten in die Höhle zurück."

Bislang war es Robin nicht aufgefallen, aber der Bau war beachtlich. Der Große Wilde hatte ihn eigenpfötig größer gegraben. Eng aneinander verharrten Robin, Waldgeist und die Welpen an die Erdwand gedrückt.

„Ich kann etwas sehen. Da ist ein Mensch, eine Frau. Und ein Hund. Moment mal."

Nachdem der Wildkater schwieg, kroch Robin nach vorne.

„Was ist?"

„Es ist eure Hundefreundin."

„Gipsy?", miaute Robin vor Erleichterung laut und schon sah er sie zwischen den Bäumen schwanzwedelnd auf sie zu laufen.

„Erschreckt euch nicht", bellte sie. „Meine Besitzerin will sich nur davon überzeugen, dass es euch allen gut geht."

Nun kam die Försterin heran, blieb aber in respektvollem Abstand zu ihrer Höhle stehen und hielt die Taschenlampe gesenkt. Wie zum Beweis fingen die Welpen an, durcheinander zu piepsen.

„Ihr habt es geschafft", sagte sie und lächelte.

„Na klar", miaute Robin, lief mit aufgestelltem Schwanz zu ihr und rieb sich an ihren Beinen.

Kapitel 13

Zum wiederholten Mal drehte er seine Runde durch die Wohnung. Schon oft hatte die Sonne dem Mond Platz gemacht, seit sie Waldgeist, ihre Jungen und überhaupt den ganzen Wald am Winterstein gerettet hatten. Eigentlich könnte er doch entspannt sein. War er aber nicht. Denn zweierlei lag ihm auf der Seele.

Das eine waren Johanna und Stefan, die jeden Tag in der Zeitung schauten, ob es neue Erkenntnisse in Sachen Mirko Lenger gab. Den Namen des Verbrechers hatten sie von Mephistos Besitzerin. Er war tatsächlich deren Fliesenleger, der sich das alte Fabrikgebäude gekauft hatte, um sich eine selbstständige berufliche Existenz aufzubauen.

Das andere war natürlich keine Sache. Es war Waldgeist. Er wollte sie sehen und das möglichst bald. Johanna hatte sich in den Kopf gesetzt, dass er vorerst zu Hause bleiben sollte, nachdem er in der ersten Zeit nach dem Feuer fast täglich lange Ausflüge zu seiner Gefährtin unternommen hatte. Eine kleine Weile gab sich Robin dem Klang dieses Wortes hin. Er sprang auf eine Fensterbank und schaute durch die Scheibe nach draußen. Seit seine Besitzer ihn aus dem Tierheim geholt hatten, hatte er keine Gefährtin gehabt. Und wie lange war das jetzt schon her. Waldgeist bereicherte sein Katerleben um ein Beträchtliches. Er maunzte leise.

Johanna und Stefan liebkosten ihn zwar mehr als üblich und stellten ihm Leckereien hin, von denen er bislang nicht einmal zu träumen gewagt hatte. Doch Lammstückchen mit Ananas oder Kaninchenhäppchen in heller Soße mit Spargelköpfen waren kein angemessener Ersatz für Waldgeists Gesellschaft.

Die Schlafzimmertür öffnete sich und die beiden verschwanden im Bad. Wenn er ein Hund wäre, hätte er die Zeitung aus der Rolle unter dem Briefkasten geholt und nach oben getragen, damit es schneller ginge. Allmorgendlich hoffte er erneut, dass sie den Speisenaufzug wieder öffnen oder vergessen würden, die Balkontür zu schließen. Und jeden Morgen wurde er enttäuscht.

Er legte sich auf die Fliesen in der Küche und wartete. Endlich kam Stefan heraus, gab ihm sein Futter, setzte Kaffee auf und ging nach unten zum Briefkasten. In der Zwischenzeit war Johanna fertig und ließ sich auf einem Stuhl am Küchentisch nieder.

Im Treppenhaus tat sich was. Robin klappte seine Ohren nach hinten und fraß schneller. Aufgeregte Stimmen. Schon kam Stefan hereingelaufen und wedelte mit der Zeitung.

„Neues von unserem Kriminellen."

Robin schlang den letzten Bissen hinunter und sprang auf einen freien Stuhl.

„Der erste Prozesstag begann mit einer Überraschung", las Stefan vor, nachdem er sich ebenfalls gesetzt hatte. „Der Verdächtige legte ein umfassendes Geständnis ab. Er habe einen hohen Kredit aufgenommen, um sich selbstständig zu machen. Seinen Angaben zufolge kaufte er ein altes Fabrikgebäude und wollte es sanieren, wobei er auf den giftigen Asbest stieß. Da ihm eine professionelle Entsorgung zu teuer gewesen sei, hätte er die Platten im Wald am Winterstein entsorgen wollen."

„Wie kurzsichtig", warf Johanna ein.

„Es wird noch schlimmer. Angeblich wusste er nicht, dass Asbest nicht brennt, steht hier."

„Aus dem wär sowieso kein guter Unternehmer geworden, wenn er schon so anfangen wollte."

„Ruhe!", miaute Robin. Stefan tätschelte seinen Kopf, bevor er weiter vorlas.

„Bei dem Toten aus dem Butzbacher Stadtwald handelt es sich um einen Mann aus dem Kosovo. Laut dem Angeklagten arbeitete er schwarz auf dessen Baustelle und fuhr ihm in den Wald am Winterstein nach, als er sich dort einen geeigneten Ort für die illegale Entsorgung suchen wollte. Dort stellte ihn der Arbeiter zur Rede. Nachdem er merkte, dass er bei seinem Chef nichts ausrichten konnte, fuhr er davon. Der Verdächtige verfolgte seinen Mitarbeiter, der versuchte, über Feldwege zu entkommen. So erreichten sie vom Westen aus über die Hildegard-Clement-Schneise durch den Wald das Butzbacher Freibad."

Stefan legte die Zeitung weg und stand auf. Warum denn jetzt, wo es am spannendsten war? Der Kaffee war fertig durchgelaufen. Robin stellte sich mit den Vorderpfoten auf den Tisch und versuchte, auffordernd und vorwurfsvoll zugleich zu miauen.

„Kaffee ist nicht so wichtig wie die Geschichte!"

Johanna schob ihn sanft zurück auf den Stuhl.

„Du weißt doch, Robin, nicht auf den Esstisch."

Zumindest griff sie sich die Zeitung und las weiter, während Stefan mit der Thermoskanne herumhantierte.

„Dort oben am Freibad ging dem Verfolgten das Benzin aus. Er wollte zu Fuß in den Wald flüchten, doch sein Chef war schneller. Der stellte ihn an den großen Steinen auf der Wiese neben dem Parkplatz, wo es zur Auseinandersetzung kam. In deren Verlauf schlug der Täter den Mann nieder, der landete mit dem

Kopf auf einem Stein und war tot. Den weiteren Aus-
führungen des Angeklagten folgend schleppte er den
Mann in den angrenzenden Wald und verscharrte ihn
dort unter Laub."

„Das hört sich wie ein Krimi an", sagte Stefan.
„Wenn ich mir vorstelle, dass unser Robin und die anderen da mittendrin waren ..."

„Schade nur, dass sie mit keinem Wort erwähnt
werden", sagte Johanna.

„Schon wieder nicht?", miaute Robin empört.

„Halt, wartet mal, hier steht was: Ungeprüft sind
Gerüchte, denen zufolge einige Butzbacher Katzen ihre
Pfoten im Spiel gehabt haben sollen."

„Na ja", mäkelte Robin.

Ob es daran lag, dass der Fall aufgeklärt war oder
daran, dass Robin anfing, an Johannas Schuhen zu
nagen: Am nächsten Tag stellte sie den Speisenaufzug
wieder an und öffnete ihm die Balkontür.

Unten in ihrer Katzenwohnung traf er auf Brünó,
Sheila, Flori und Charly. Auch sie hatten nicht nach
draußen gedurft. Elke und Jens waren sich darin mit
Johanna einig gewesen, dass ihre Vierbeiner wieder
einen stärkeren Bezug zu ihnen bekommen sollten.
Zwar hatten sich Robins Gefährten zu viert die aller-
größte Mühe gegeben, Charly und Flori hatten sich
länger als sonst kraulen lassen und hatten sogar die
Bürste nicht gescheut, was Elke entzückt hatte. Doch
es hatte alles nichts geholfen.

Dafür sahen die vier Britisch Kurzhaar herausge-
putzt wie für eine Rasseschau aus. Ihr Fell plusterte
sich wie noch nie auf, Sheilas Russisch-Blau schim-
merte in der Sonne mit dem Zimt-Schokoladen-Ton von

Brünó um die Wette und Charly und Flori hatten je eine samtene Schleife um den Hals.

„So ein Quatsch", schimpfte Charly und versuchte zum wiederholten Mal erfolglos, sich das Samtband abzureißen. „Guck uns an, so was müssen wir seit Tagen mitmachen, und genutzt hat es doch nichts."

Flori hingegen ertrug das Zeichen übersteigerter menschlicher Zuwendung mit stoischer Ruhe. Erst als Charly nicht aufhörte zu nörgeln, ging er zu ihm, nahm die Schleife mit den Zähnen und zog daran. Sofort öffnete sie sich und segelte zu Boden.

Er selber behielt sie.

„Hat doch nicht jeder so ein cooles Halsband", begründete er seine Haltung und setzte sich wieder auf seinen Platz.

Eine Weile saßen sie schweigend in ihrer Runde. Es schien alles gesagt, jetzt, nachdem ihr Fall gelöst war. Dann räusperte sich Sheila.

„Werter Robin, ich hoffe, ich bedränge dich nicht allzu sehr, wenn ich der Hoffnung Ausdruck verleihe, dass du die Zeit ohne deine neue Gefährtin gut überstanden hast, und ich hoffe, dass du bald Zeit finden wirst, sie wieder zu besuchen."

„Danke, Sheila. Aber nun stehen ja alle Türen wieder offen. Ich wollte gleich ..."

Draußen im Garten bellte es. Es war Gipsy.

„Ob wir ihr das Fahren mit dem Speisenaufzug beibringen können?", fragte Leo. „Ich meine, wenn sie sich ganz klein zusammenrollt ..."

„Vergiss es", antwortete Robin.

Gipsy war nicht alleine. Mephisto sprang mit ihr durch den Garten.

„Gut, dass ihr da seid", bellte die Hündin, nachdem sie sich alle unter dem Kastanienbaum versammelt hatten. „Meine Besitzerin bekommt heute Besuch von einem anderen Förster. Es geht um die tote Wildkatze, habe ich mitbekommen."

„Endlich gibt es wieder was zu tun." Brünó stand auf und lief ein paar Schritte zum Gartentor. Dort schaute er sich um. „Na kommt schon."

Fast alle erhoben sich und folgten dem Zimtfarbenen. Sogar Mephisto, dessen Besitzerin sich daran gewöhnt hatte, dass ihr Großpudel neuerdings mit Katzen Umgang pflegte. Nur Robin blieb sitzen - und putzte sich. Während er seine Pfote mit der Zunge befeuchtete und sich wiederholt übers Gesicht fuhr, wunderte er sich einmal mehr über Brünó, den er nicht länger „den Dicken" nannte. Auch wenn er es meistens nur in Gedanken getan hatte, so verbat sich diese Bezeichnung neuerdings. Zwar fand er ihn nicht schlank, aber sein gesamtes Auftreten war so beschwingt und motiviert, dass durchtrainiert besser passte. Und sei ehrlich, mahnte er sich, zumindest zu dir selbst: Von Respekt gegenüber dem Britisch Kurzhaar Kater zeugte es nicht, wenn er ihn „den Dicken" nannte.

Womit sich womöglich auch der andere Grund erledigt hatte, der ihn hier im Garten zurückhielt: Sollte er, der er ihr tierisches Team gegründet hatte, nicht darauf bestehen, dessen Anführer zu bleiben? Und müsste er diesen Anspruch dann nicht, wo immer nötig und möglich, durchsetzen? Das Gegenteil hatte er getan. Er hatte Brünó seine Rolle übernehmen lassen. Und warum nicht? Ihm fiel keine Antwort ein. Wahrscheinlich freute sich der Zimtfarbene ebenso, den Großen Wilden wiederzusehen wir er einem Wiedersehen mit Waldgeist entgegenfieberte.

„Wartet auf mich!", miaute er laut und sprang ihnen hinterher.

Eigentlich sollten sie alle einzeln die Bundesstraße überqueren, weil auf diese Art die Lücken im Verkehr leichter zu nutzen waren. Doch an einer geeigneten Stelle - auf der gegenüberliegenden Straßenseite des Supermarktes, im Gebüsch neben dem Fußweg versteckt - durchkreuzte Sheila Robins Plan. Für Charly und Flori sei es das erste Mal, dass sie über die gefährliche Piste laufen würden. Da verstehe es sich wohl von selbst, dass sie, in der Mitte ihrer Gruppe laufend, Schutz bekämen.

„Zusammen sind wir groß genug und werden nicht so leicht übersehen", begründete sie ihre Forderung.

„Also das ..." begann Robin.

„... hört sich logisch an", vollendete Leo den Satz.

„Ich alleine wäre aber viel schneller", knurrte Mephisto.

„Du kannst ja vorlaufen, wenn du willst", bellte Gipsy.

„Na ja, lass mal, wird schon klappen." Der Schwarze senkte sein belocktes Haupt.

Brünó schob den Kopf aus dem Geäst und spähte den Fußweg entlang.

„Keine Menschen, keine Autos. Nur an der Kreuzung stehen zwei oder drei, weil die Ampel rot ist."

„Dann los!"

Robin, Leo, Brünó und Sheila nahmen die beiden Jungkater in ihre Mitte und marschierten zusammen über den Fußweg. Mephisto lief vorne, Gipsy hinten. Robin setzte seine Pfote auf den Asphalt der Straße.

„Halt!", gebot Sheila.

Erschreckt sprang er rückwärts. Hatten sie ein Auto übersehen?

„Wo ist mein Weitgereister?"

„Wie bitte?", brummte er.

„Wir haben Streuner vergessen", konstatierte Leo.

„Da hinten kommen Radfahrer", bellte Gipsy.

Sie drängten sich zurück ins Gebüsch.

„Mein Weitgereister, mein Gefährte, niemand hat an ihn gedacht, wenn ich es richtig verstehe." Sheila klang beleidigt.

„Du aber auch nicht", warf Brünó ein.

„Nun, das kann ich erklären ..."

Unwillig schüttelte Leo den Kopf.

„Ihr wollt nicht ausgerechnet jetzt und zum wiederholten Mal diskutieren, wie weite Strecken Streuner zurücklegen kann oder nicht? Aber er gehört zu uns, da hat Sheila recht. Also schlage ich vor: Ich renne zurück und suche nach ihm, während ihr schon mal weiterlauft."

„Weißt du denn, wo du suchen sollst", mähte Flori.

„Nun, zumindest schaue ich in der Hütte im Garten der Tierärztin nach. Wenn ich ihn gefunden habe, gebe ich ihm Bescheid, was wir treiben und wie sich alles entwickelt hat."

„Gute Idee, Leo", warf Robin ein. „Wir treffen uns an dem Fischteich in dem Vorgarten, den wir von unserer ersten Tour an den Winterstein kennen."

Der Rote lief sofort los, Robin und die anderen nahmen wieder ihre geschlossene Formation ein. Die Radfahrer waren inzwischen vorbei, und die Ampel an der Kreuzung zeigte erneut Rot. Sie überquerten die Fahrbahn und bekamen sogar fast einen Gleichschritt hin. Mephisto hielt ihnen die Treue, und so gelangten sie unbehelligt auf die andere Straßenseite, wo Charly und Flori übermütig davonsprangen.

Hinter dem Reitstall war es ruhig, dort sammelten sie sich, vor allem innerlich. Sheila leckte ihren beiden Söhnen über die Ohren.

„Das habt ihr fein gemacht."

„Ähem, und wir?", brummte Mephisto.

„Danke, dass du bei uns geblieben bist", beeilte sich Robin zu miauen.

Der Schwarze hob eine Pfote.

„Bitte, gern geschehen."

Gipsy trabte zu ihm und stieß ihn mit der Schnauze in die Seite. Er erwiderte die Zuneigungsbekundung und sie begannen, sich zu balgen.

Robin entging nicht, dass die Hündin mit dem Großpudel zunehmend wohlmeinender umging. Und das hieß etwas bei ihr, die ohnehin die Freundlichkeit in Tiergestalt war.

Doch es drängte ihn weiterzulaufen. Und so war er es diesmal, der die Freunde zur Ordnung und zum Aufbruch rief.

Nun liefen sie einer hinter dem anderen, Schnauze an Schwanzspitze, durch die Nebenstraßen. Robin fiel auf, dass die Menschen, die ihnen begegneten, sie aufmerksamer beobachteten. Keine Frage, vier Kater, eine Katze, eine Hündin und ein Rüde, die zusammen durch die Stadt zogen, waren auffällig. Doch wurden sie nicht behelligt, wenn man von einem Autofahrer absah, der anhielt, die Fensterscheibe herunterließ und sie fotografierte.

Bald hatten sie den Vorgarten mit dem Fischteich erreicht. Robin, Brünó, Sheila und ihre beiden Söhne drückten sich durch die Hecke, Gipsy und Mephisto sprangen über das Gartentürchen.

Kein Mensch war zu sehen. Trotzdem suchten sie Schutz unter Himbeer- und Brombeerbüschen, nachdem sie am Teich ihren Durst gestillt hatten. Die Fische ließen sie in Ruhe, das Frühstück lag nicht lange zurück.

„Obwohl ...", setzte Charly an und hielt eine Pfote ins Wasser. Doch Brünó schubste ihn zu den anderen ins Versteck.

Es dauerte eine Weile und Leo erschien. Er hatte Streuner in dessen Hütte angetroffen und ihn auf den neuesten Stand gebracht. So knurrig der Schwarz-Weiße manchmal war, er war auch treu. Tagtäglich war er abends, im Schutz der Dunkelheit, zu ihrem Haus gelaufen, „um natürlich vor allem Sheila und meine Söhne zu besuchen", wie er Leo zufolge betont hatte. Doch nachdem er dort im Garten niemand angetroffen hatte und der Speiseaufzug außer Betrieb war, hatte er sich wieder davongemacht.

Bei ihrem weiteren Weg über die Felder mussten sie lediglich einmal einem Traktor ausweichen, dessen Fahrer ihnen erstaunt nachschaute. In Ober-Mörlen waren Robin die besten Schleichwege mittlerweile bekannt, und so ließen sie bald die letzten Häuser hinter sich.

Bevor sie die schmale Straße, die stadtauswärts führte, verließen, um sich querfeldein zum Forsthaus durchzuschlagen, fuhr ein Auto vorüber. Gipsy blieb stehen und schaute ihm nach.

„Das war der Förster. Ich habe ihn schon einmal gesehen. Wir müssen uns beeilen, damit wir nichts verpassen."

Die Hündin und der Rüde liefen bald einen Vorsprung heraus. Er selbst hätte schneller rennen können, doch blieb Robin an der Seite der Gruppe, um sie anzutreiben. Das war bei Leo und Brünó nicht nötig. Sheila, Flori und Charly jedoch hingen zurück. Die beiden Jungkater, weil sie sich aus dem Rennen einen Spaß machten und immer wieder ausbrachen, um einem Schmetterling nachzusetzen oder ein Gebüsch zu erforschen, und ihre Mutter, weil sie keinem von beiden von der Seite wich.

Die Nachzügler erreichten endlich das Forsthaus, das Auto des Försters stand bereits davor.

„Kommt, er ist gerade erst reingegangen", bellte Gipsy und rannte durch die offen stehende Haustür. Alle anderen hinterher. Die Tür zu der Abstellkammer, in der die ausgestopfte Wildkatze stand, war zum Glück geschlossen. Dann hatten sie das Arbeitszimmer erreicht.

„Wen haben wir denn da?", sagte die Försterin. „Gipsys neue Freunde."

„Sieht ganz so aus", entgegnete ihr Kollege.

Robin sprang auf einen der freien Stühle, Leo neben ihn, die anderen suchten sich ebenfalls Sitzgelegenheiten. Flori und Charly kabbelten sich um ein Kissen, das auf einer niedrigen Fensterbank lag.

Michaela Schelski verließ den Raum und kam kurz darauf mit etlichen Schälchen Wasser auf einem Tablett zurück. Die stellte sie auf den Fußboden.

„Gute Frau", miaute Robin, sprang hinunter und machte sich über das Nass her. Der Förster setzte sich indes auf die Fensterbank neben die beiden Jungkater, was zur Folge hatte, dass Charly dessen Schoß okkupierte. Robin nahm seine Position auf dem Stuhl wieder ein.

„Ich hatte einige ausführliche Gespräche mit den Besitzern der Kater- und Katzentruppe", begann die Försterin. Robin registrierte erfreut, dass sie nicht alle als Katzen bezeichnete, denn nur eine von ihnen war schließlich eine. „Sie sagen, dass ihre Vierbeiner maßgeblich an den Ermittlungen um den Toten aus dem Butzbacher Stadtwald beteiligt waren."

Ihr Kollege zog die Augenbrauen hoch.

„Und glaubst du das?"

„Ja. Letztlich haben sie die Menschen in den Wald geführt und so konnte verhindert werden, dass dort alles abbrennt. Und die Wildkatzen-Welpen haben sie ebenfalls gerettet."

„Apropos, wie steht es um den Wald nach dem Feuer?"

„Die Feuerwehr hat alle Glutnester löschen können. Ich war ein paar Mal bei den Waldbegehungen dabei. Die Flammen haben nicht erneut zugeschlagen. Aber Thorsten, dort, wo sie gewütet haben, sieht es schlimm aus."

„Bei der Wiederaufforstung müssen wir darauf achten, einen möglichst widerstands- und anpassungsfähigen Mischwald aufwachsen zu lassen."

Michaela Schelski nickte.

„Und dem Klimawandel müssen die Bäume auch standhalten können. Aber du wolltest mir etwas über die tote Wildkatze erzählen."

„Es geht los!", miaute Charly und sprang vom Schoß des Försters auf den Tisch.

„Nicht doch, mein Freund." Gipsys Besitzerin hob ihn zurück auf die Fensterbank.

„Benimm dich, damit wir endlich was zu hören bekommen", rügte Brünó seinen Sohn.

„Ich bin geneigt, dir Recht zu geben. Sie scheinen unserer Unterhaltung zu folgen. Nun gut. Die Ergebnisse der Probenuntersuchungen haben etwas auf sich warten lassen, weil die Kollegen im Gelnhäuser Senckenberg-Institut gerade unter einem hohen Krankenstand leiden. Doch jetzt liegen sie vor. Die Katze stammt aus dem Wald am Winterstein. Dort hat der BUND an Lockstöcken schon mehrmals Haare von ihr gefunden."

„Aber das wussten wir doch schon!", mähte Flori.

„Sieh es mal so", beruhigte ihn Leo. „Das zeigt einmal mehr, dass die Menschen uns brauchen."

„Wo er recht hat, hat er recht", pflichtete Robin ihm bei.

Schelskis Kollege schmunzelte.

„Es scheint ihnen zu gefallen, was sie hören."

„Und wie sie uns brauchen, wenn sie unsere Sprache immer noch nicht verstehen." Brünó plusterte sein Fell auf und streckte seinen Kopf in die Luft.

„Ich habe außerdem von meiner Quelle bei der Polizei gehört, dass die Katze allem Anschein nach von Lengers Auto überfahren wurde. Sie haben ihre Haare an den Reifen gefunden."

„Jetzt wird´s langweilig", krähte Charly. „Das haben wir uns auch schon gedacht."

„Richtig, mein Sohn", meldete sich Sheila. „Die Arme kam den Machenschaften des Mirko Lenger auf die Spur, folgte ihm in dessen Auto und vor dem Schwimmbad ereilte sie ihr Schicksal."

Robin schloss sich der Meinung seiner Freunde an, hier erführen sie nichts Neues mehr. Er sprang vom Stuhl.

„Wartet noch", bellte Gipsy. „Ich denke, da gibt es noch was, was ihr wissen wollt."

Michaela Schelski streichelte Gipsy über den Kopf.

„Na, und was ist mit dir?"

Die Hündin lief aus dem Raum und kam mit einem Faltblatt im Maul wieder zurück. Das drückte sie ihrer Besitzerin in die Hand.

„Was ist das?", fragte ihr Kollege.

„Ein Faltblatt über den Wildkatzen-Erlebnispfad am Winterstein. Das hatte ich ganz vergessen. Danke, Gipsy."

„Bitte", bellte die.

„Frau Stellpflug war hier, um sich zu entschuldigen. Weißt du, Thorsten, erst wollte ich sie der Polizei melden, von wegen Beamtenbestechung, du weißt schon. Aber dann, als sie so vor mir stand, wie eine reuige Sünderin …"

„Eine Entschuldigung ist auch das Mindeste, was man von ihr erwarten kann."

„Du hast ja recht. Letztlich hat sie sich wohl auch so etwas gedacht und stell dir vor, sie hat dem Bund für Umwelt- und Naturschutz für sein Wildkatzenprojekt eine ziemlich große Spende gemacht. Und zwar exakt die Summe, mit der sie mich erpressen wollte."

„Oho."

„Genau. Und da schließlich aus ihren Handlungen nichts Schlimmes hervorgegangen ist, sieht man von dem Aufruhr ab, den sie den Wildkatzen beschert hat …"

„… hast du von einer Anzeige abgesehen."

„Genau. Dazu kommt: Da die Wildkätzchen nun ein anderes Zuhause gefunden haben, steht einer Holzauslieferung nichts weiter im Weg."

„Das ist ja toll!", miaute Robin laut.

„Dass sie jetzt früher an ihr Holz kommt?", fragte Leo.

„Nein, das mit der Spende natürlich."

„Jetzt schau dir das mal an", sagte Michaela zu ihrem Kollegen. Sie hielt ihm ihr Handy hin. Er nahm es, betrachtete es erst ungläubig, dann lachte er.

„Das gibt´s doch nicht."

„Ihr werdet berühmt", sagte sie zu Robin und seinen Freunden.

„Wieso das?", miaute er.

„Zeig es ihnen. Wenn sie so klug sind, erkennen sie es", forderte Michaelas Kollege sie auf.

Da hielt sie Robin das Handy hin. Dort sah er auf einem Foto, wie er und die anderen hintereinander weg durch Butzbach marschierten. Er streckte seine Brust nach vorne.

„Wenn wir schon nicht in der Zeitung stehen, dann wenigstens auf einem Bild."

Zu siebt drängelten sich die anderen vor dem kleinen Bildschirm, den Michaela ihnen hinhielt.

„Ich sehe wirklich gut aus", bellte Mephisto.

„Wie wir alle", betonte Robin, um eine Diskussion zu unterbinden.

„Wie bist du an das Foto gekommen?", fragte der Förster.

„Ich habe mehrere Social-media-Katzenkanäle abonniert. Du kennst doch meinen Faible."

„Gipsy, gibt es noch was, was wir hier erfahren könnten?", fragte Robin, nachdem sich die Begeisterung gelegt hatte.

„Soweit ich weiß nicht", bellte sie.

Dann war es jetzt an der Zeit.

Ihre Nasen berührten sich, die Schnurrhaare vibrierten.

„Schön, dass du wieder da bist", gurrte sie.

„In Gedanken war ich nie weg", maunzte er.

„Ich habe nach dir Ausschau gehalten. Jeden Tag."

Und so hatten sie sich unweit der Haltestelle getroffen. Zwar im Wald, ein paar Sprünge entfernt vom Weg. Für Waldgeist, die ihre Scheu gegenüber allem, was auf menschliche Anwesenheit hindeutete, beibehalten hatte, dennoch ein Wagnis. Die Bäume hier standen weit voneinander entfernt, Sichtschutz gab es kaum.

„Dürfen wir jetzt kommen?", schallte es zu ihnen herüber.

Dort saßen sie alle nebeneinander aufgereiht: Brünó, Sheila, Flori, Charly, Leo, Gipsy, Mephisto. Schade, dass Streuner fehlte, doch den Abschied von dem Schwarz-Weißen würde Robin nachholen.

„Ich kann ja verstehen, dass ihr bei eurem Wiedersehen erst mal alleine sein wollt", miaute Leo weiter. „Aber ich für meinen Teil möchte dich gerne noch einmal aus der Nähe sehen."

Die anderen stimmten ihm miauend und bellend zu.

„Sie mögen dich sehr", meinte Waldgeist.

„Und ich sie. Nun kommt schon!", rief er ihnen zu.

Jeder wollte der oder die Erste sein. Sie stürzten los, setzten über den schmalen Graben und stürmten den Hang hinauf.

„Werter Robin, hast du dir deine Entscheidung auch zur Genüge durch den Kopf gehen lassen? Hast sie von allen Seiten aus betrachtet und bist dann ..."

„Es ist durchdacht, Sheila, vielen Dank für deinen Hinweis." Robin war gerührt. „Aber ihr tut gerade so, als ob ich niemals wiederkommen würde."

Alle schwiegen, und so fuhr er fort.

„Ich werde nur eine Weile bei Waldgeist und ihren Jungen bleiben. Meine Besitzer wissen Bescheid, sie haben von der Försterin erfahren, dass ich nun auch im Wald heimisch bin. Und ihr, meine Freunde, könnt uns jederzeit in der Höhle des Großen Wilden besuchen. Brünó kennt den Weg."

Der Zimtfarbene näherte sich ihnen. Waldgeist schritt ihrerseits auf ihn zu. Er blieb stehen und schaute verunsichert zu Robin.

„Es ist alles gut", miaute sie sanft. „Ich weiß, dass ich dich und deine Freunde anfangs mit sehr großem Argwohn betrachtet habe."

„Mindestens", murrte Leo zwar leise in Richtung Charly und Flori, die hinter ihm saßen. Doch alle konnten es hören.

„Auch dich, lieber Leo, bitte ich um Verständnis. Das Leben im Wald ist manchmal hart und wenn man sich nicht vorsieht, kann Schlimmes passieren."

Waldgeist ging erst zu Brünó und stupste ihn mit der Schnauze in die Flanke, dann tat sie bei Leo das Gleiche.

„Es ist so, wie Robin sagt. Ihr seid alle herzlich willkommen. Auch ihr Hunde, wobei ihr euer Kommen besser laut ankündigt, denn der Große Wilde ist noch scheuer als ich."

„Danke", bellte Gipsy. „Das verstehe ich. Und Mephisto bestimmt auch, nicht wahr?" Sie schaute den Großpudel streng an.

„Ja, natürlich", antwortete der schnell.

Robin verabschiedete sich, indem er etwas einführte, das – so hoffte er – zwischen ihnen bald zur Tradition werden würde. Gipsy beugte sich extra zu ihm hinab, damit er nicht auf den Hinterbeinen balancieren musste. Zu dem Roten sagte er:

„Siehst du, Leo, nun machen wir es doch so, dass wir uns zum Abschied die Köpfe aneinander reiben."

Dann sprangen er und Waldgeist Seite an Seite in den Wald davon.

Epilog

Die platt gefahrene Katze im Wald am Winterstein, die Brünó bei seinem ersten Ausflug dorthin in Angst und Schrecken versetzt hat, gibt es wirklich: als Piktogramm. Sie ist Teil des Wildkatzen-Erlebnispfades, den der Bund für Umwelt- und Naturschutz dort eingerichtet hat. Zusammen mit der kleinen Straße, die unvermittelt im Wald auftaucht, macht sie auf die Gefahren aufmerksam, denen die Wildkatzen täglich ausgesetzt sind.

Robin hat dieses Katzensymbol auf seinen ausgedehnten Streifzügen mit Waldgeist ebenfalls entdeckt. Er ist der Meinung, dass es auch gut eine Hauskatze darstellen könnte. Schließlich habe das Abbild weder einen geringelten Schwanz noch sei es übermäßig groß, argumentiert er jedes Mal, wenn seine Gefährtin und er sinnierend davorstehen.

Der Große Wilde hat sich aus dieser Diskussion bislang herausgehalten. Und Brünó – die beiden pflegen ihre Freundschaft – hat sich das Bild noch einmal bei Tageslicht betrachtet. Er ist froh, dass es ihm keine Angst mehr macht. Aber er achtet jetzt mehr als zuvor auf nahende Autos, bevor er eine Fahrbahn überquert.

Robin und Waldgeist haben beschlossen, dass die Straße im Wald mit der „überfahrenen Katze" ein Übungsareal für ihre Welpen werden soll, damit ihnen später nicht das gleiche Schicksal widerfährt wie vielen ihrer Artgenossen. Robin sind die beiden Worte „unsere Welpen" einfach so rausgerutscht, und Waldgeist hatte nichts dagegen einzuwenden.

Ein Rettungsnetz für die Wildkatze

Sie lebt zurückgezogen und versteckt vor allem in urwüchsigen, naturnahen Wäldern. Noch ist sie da, die Europäische Wildkatze. Doch es wird es eng für die Samtpfote. Unberührte Wälder werden von Siedlungen und Industriegebieten verdrängt. Ausgeräumte Agrarlandschaften und Straßen hindern die Tiere an der Wanderung. Die Wildkatze steht mit ihren Lebensraumansprüchen für viele andere Tierarten – verschwindet sie, steht mit ihr die biologische Vielfalt auf dem Spiel.

Der Bund für Umwelt und Naturschutz Deutschland (BUND) e.V. setzt sich bereits seit 2004 mit seinem Projekt „Rettungsnetz für die Wildkatze" erfolgreich für die Wiedervernetzung der Wildkatzenlebensräume, die Erforschung der Vorkommen und der Wissensbildung in der Öffentlichkeit ein.

In Hessen arbeitet der BUND im Landkreis Waldeck-Frankenberg seit 2012 am Waldverbund für die Wildkatze. Hier verlaufen zwei für den Waldbiotopverbund wichtige Korridorstränge vom Rothaargebirge in den Kellerwald sowie in den Burgwald. In beiden Korridoren liegen Offenlandbereiche, die für die Wildkatze und andere waldgebundene Arten mit Büschen und Bäumen aufgewertet werden.

Um die Wildkatze wirksam schützen zu können, muss bekannt sein, wo sie vorkommt und welche Wanderrouten sie nutzt. Der gezielte Einsatz von Lockstöcken – so auch in den Wäldern des Taunus am Winterstein bei Ober-Mörlen – ist eine einfache und sichere Methode, um Wildkatzen wissenschaftlich nachzuweisen, ohne dabei die Tiere in ihrem natürlichen Verhalten zu stören. Dazu werden angeraute Holzpflöcke mit

Baldrian besprüht und im Wald aufgestellt. In der Ranzzeit von Januar bis April lockt der Duft Katzen an, die auf der Suche nach einem Partner umherstreifen. Sie reiben sich am Stock und hinterlassen dabei Haare am rauen Holz. Alle 7-14 Tage werden die Stöcke von freiwilligen Helfern untersucht, die die oft feinen und hellen Haare sorgfältig absammeln und eintüten. Die Ergebnisse des genetischen Monitorings in weiten Teilen Hessens stellen einen wesentlichen Beitrag zur Schließung von Wissenslücken über die Verbreitungsgebiete der Wildkatze in Hessen dar und liefern wichtige Erkenntnisse über genetische Herkünfte der einzelnen Populationen und deren Wanderbewegungen.

Ergänzend zu den Forschungs- und Vernetzungsmaßnahmen sensibilisiert der BUND mit einer breiten Öffentlichkeits- und Umweltbildungsarbeit Erwachsene und Kinder für die Themen Wildkatzenschutz und Waldverbund, um Verständnis und Interesse für den Schutz dieses faszinierenden Wildtiers zu wecken. Denn nur gemeinsam und mit allen Interessengruppen können wir erreichen, dass die Wildkatze und mit ihr viele weitere Arten des Waldes auch in Zukunft in unseren Wäldern einen Lebensraum findet.

Machen auch Sie mit.

Susanne Schneider
Managerin Naturschutzprojekte
Bund für Umwelt- und Naturschutz Deutschland (BUND), Landesverband Hessen e.V.

www.bund-hessen.de/wildkatze
www.bund.net/wildkatze

Was sonst noch zu sagen ist

Die Recherchen zu diesem Katzenkrimi haben mir sehr viel Spaß gemacht. Der Wildkatzen-Erlebnispfad am Winterstein bei Ober-Mörlen ist tatsächlich ein Erlebnis, auch wenn man keine Wildkatzen dort sieht. Es sind auch in der Realität sehr scheue Tiere.

Obgleich es sich im Roman um eine fiktive Welt handelt, in der Kater und Katzen sprechen können, war es mir ein Anliegen, dass die sonstige Umgebung möglichst derjenigen entspricht, wie wir Menschen sie kennen. Dazu gaben mit unter anderem folgende Personen wertvolle Informationen:

Susanne Schneider, Managerin Naturschutzprojekte, Bund für Umwelt- und Naturschutz Deutschland, Landesverband Hessen

Bernd Pogodda, Revierförster von Ober-Mörlen, Revierleitung Wiesental

Thomas Götz, Bereichsleiter, Forstamt Weilrod

Lars Henrich, Kreisbrandinspektor Wetteraukreis

Vielen Dank dafür. Meinem Mann Peter verdanke ich außerdem den wunderbaren Titel dieses Buches.

Alle Tiere, Personen, Namen und Handlungen sind frei erfunden. Etwaige Ähnlichkeiten oder Übereinstimmungen mit der realen Welt sind rein zufällig.

Petra Zeichner

„Katerdämmerung"

Ein Katzenkrimi

Erhältlich im Buchhandel als Print (BoD – Books on Demand, 9,99 Euro, ISBN 978-3-7392-0228-0) und E-Book (neobooks.com, 4,99 Euro, ISBN 978-3-7380-1675-8).

Der erste Fall für Kater Robin und sein tierisches Ermittlerteam.

Ein Kätzchen stirbt bei der Geburt in dem Butzbacher Tierheim Amalienhof. Kater Robin entdeckt: Bei der Geburt ging es nicht mit rechten Dingen zu. Er rekrutiert drei Kater und eine Katze, die ihm bei den Ermittlungen helfen.

Ist der griesgrämige alte Mann aus Robins Wohnhaus darin verstrickt? Immerhin vergiftet der Katzenhasser Mäuse und legt sie als Köder im Garten aus. Und dann sind da die Jugendlichen, die Leo tyrannisieren. Eine Katze erzählt von seltsam schmeckendem Futter, und die Tierärztin hat Sheila vor deren erster Geburt ein besonderes Futter verschrieben. Und dann ging etwas bei Sheilas Geburt schief ...

Während das tierische Team ermittelt, rennt ihnen die Zeit davon. Sheila ist zum zweiten Mal trächtig. Können sie den Kätzchenmörder rechtzeitig stellen?